Cuento de hadas

Danielle STEEL

Cuento de hadas

Traducción de
Ignacio Gómez Calvo

PLAZA  JANÉS

Papel certificado por el Forest Stewardship Council®

MIXTO
Papel procedente de
fuentes responsables
FSC® C117695

Título original: *Fairytale*
Primera edición: julio de 2019

Printed in Spain – Impreso en España

ISBN: 978-84-01-02254-8
Depósito legal: B-12.906-2019

Compuesto en Comptex & Ass., S.L.

Impreso en Liberdúplex
Sant Llorenç d'Hortons
(Barcelona)

L022548

Penguin
Random House
Grupo Editorial

Para mis queridos hijos,
Beatie, Trevor, Todd, Nick, Sam,
Victoria, Vanessa, Maxx y Zara.
Que todos vuestros cuentos de hadas se hagan realidad,
que el mal nunca os alcance,
que seáis fuertes, sabios y valientes, si se da el caso,
y que todos vuestros cuentos tengan un final feliz.
No olvidéis nunca
lo mucho que os quiero,
con toda mi alma,
con todo mi cariño,

MAMÁ/D. S.

1

Era marzo, la época del año favorita de Joy Lammenais, en el valle de Napa, a casi cien kilómetros al norte de San Francisco. Las colinas onduladas lucían un brillante verde esmeralda, que perdería intensidad cuando aumentasen las temperaturas, y que se secaría y desluciría con el calor del verano. Pero de momento todo era fresco y nuevo, y las viñas se extendían varios kilómetros por todo el valle. Los visitantes lo comparaban con la Toscana italiana y algunos incluso con Francia.

Joy había estado allí por primera vez con Christophe veinticuatro años antes, cuando ella estaba cursando un máster en Administración de Empresas y él asistía a clases de posgrado en Enología y Viticultura, ambos en Stanford. Él le había explicado en detalle que la enología estudiaba la elaboración del vino y la viticultura, la plantación y el cultivo de la uva. Su familia llevaba siglos haciendo vinos famosos en Burdeos, donde su padre y sus tíos gestionaban la bodega y las viñas familiares, pero su sueño siempre había sido viajar a California y aprender de los vinos, los viñedos y los viticultores del valle de Napa. Christophe había confesado entonces a Joy que quería tener una pequeña bodega propia. Al principio solo era una esperanza vaga, una fantasía que nunca haría realidad. Daba por supuesto que volvería a Francia para hacer lo que se esperaba de él, como habían hecho antes sus antepasados y parientes. Pero se enamoró de California y del estilo de vida estadounidense, y se fue apasionando cada vez más por los viñedos del valle de Napa durante el año que estuvo en Stanford. La repentina muerte de su padre a una edad temprana mientras Christophe aún se encontraba allí le dejó una inesperada fortuna para invertir y, de repente, abrir su propia bodega en Estados Unidos no solo se volvió apetecible, sino también viable. Cuando los dos terminaron sus cursos en junio, él viajó a Francia en verano para explicarle el proyecto a su familia y volvió en otoño para llevar a cabo su plan.

Joy era la mujer más fascinante que había conocido nunca y tenía una gran variedad de aptitudes. Poseía un don innato para todo lo relacionado con los negocios o las finanzas. Y al mismo tiempo era pintora y artista, había asistido varios veranos a cursos en Italia y podría haberse dedicado perfectamente al arte. De hecho, en la universidad le había costado tomar la decisión. Sus profesores de Italia la habían animado a que se olvidase de los negocios, pero al final se impuso su lado práctico y dejó la pintura como una afición que le encantaba para centrarse en sus objetivos empresariales. Tenía una capacidad instintiva para detectar los mejores negocios y quería trabajar en una de las sociedades de inversión especializadas en alta tecnología de Silicon Valley, antes de fundar algún día su propia sociedad de capital riesgo. Hablaba continuamente sobre este tema con Christophe.

Cuando se conocieron ella no tenía ni idea de vino y él le enseñó lo que sabía durante el año que pasaron juntos. En realidad, no sentía demasiado interés ni por los viñedos ni por las bodegas, pero él lo explicaba todo de una forma tan vívida que casi parecía mágico. A Christophe le gustaba hacer vino tanto como a ella pintar o las inversiones creativas. Sin embargo, a Joy la agricultura le parecía un negocio arriesgado. Muchas cosas podían ir mal: una helada temprana, una vendimia tardía, lluvias excesivas o escasas. Pero Christophe decía que ahí residía parte de su misterio y de su gracia, y cuando todos los ingredientes cuajaban, se obtenía una cosecha inolvidable de la que la gente hablaría siempre, capaz de convertir un vino del montón en un extraordinario don de la naturaleza.

A medida que ella visitaba una y otra vez el valle de Napa en su compañía, empezó a entender que Christophe llevaba la elaboración de vino en lo más profundo de su alma y en su ADN, y que tener una bodega respetada representaba para él el máximo logro que podía alcanzar y su mayor anhelo. En aquel entonces ella tenía veinticinco años y él uno más. Joy había tenido la suerte de conseguir un empleo en una legendaria sociedad de capital riesgo poco después de licenciarse y le encantaba lo que hacía. Cuando Christophe volvió de Francia a finales de verano buscando un terreno que comprar y viñas que pudiese replantar como deseaba, de acuerdo con todo lo que había aprendido en Francia, le pidió que lo acompañase, pues respetaba los consejos de Joy sobre los aspectos financieros de cualquier transacción. Ella le ayudó a comprar su primer viñedo y para noviembre ya había adquirido seis, todos ellos colindantes.

Las viñas eran viejas y él sabía exactamente lo que quería plantar. Le dijo a Joy que prefería que su bodega fuese pequeña, pero que algún día tendría el mejor pinot noir del valle, y ella le creyó. Le explicaba las sutilezas de los vinos que probaban, sus defectos y sus virtudes, cómo podrían haberse modificado o mejorado, o cómo deberían haber sido. Le dio a conocer los vinos franceses, entre ellos el que su familia había elaborado y exportado durante generaciones desde el Château Lammenais.

Había comprado otra finca en la colina que dominaba las viñas y el valle, y le dijo que allí iba a construir un pequeño château. Mientras tanto, vivía en una cabaña con un cuarto y una confortable sala de estar con una enorme chimenea. Los fines de semana pasaban allí muchas noches íntimas, durante las cuales él compartía con ella sus esperanzas y ella le explicaba qué debía hacer para que funcionara la parte empresarial del proyecto y para diseñar un plan de financiación.

Pasaron las Navidades juntos en la cabaña. Se quedaban de madrugada en el pequeño porche admirando la naturaleza en todo su esplendor. Como el padre de Christophe había fallecido hacía poco, y su madre lo había hecho muchos años antes, no le apetecía volver a Francia para pasar las fiestas con sus tíos y prefirió quedarse con Joy. Ella tampoco podía volver a casa a pasar la Navidad con su familia. Su madre había muerto joven de un cáncer cuando Joy tenía quince años y su padre, que era mucho mayor que su esposa, había quedado destrozado y había muerto tres años después. Ella y Christophe crearon un mundo propio en el lugar al que él la había llevado, y el joven francés le preparó una increíble cena de Navidad compuesta de oca y faisán, que combinaban a la perfección con los vinos que había elegido.

En primavera empezó a construir su château, tal como había anunciado. Joy descubrió que Christophe era una suerte de visionario, pero que sorprendentemente siempre realizaba lo que decía y llevaba sus ideas del plano abstracto a la realidad. Él nunca perdía de vista sus metas y ella le enseñaba a alcanzarlas. Él describía lo que veía en el futuro y ella le ayudaba a cumplir sus sueños. Christophe tenía unos planes maravillosos para el château.

Encargó que le trajeran la piedra de Francia y dijo que no quería nada demasiado solemne ni demasiado grande. En líneas generales, basó el diseño en el château de su familia, de cuatrocientos años de antigüedad, y le entregó al arquitecto incontables bocetos y fotografías de lo que tenía en mente, con las modificaciones que consideraba que le quedarían bien a la finca que había elegido, mostrándose inflexible con respecto a las proporciones. Ni demasiado grande ni demasiado pequeño. Había escogido una colina con unos preciosos árboles añejos alrededor del claro en el que deseaba levantar su hogar. Decía que iba a poner rosales rojos por todas partes, como en su vivienda de Francia, y lo diseñó todo con un arquitecto paisajista que se entusiasmó con el proyecto.

La casa estaba muy avanzada cuando en verano le pidió a Joy que se casase con él. Para entonces llevaban saliendo más de un año. Estaba construyendo su bodega en medio de las viñas al mismo tiempo que edificaba su château, que era una joya. A finales de agosto celebraron una pequeña ceremonia en una iglesia cercana a la que asistieron dos de sus empleados en calidad de testigos. Todavía no habían hecho auténticas amistades en el valle. Se tenían el uno al otro, y con eso les bastaba por el momento. Coincidían en que el resto de cosas vendrían más adelante. Estaban formando una vida en común, y ella respetaba profundamente la pasión de Christophe por la tierra y por su terreno. Lo llevaba en las venas y en el alma. Las uvas que cultivaba eran para él seres vivos que había que mimar, nutrir y proteger. Y lo mismo opinaba de su esposa. La cuidaba como un precioso regalo, ella florecía y prosperaba al calor de su amor y lo quería con la misma intensidad.

El château todavía no estaba terminado en sus primeras Navidades de casados, de modo que seguían viviendo en la sencilla cabaña de Christophe, que se adecuaba perfectamente a su vida tranquila. Para entonces Joy estaba embarazada de tres meses, y Christophe quería que su hogar estuviese acabado para cuando naciese su primer hijo en junio. Ella había dejado su puesto en Silicon Valley tras casarse, ya que no podía ir y volver tan lejos a diario, y trabajaba arduamente ayudándole a montar su bodega. Ella llevaba el negocio y él se ocupaba de las vides. Joy tenía una barriga redonda y hermosa cuando se trasladaron al château en mayo, tal como

Christophe había prometido. Pasaron un mes allí, mientras ella pintaba preciosos frescos y murales por las noches y los fines de semana, esperando la llegada de su primer hijo, y trabajaba en la oficina de su nueva bodega los días laborables. Christophe le había puesto su nombre: Château Joy, Castillo Alegría, una descripción perfecta de la vida que llevaban.

Se despertaban cada día con ganas de ir a trabajar y comían juntos en casa para hablar de sus progresos y de los problemas que iban resolviendo. Él había plantado las vides respetando todos los principios con los que se había criado; dos de sus tíos ya los habían visitado, habían dado el visto bueno a todo lo que hacían y les habían dicho que en veinte años sería la mejor bodega del valle de Napa. Las vides crecían bien y en el château ya se sentían como en su hogar. Lo habían acondicionado con mobiliario rústico francés que habían encontrado en subastas rurales y tiendas de antigüedades, y que eligieron entre los dos.

El bebé llegó con la mansedumbre y la placidez con la que habían ido cobrado forma el resto de sus planes durante los últimos dos años. Fueron al hospital por la mañana cuando Joy le avisó de que había llegado el momento, poco después de desayunar. Bajaron en coche de la colina y por la tarde Joy tenía una preciosa niña entre los brazos mientras Christophe miraba a su esposa lleno de asombro. Todo había sido muy fácil, sencillo y natural. Desde el preciso momento en que nació, la pequeña tenía el cabello rubio claro y la piel blanca de su madre, y los ojos azul intenso de su padre. Todo apuntaba a que sus ojos seguirían siendo azules, pues los de su madre también lo eran. Y su piel era tan clara que Christophe decía que parecía una flor, una camelia, de modo que la llamaron Camille.

Volvieron al château al día siguiente para empezar su vida juntos. Camille creció con dos padres cariñosos en un pequeño y exquisito château en medio de la belleza del valle de Napa, con vistas a los viñedos de su padre. Y la predicción de los tíos de Christophe resultó acertada. A los pocos años, producía uno de los mejores pinot noir de toda la región. Su negocio era sólido, su futuro estaba asegurado, todos los viticultores importantes del valle de Napa los respetaban y admiraban, y muchos le pedían consejo. Christophe contaba con años de tradición familiar a sus espaldas, además de un instinto casi infalible. Su mejor amigo era Sam Marshall, el dueño de la mayor bodega del valle. Él no tenía la tradición familiar ni los conocimientos en viticultura francesa de su amigo, pero poseía un talento innato para producir grandes vinos, era valiente e innovador, y tenía más terrenos que nadie en el valle; a Christophe le gustaba intercambiar ideas con él.

Su esposa Barbara y Joy también eran amigas, y las dos parejas solían juntarse con sus hijos los fines de semana. Cuando Camille nació, los Marshall ya tenían un niño de siete años, Phillip. El pequeño se quedaba embelesado con el bebé cuando las dos familias se reunían para comer los domingos. Christophe les preparaba unos copiosos ágapes franceses; Sam y él hablaban de negocios y las mujeres vigilaban a los niños. Cuando Camille cumplió dos semanas, Joy dejó que Phillip la cogiese en brazos. Pero la mayoría de las veces el niño prefería trepar a los árboles o correr por los campos, coger fruta de los huertos o montar en bicicleta por el camino de acceso.

Sam Marshall había sido un chico de la región que había trabajado muy duro para conseguir todo lo que tenía y que se tomaba en serio el negocio, al igual que Christophe, un rasgo por el que Sam admiraba a su joven amigo francés. Siempre le había molestado que los empresarios de éxito de la ciudad, o de sitios tan lejanos como Los Ángeles, o incluso Nueva York, compraran una finca, plantaran unas cuantas viñas y se hicieran llamar viticultores y vinateros, mientras alardeaban sin saber nada y se dedicaban a darse aires. Sam los llamaba «viticultores domingueros» y le resultaban insoportables, una opinión que compartía con Christophe. Aunque este creía que los secretos para elaborar un gran vino tenían que transmitirse de generación en generación, respetaba a Sam por haber aprendido todo lo que sabía en una sola. Trabajaba con tanto ahínco, estaba tan deseoso de aprender y respetaba tanto la tierra y lo que obtenían de ella, que Christophe le tenía un profundo afecto. Los dos preferían la compañía de viticultores serios como ellos, que tenían información y experiencia valiosas que compartir. El negocio del vino atraía a muchos aficionados. Gente con dinero que compraba bodegas consolidadas, sobre todo nuevos ricos deseosos de presumir. Por otra parte, la vieja guardia de la aristocracia de San Francisco también había ido acudiendo al valle a lo largo de los años. Esta élite se mantenía apartada de los demás, celebraba fiestas muy formales dentro de los confines de su selecto grupo y menospreciaban a todo el mundo, aunque de vez en cuando admitían en su seno a los viticultores más importantes, como Christophe, a quien, sin embargo, los miembros de esta aristocracia no le interesaban en lo más mínimo.

Camille creció en el ambiente alegre que sus padres crearon a su alrededor, entre las dinastías vinícolas del valle de Napa y unos cuantos amigos íntimos. Su terreno fue aumentando a medida que su padre compraba más parcelas, plantaba más viñas y contrataba a un responsable de viticultura toscano llamado Cesare, que no le caía nada bien a la madre de Camille porque esta torcía el gesto cada vez que él entraba en la oficina o salía de una estancia.

Joy siguió a cargo de la parte empresarial de la bodega mientras Camille crecía y se entretenía en la bodega o jugaba en las viñas después del colegio. Ella siempre decía que quería ser como su madre y su padre, trabajar algún día en la bodega y estudiar en Stanford como ellos. Todo lo que sus progenitores hacían le parecía perfecto y quería continuar con las mismas tradiciones. Había viajado a Burdeos muchas veces para visitar a sus primos y sus tíos abuelos, pero le encantaba estar en el valle de Napa, que consideraba el lugar más bonito del mundo. Al igual que su padre, no quería vivir en Francia, y Joy estaba de acuerdo con los dos. Los Marshall siguieron siendo los mejores amigos de la familia, y Phillip alternaba entre ser el enemigo de Camille y su héroe a medida que iba creciendo. Al ser siete años mayor que ella, le tomaba mucho el pelo. Por ejemplo, había cursado su último año de instituto cuando ella tenía solo diez años. Pero en más de una ocasión la había protegido al ver que alguien la intentaba acosar. Camille era como una hermana pequeña para él, y la niña se entristeció cuando se fue a la universidad y pasó a verlo solo en vacaciones.

Joy tenía cuarenta y cuatro años y Christophe uno más el verano que Camille cumplió diecisiete y su madre descubrió que tenía cáncer en una mamografía rutinaria. Ese hecho puso su mundo patas arriba. Los médicos decidieron extirpar solo el tumor y no el pecho, y consideraron que podrían curarla mediante un agresivo tratamiento de quimioterapia y radiación durante un año. Christophe estaba desbordado y Joy se encontraba fatal después de los tratamientos, pero incluso así iba a la bodega un rato cada día, donde Camille hacía todo lo que podía para ayudarla. Joy era increíblemente valiente y estaba decidida a superar la temida enfermedad. Ese invierno vivió momentos muy duros, pero nunca perdió las ganas de vivir e hizo todo lo necesario para curarse. Después diría que lo había hecho por Camille y Christophe. Doce meses más tarde estaba curada, el cáncer había remitido, y todos pudieron volver a respirar tranquilos. Había sido un año horrible, y el hecho de que hubiesen aceptado a Camille en Stanford no significó nada para ninguno de ellos hasta que supieron que Joy volvía a estar sana.

Ella y Christophe celebraron que Camille se graduara en el instituto y le organizaron una fiesta por su decimoctavo cumpleaños. La vida les sonreía otra vez. La fiesta era para chicos de la edad de Camille, sobre todo compañeros de clase, pero también asistió un grupo de padres para disfrutar de la celebración con Joy y Christophe. Los Marshall estaban entre ellos y les dijeron que Phillip viajaba ahora continuamente por motivos de trabajo promocionando sus viñas y que le iba bien. Había pasado seis meses en Chile trabajando en la bodega de un amigo y, un año antes, había estado en Ciudad del Cabo, dos regiones vinícolas que a menudo se comparaban con el valle de Napa. Phillip estaba aprendiendo el oficio por todo el mundo.

Les tranquilizó ver que Joy tenía muy buen aspecto y, después de cenar, Barbara, la esposa de Sam, confesó a Joy en voz baja que le habían descubierto lo mismo que a Joy un año antes y que la semana siguiente se iba a someter a una operación en San Francisco, en su caso una doble mastectomía. Ella era diez años mayor que Joy y le preocupaba mucho lo que le depararía el futuro. Las dos mujeres hablaron sobre el tema largo rato y Joy insistió en que se pondría bien. Parecía que Barbara quería creerla pero no era capaz. Estaba muy asustada, y Sam también. Al principio habían decidido no decírselo a Phillip porque no querían que se preocupase y lo habían aplazado todo lo que habían podido. Pero, ante la inminencia de la intervención, iban a darle la mala noticia en cuanto volviese de su último viaje.

Joy había sido muy franca con su hija y Camille había visto lo mal que se había llegado a encontrar su madre durante la quimioterapia. A Joy le preocupaba el historial de su familia, pues su madre había muerto de cáncer de mama a los cuarenta años, pero Barbara no tenía antecedentes de casos en la suya. Le había caído un rayo encima cuando menos se lo esperaba y, por muy exitoso que fuese su marido, la cantidad de dinero que tuviesen para los posibles tratamientos o lo mucho que se querían, Barbara no dejaba de estar muy enferma. Era una mujer hermosa, y confesó a Joy que le preocupaba quedar desfigurada, además del dolor de la cirugía reconstructiva. Su matrimonio era tan sólido como el de Joy y Christophe, y ese era el mayor desafío al que se habían enfrentado jamás, al igual que les había ocurrido a los Lammenais. Sabían que otros matrimonios del valle de Napa no eran tan íntegros como el suyo. Siempre había cotilleos sobre los vecinos y sobre quién se acostaba con quién. Era una región pequeña y muy competitiva donde abundaban la ambición social y las relaciones extramatrimoniales entre conocidos.

Joy y Christophe nunca habían pertenecido a ninguno de los grupos disolutos de la zona, ni tampoco les interesaba hacerlo. Se trataba del mismo caso de sus amigos. Eran gente sensata, a pesar del enorme éxito de Sam. Barbara había sido auxiliar de vuelo antes de casarse. Y ahora él tenía la bodega más grande y lucrativa del valle, que era todo un reclamo para arribistas y nuevos ricos. En la zona había mucho dinero invertido, y muchos viticultores ganaban grandes fortunas, como Sam y Christophe. La única concesión de los Marshall a su posición y el imperio que Sam había fundado era el Baile de la Vendimia que daban cada año en septiembre. En una ocasión, después de volver de un viaje a Venecia, Barbara había organizado un baile de máscaras con disfraces muy elaborados, aunque más como una broma que como cualquier otra cosa. Sin embargo, a todos los invitados les gustó tanto que los Marshall siguieron celebrando como una tradición anual el baile de máscaras. Joy y Christophe habían asistido cada año a pesar de las protestas de él, que se quejaba de lo ridículo que se sentía con un disfraz de época Luis XV con bombachos hasta las rodillas, peluca y máscara.

—Si yo tengo que asistir, tú también —le había dicho Sam en repetidas ocasiones—. Barbara me mataría si no lo hiciese —añadía arrepentido.

Él la complacía de buen grado para hacerla feliz y ella estaba preciosa con cualquiera que fuese el disfraz que se hubiera puesto.

—Deberíamos haber hecho una barbacoa la primera vez y así ahora no tendríamos que disfrazarnos como idiotas cada año —mascullaba Sam sonriendo afablemente.

Siempre era una velada espectacular con comida deliciosa, baile con una orquesta de San Francisco y fuegos artificiales sobre sus interminables viñedos.

A diferencia del pequeño y elegante château de Joy y Christophe, su casa era enorme y ultramoderna, la había construido un famoso arquitecto mexicano, y albergaba una colección de arte contemporáneo y moderno mundialmente famosa. Tenían siete Picassos que solían ceder a museos, numerosos Chagalls y obras de Jackson Pollock que a Joy le encantaba ver, habida cuenta de su profundo amor por las bellas artes.

Camille se pasó el verano después de la graduación en el instituto trabajando con su madre en la oficina de la bodega, tal y como había hecho desde que había cumplido quince años. Era el cuarto año que hacía esto y tanto a ella como a sus padres les hacía mucha ilusión que fuese a Stanford. Camille pensaba acudir a la escuela de Administración de Empresas para obtener un máster después de trabajar varios años para sus padres, y así tomarse un descanso antes de la escuela de posgrado. No tenía intención de trabajar en ningún otro sitio, aunque su padre decía que un año con su familia en Burdeos le vendría bien y le ayudaría a mejorar su francés, algo que era muy útil en su negocio, pero ella nunca se alejaba mucho de ellos, ni tenía intención de hacerlo. Era la chica más feliz del mundo en Château Joy, trabajando y viviendo con sus padres.

Joy visitó a Barbara Marshall con regularidad a lo largo del verano. Al comenzar la quimioterapia estaba muy enferma, y su marido y su hijo parecían muy asustados cada vez que Joy o Christophe los veían. Se encontraba peor de lo que Joy había llegado a estar en ningún momento. Cuando Camille empezó las clases en Stanford, volvía a casa los fines de semana con más frecuencia de lo que a su madre le parecía adecuado. Esta le dijo a Christophe que Camille estaba demasiado apegada a ellos y que se aislaba más de lo que le convenía a su edad. Joy pensaba que debía aventurarse a conocer mundo, al menos por un tiempo.

—Quiere estar aquí —decía él sonriendo a su esposa, y luego la besaba—. Es nuestra única hija, no la espantes.

A Christophe le encantaba que Camille estuviera con ellos, además del propio hecho de que lo desease. Cuando ella era más pequeña se habían planteado tener otro hijo, pero su vida era demasiado perfecta tal como era y, una vez que Joy superó la enfermedad, se había hecho demasiado tarde.

Chris siempre decía que no le importaba no tener un hijo varón. Quería que Camille llevase la bodega cuando ellos fuesen mayores y estaba convencido de que lo haría bien. Tenía el talento de su madre para los negocios, y él había procurado conscientemente que el tamaño de la bodega y los viñedos fuese manejable. No quería un imperio tan grande como el de Sam Marshall y prefería que Château Joy fuese especial, pequeña y exclusiva. Era el tamaño ideal para ellos, les permitía llevar el negocio sin problemas, con alguna que otra disputa con Cesare sobre los viñedos.

Cesare ya llevaba años con ellos, pero Joy seguía tratándolo como a un intruso y no se fiaba de él. Era descuidado con sus cuentas para gastos menores, y el hecho de tener que darle explicaciones a ella del dinero le parecía innecesario y una imposición. Joy era inmisericorde a la hora de enfrentarse a él, una situación que los enfurecía a los dos, y discutían continuamente. Él casi nunca salía de la oficina sin dar un portazo. Christophe sospechaba que se embolsaba pequeñas cantidades de su cuenta de gastos, pero Cesare conocía íntimamente sus uvas y sus viñedos y los trataba como si fueran sus hijos. Tenía un instinto infalible para saber lo que había que hacer, y Christophe lo consideraba el mejor responsable de viticultura del valle y a cambio toleraba su falta de rigor con el dinero. A Christophe le importaban más sus uvas que el dinero que se quedaba Cesare. En cambio, Joy no tenía paciencia con él ni estaba dispuesta a dejar correr el asunto, y también acababa discutiendo con Christophe sobre el tema.

Christophe perdonaba con facilidad a Cesare sus pequeñas transgresiones, consciente de su profundo amor por la bodega y de su experiencia y meticulosidad con sus uvas. Unos cuantos dólares de pérdida no le parecían motivo para despedirlo, teniendo en cuenta el resto de factores.

Christophe era el brillante viticultor de Château Joy, responsable del éxito de la bodega, y su esposa representaba la faceta práctica del negocio, se ocupaba de los detalles y mantenía las cuentas en orden. Formaban un equipo perfecto.

Camille estaba contenta en Stanford, donde había conocido a mucha gente de otros rincones del país y del mundo, pero en cuanto tenía la oportunidad de volver a casa, no la desaprovechaba. Se había especializado en economía, al igual que Joy cuando estudiaba en la universidad. La mayoría de los estudiantes que conocía aspiraban a encontrar trabajo en sociedades financieras especializadas en tecnología punta de Silicon Valley o, si no, querían ir a Nueva York para buscar empleo en Wall Street. En cambio, lo único que Camille deseaba era terminar la carrera y ayudar a sus padres en su bodega. Le quedaban tres meses para licenciarse, tenía que terminar la tesina y aprobar los exámenes finales, cuando un fin de semana que estaba en Napa se fijó en un resguardo médico que había sobre el escritorio de su madre para recordarle que tenía que hacerse una mamografía. Inmediatamente le vino a la memoria la terrible época que habían vivido cinco años antes, cuando a su madre le habían diagnosticado el cáncer y se había sometido a tratamiento durante un año, gracias al cual la enfermedad no había reaparecido desde entonces.

Barbara Marshall no había tenido tanta suerte. Se había consumido con la quimioterapia, mientras el cáncer seguía extendiéndose, y había muerto ocho meses después de que le diagnosticasen la enfermedad. Sam y Phillip quedaron desolados. Habían pasado poco más de tres años. Phillip llevaba la bodega con su padre, tenía fama en el valle de ser un chico alegre y salía con muchas chicas. Le gustaban los coches caros y las mujeres guapas, y Camille solía verlo en su Ferrari rojo, siempre con una chica distinta. Ella se metía con él y él seguía tratándola como a una hermana pequeña, pero los siete años que los separaban suponían una gran diferencia cuando se tenían veintidós y veintinueve años. Él pertenecía a un mundo adulto, el de los viticultores importantes del valle, cuyos hijos eran de una edad parecida a la suya y tenían en común las responsabilidades que un día tendrían que asumir. Mientras tanto les quedaba mucho por aprender, cosa que Phillip se tomaba en serio, pese a haber dejado la universidad hacía mucho tiempo. Él le decía a Camille que todavía faltaba para que entrase en el mundo adulto, pero a ella le molestaba su actitud. Ella conocía la bodega de su familia prácticamente tanto como Phillip la de su padre, pero este no la trataba como si fuera un igual, más bien la trataba como a una adolescente y no como a la mujer adulta que ella se consideraba.

Camille había oído comentar a sus padres que Sam llevaba saliendo casi dos años con una congresista de Los Ángeles, pero nunca había coincidido con ella, y Sam siempre estaba solo o con Phillip cuando lo veía. Había envejecido a causa de la muerte de Barbara y parecía más serio que antes. Había sido una triste pérdida para todos y Camille siempre padecía por su madre cuando pensaba en ello.

—Sigues haciéndote las mamografías dos veces al año, ¿verdad, mamá? —le dijo Camille después de ver el aviso en su escritorio.

—Claro que sí —contestó Joy, sentándose con uno de sus enormes libros de contabilidad mientras sonreía a su hija—. Estoy deseando pasarte parte del trabajo cuando vuelvas a casa.

Sabía de sobra lo competente, organizada y eficiente que era Camille. Había aprendido de su madre. Pero Camille sabía mucho más de los pormenores de la elaboración del vino que su madre. Christophe le había enseñado gran cantidad de cosas desde que era niña, muchas más de las que Joy había aprendido después de años en el negocio. Camille también lo llevaba en el ADN, como su padre. Joy se dedicaba a los negocios y las finanzas. Su hija y su marido estaban enamorados del vino.

—Aguanta, estaré aquí dentro de tres meses.

Camille sonrió a su madre. Joy le había vaciado un despacho y le hacía mucha ilusión la perspectiva de verla allí a diario. La última parte del sueño de la familia iba a hacerse realidad: tener a Camille trabajando codo con codo con ellos en la bodega a partir de entonces. Y, un día, ella se quedaría al cargo cuando ellos estuviesen listos para jubilarse; aunque todavía faltaba mucho para eso. Joy tenía cuarenta y nueve años y Christophe acababa de cumplir los cincuenta.

El mes siguiente a la visita de Camille, Joy estuvo ocupada con multitud de proyectos que aterrizaron sobre su escritorio, mientras Christophe elegía etiquetas para un nuevo vino y le pedía ayuda para la selección. Joy se encargaba de diseñar las etiquetas y a él le estaba costando decidirse entre las dos que más le gustaban. Camille ya había votado durante los días que había estado en casa.

Habían pasado cuatro semanas de la última visita de Camille cuando Joy encontró el recordatorio en el montón de papeles que había metido en un cajón y llamó al hospital para pedir cita para la mamografía. Era una prueba superficial, pues acababa de rebasar la marca de los cinco años y se consideraba que estaba curada, pero de todas formas le ponía nerviosa, no fuese a caerle otra vez el rayo. Su madre había muerto cuando tenía menos años que ella pero, como Christophe decía, llevaban una vida dichosa y no iba a pasarles nada malo. Siempre procuraba no pensar en el destino aciago de Barbara Marshall cuando él pronunciaba estas palabras.

Joy concertó la cita y aprovechó la oportunidad para quedar con gente en la ciudad, pues no iba muy a menudo. Había una hora y media de trayecto, pero San Francisco le parecía otro planeta cuando estaba en el valle de Napa. No le apetecía ir a ninguna otra parte; sin embargo, Christophe tenía que viajar periódicamente para promocionar sus vinos y visitaba Europa y Asia. Estaba deseando llevarse a Camille con él cuando la chica volviese para trabajar en la bodega con dedicación exclusiva.

En el hospital tenían el historial de Joy y la mamografía era una prueba rutinaria. La técnica le pidió que esperase a que un doctor hubiese visto la radiografía antes de vestirse, pero a la vez sonrió como si todo hubiese ido bien, así que Joy se tranquilizó y se quedó sentada sola en un consultorio contestando mensajes de trabajo.

Un doctor joven a quien ella no conocía entró en la sala. Joy fue incapaz de descifrar nada en sus ojos mientras él acercaba un taburete y se sentaba de cara a ella. Sostenía un sobre con las mamografías y empezó a hablar mientras las iba colocando sobre el negatoscopio de la pared. Señaló una zona gris del pecho donde antes no había ningún problema y se volvió para mirarla con expresión seria.

—Aquí hay una sombra que no me gusta nada, señora Lammenais. Si tiene tiempo, querría hacerle una biopsia hoy mismo. Considerando su historial, no me parece oportuno esperar. No le llevará mucho tiempo. Me gustaría saber lo que es.

Joy sintió como si el corazón le fuese a salir del pecho o a pararse del todo. Había oído las mismas palabras cinco años antes.

—¿Le preocupa?

Su propia voz le sonó como un graznido.

—Preferiría que esa sombra no estuviese ahí. Puede que no sea nada, pero debemos saber de qué se trata.

A continuación, su voz se volvió menos clara, y ella empezó a oírle desde muy lejos y siguió como un robot a la técnica hasta otra sala, donde le quitaron la bata, la taparon con una sábana, hicieron que se tumbara en la mesa, le anestesiaron la zona y le realizaron una biopsia que le dolió; el corazón no dejó de palpitarle en ningún momento. No paraba de pensar en el horrible año que había pasado recibiendo la quimioterapia, en la muerte de Barbara Marshall a los ocho meses de su diagnóstico, en su madre, que había fallecido de cáncer a los cuarenta años. Mientras le hacían la prueba le cayeron lágrimas de los ojos y, mientras salía corriendo del hospital y bajaba a toda prisa los escalones, lloraba. Le dijeron que la llamarían para darle los resultados, pero ella no quería saberlos. Presentía lo que se avecinaba. Dicen que un rayo nunca cae dos veces en el mismo sitio, pero ella sabía que esta vez había ocurrido. Lo notaba en lo más profundo de su alma. ¿Y qué iba a decirles a Christophe y Camille si había vuelto a enfermar de cáncer? Ni siquiera podía imaginárselo y, cuando subió al coche y regresó al valle de Napa cegada por las lágrimas, se sintió como si ya estuviese muerta. Joy trató de concentrarse en la carretera, pero por primera vez en su vida tuvo la certeza de que iba a morir. ¿Cómo iba a tener suerte dos veces?

2

Cinco días más tarde la llamaron con los resultados de la biopsia y a Joy le dio la impresión de que los escuchaba a través de un muro de algodón. Conocía el lenguaje y las palabras. La biopsia mostraba un tumor maligno, le contaron todos los detalles pertinentes, y esta vez le recomendaron una mastectomía, incluso una doble por si acaso, dado su historial. Querían practicársela lo antes posible y empezar la quimioterapia después de que se recuperase. Parecía una sentencia de muerte y le vino a la memoria el momento en que Barbara Marshall le contó lo que le pasaba.

—Ya le avisaré —dijo Joy vagamente a su doctor y colgó.

No quería que nada estropease la graduación de Camille y, si se lo contaba a Christophe, se preocuparía tanto que su hija lo notaría. Podía esperar tres meses. ¿Qué más daba? Si el cáncer había vuelto, Joy estaría condenada de todas formas. Necesitaba tiempo para hacer frente a la realidad y llamó a su doctor tres días más tarde. Programó la intervención para la semana después de la graduación de Camille y el doctor le propuso un arreglo. Le recomendó que recibiese tres sesiones de radiación antes de la intervención para reducir lo que hubiese y ella aceptó, pero no les dijo nada a su marido ni a su hija. La primera vez fue a la ciudad mientras Christophe se encontraba en Los Ángeles pasando el día. La segunda fue cuando él tuvo que volar a Dallas y la tercera cuando estaba en un congreso de viticultura en la bodega de Sam Marshall, de modo que recibió las tres sesiones de radiación antes de la graduación de Camille sin que nadie se enterase.

Temía la mastectomía y estaba considerando la cirugía reconstructiva. El doctor le dijo que esta vez emplearían un tipo de quimioterapia más agresiva y que era moderadamente optimista con respecto a las posibilidades de éxito de la cirugía, la quimioterapia y la radiación. Ella quería creerle, pero no podía.

Cuando Camille volvió a casa con dos amigos un fin de semana antes de la graduación, Joy se comportó como si todo fuese normal, aunque se sentía como si se desplazase bajo el agua. Tenía que sobrevivir a la graduación, la operación de cirugía y el año de quimioterapia y radiación que le esperaría después.

La ceremonia de graduación fue preciosa y, tal como Camille deseaba, a Joy le recordó la suya. Se despidió con lágrimas en los ojos de sus amigos de la universidad, y emprendieron el largo trayecto de vuelta a Napa, con todas sus cosas en la furgoneta de la bodega, que habían llevado consigo para la ocasión. Al día siguiente cenaron en L'Auberge du Soleil. Y dos días más tarde, cuando Joy les dio la noticia, se quedaron como si les hubiese lanzado una bomba, la misma que le había caído a ella con la noticia del tumor maligno en el pecho derecho. Christophe y Camille lloraron y se quedaron conmocionados. Joy procuró no venirse abajo por ellos y los tres se prometieron que todo iría bien. Ninguno pronunció el nombre de Barbara Marshall. Esa noche Christophe abrazó a Joy en la cama y ella notó las lágrimas de él en su cara.

—Me pondré bien —le prometió mientras la estrechaba entre sus brazos.

—Lo sé. Tienes que hacerlo. Camille y yo te necesitamos.

Ella asintió con la cabeza sin poder hablar y se quedó despierta mientras él dormía, pensando en lo mucho que los quería y en lo injusta y cruel que podía ser la vida en ocasiones. Tenían una vida maravillosa, y esa pesadilla se había presentado para arruinarla por segunda vez. Rezó para que ellos estuviesen bien y ella volviese a curarse. Tenía que hacerlo. Por ellos.

La operación transcurrió sin contratiempos y, a la semana, Joy ya estaba en Château Joy. Aunque se movía despacio, siete días después ya había vuelto a su despacho. Ahora había muchas cosas que quería enseñarle y mostrarle a Camille por si acaso, para que pudiese ayudar a su padre si era necesario, y mientras Joy estuviese enferma.

Camille era una estudiante despierta y aprendía rápido sus lecciones. Sabía lo que estaba padeciendo su madre y pensó que le ayudaría a aligerarse de cargas durante la quimioterapia.

Cuatro semanas más tarde empezaron los tratamientos. Los recibía otra vez en el hospital de Napa, de modo que no tenía que perder tiempo yendo a la ciudad. Se encontraba tan mal como la última vez y empezó a perder el pelo poco después de iniciar la quimioterapia. Sacó la peluca que había llevado la ocasión anterior, un detalle que la deprimió profundamente. Fue un verano largo y doloroso, y para mediados de agosto Joy ya no podía ir a la oficina. Apenas podía salir de la cama unos minutos y deambular por el dormitorio, pese a que Camille le aseguraba que en la oficina estaba todo controlado. Era cierto, pero Christophe estaba apesadumbrado, aunque nunca lo reconocía delante de Joy.

En septiembre estaba demasiado débil y enferma para ir al Baile de la Vendimia, y Christophe comentó que así él se libraba de asistir, pero Joy protestó enérgicamente.

—No puedes hacerle eso a Sam —repuso Joy firmemente,

mostrándose más fuerte—. Espera que vayamos y ahora necesita tu apoyo. El año pasado me dijo que ha seguido celebrando el baile en honor a Barbara. Tienes que ir y puedes llevar a Camille. Tenemos la misma talla, así que puede usar mi vestido. Os lo pasaréis bien juntos.

Él refunfuñó, pero sabía que su esposa tenía razón. Joy le pidió a Camille que se vistiese en su habitación, donde podría verla, y la ayudó con el disfraz. Estaba bellísima cuando se fue con su padre, parecía una joven María Antonieta. A Joy le conmovió verlos. Fueron al baile en el Aston Martin de Christophe, que era su orgullo, y Camille se sintió de repente muy adulta saliendo con su padre ataviada con el disfraz de su madre.

Sam dio visibles señales de alivio en cuanto los vio llegar.

—Cuánto me alegro de que hayas venido —le dijo a Christophe, dando gracias por que hubiera hecho el esfuerzo, y sonrió a Camille, a la que reconoció pese a la máscara. Acto seguido lanzó una mirada muy seria a su padre—. ¿Qué tal está Joy?

—Ahora mismo se encuentra bastante mal, pero ya sabes que es una mujer fuerte. Lo superará —contestó Christophe, y Sam asintió con la cabeza esperando que estuviese en lo cierto.

Comieron del bufet. La barra de marisco, el champán y el caviar eran espectaculares, y había vodka para quienes lo preferían. Un lechón asado, una mesa de comida indonesia, una ternera de Kobe traída de Japón que se podía cortar con el tenedor. La comida era espléndida y los vinos, los mejores de Sam. Una orquesta de diez músicos ponía la música para que bailasen los invitados, a quienes costaba reconocer con las máscaras puestas.

Camille se había quitado la suya cuando Phillip se le acercó. Estaba con una chica preciosa que parecía una modelo, pero la dejó unos minutos para hablar con Camille, a la que hacía meses que no veía, desde que su madre enfermó o incluso antes. Había estado haciendo heliesquí durante las Navidades mientras ella estaba en casa y, aparte de algún que otro encuentro casual en St. Helena, ya no solían coincidir. Él estaba ocupado, era mucho mayor y se movían en círculos distintos. Además, Camille había estado ayudando a su madre y llevándola en coche a las sesiones de quimioterapia todo el verano. Ni siquiera había ido a la ciudad a hacer recados; no soportaba dejarla.

—Siento mucho que tu madre esté enferma —dijo Phillip cariñosamente—. Y enhorabuena por la graduación, por cierto. Bienvenida al mundo laboral. —Bromeó sobre el tema y ella rio, pero Phillip se fijó en que parecía cansada y preocupada, y le supo mal por ella—. Un día de estos tengo que haceros una visita —prometió, y le sonrió.

El padre de Phillip también había dicho que quería visitar a Joy, pero no quería molestar mientras estuviese tan enferma. Camille reparó en que su chica, que estaba a varios metros de distancia, parecía impaciente y enfadada por su conversación. Sin embargo, Camille no suponía ninguna amenaza. Phillip seguía considerándola una niña y la veía como tal, incluso con el sofisticado disfraz de su madre. De hecho, ella se sentía como una chiquilla jugando a los disfraces en presencia de él.

—Será mejor que vuelva —dijo, echando una miradita a su chica por encima del hombro, y Camille asintió con la cabeza.

Bailó con su padre una vez más, y luego se fueron del baile y volvieron a casa en coche. Había sido más cansado que divertido, con los quinientos invitados presentes. La finca estaba preciosa con los adornos, las hileras de arbustos podados con distintas formas que habían alquilado y todo el ajetreo. Su padre había saludado a muchos conocidos y también parecía cansado. Los dos estaban preocupados por Joy, a la que encontraron profundamente dormida cuando llegaron a casa. Camille le dio a su padre un beso de buenas noches y se fue a su cuarto al final del pasillo, contenta de poder quitarse el disfraz, sacarse la peluca y ponerse el camisón.

Al día siguiente Joy quiso saber cómo les había ido, y Christophe hizo que pareciese más divertido de como realmente había sido. Después de dar de desayunar a su madre y ayudarla a atarse un pañuelo para taparse la calva, pues no llevaba la peluca todo el tiempo, Camille se fue a su despacho pese a ser domingo. Quería ponerse al día con el trabajo y aquella era una buena forma de distraerse de lo que estaban viviendo. Joy se estaba consumiendo y ellos no podían hacer nada para impedirlo. Christophe se negaba a aceptar la realidad y no paraba de decirle a Joy que estaba ganando la batalla, pero su madre no tenía aspecto de estar haciéndolo. Había adelgazado una barbaridad, y mientras en las viñas continuaba la vendimia, ella se pasaba la mayor parte del tiempo durmiendo. No tenía ni idea de lo que pasaba fuera de su habitación.

Tenía programado otro tratamiento de quimioterapia, pero como su tasa de leucocitos era demasiado baja y estaba demasiado débil, lo pospusieron. Se acordaba continuamente de cosas que quería decirle a Camille y tenía una libretita al lado de la cama para no olvidarlas. Era como si quisiese vaciar su mente en la de Camille: todo lo que sabía sobre la bodega y cómo regentarla, y todas las cosas que su hija tenía que hacer para ayudar a su padre. Finalmente, la naturaleza se impuso y Joy pasó a dormir todo el tiempo mientras su organismo se iba apagando poco a poco. Pasó su última noche adormilada y con una sonrisa entre los brazos de Christophe, mientras Camille entraba y salía de la habitación para ver cómo se encontraban. Estaba sentada en silencio al lado de su padre, agarrándole la mano, cuando su madre exhaló su último suspiro y se fue, entonces Christophe la abrazó y Camille se quedó sentada en la cama llorando silenciosamente. Luego se abrazaron, pero para entonces Joy ya les había dejado y estaba en paz.

El funeral fue serio y solemne, y se celebró en una iglesia que Camille había llenado de flores blancas. Asistieron todos los viticultores importantes del valle y muchos de menor categoría, junto con sus amigos, empleados y los trabajadores de las viñas. Los hombres llevaban traje y las mujeres, vestido formal. Sam Marshall fue uno de los portadores del féretro y, después de la ceremonia, Phillip se acercó a Camille y la abrazó con las lágrimas corriéndole por las mejillas. No había nada que pudiese decirle; se aferraron como niños que entendían perfectamente lo mucho que sufría el otro. No hacían falta palabras.

—Lo siento mucho —susurró él antes de dejarla, y se fue con su padre en el Ferrari rojo.

La tragedia les había hecho rememorar la muerte de la madre de Phillip casi cuatro años antes.

Cientos de personas acudieron al château después. Camille encargó a la empresa de catering de la bodega que sirviese un bufet compuesto de sándwiches, ensaladas y comida ligera, y Christophe abrió sus mejores vinos, un detalle que todo el mundo agradeció. Fue un día terrible para Christophe y Camille. Ninguno de los dos podía imaginarse la vida sin Joy. Ella había sido el puntal y la columna vertebral de todo lo que hacían, y él reconoció que no solo había sido la base de todos sus logros, sino también la fuente de inspiración y la magia. Camille comprendió por qué su madre se había apresurado a enseñarle todo lo que pudo. Era consciente de que se estaba muriendo, y ahora le correspondía a Camille cuidar de su padre y ayudarle a llevar la bodega. Tanto si lo deseaba como si no, tenía que seguir los pasos de su madre. El futuro de Château Joy dependía ahora también de ella. Era una tremenda responsabilidad con la que cargar y tendría que buscar la forma de lograrlo por mucho que le costase.

3

El primer lunes después del funeral de su madre, Camille se sentía como si tuviese los huesos de plomo, pero se obligó a levantarse de la cama, a ducharse y a vestirse, y luego bajó a prepararle el desayuno a su padre como acostumbraba a hacer su madre antes de enfermar. Christophe se lo había preparado él mismo mientras Camille cuidaba de su madre, pero ahora le apetecía hacérselo. Raquel, su asistenta, vendría más tarde a limpiar y dejarles la cena preparada, pero tenía que llevar a sus hijos al colegio por la mañana, por lo que no entraba a trabajar hasta las diez.

Camille le dio a su padre el periódico y le sirvió una taza de café, y él la miró sorprendido. No esperaba encontrársela ya en la planta baja, y le impresionó ver lo despierta que estaba y lo bien que se había organizado. Se parecía tanto a su madre que siempre le hacía sonreír.

—Hoy tengo muchas cosas que hacer en la oficina —dijo ella en voz baja, mientras dejaba delante de su padre un plato de huevos revueltos como a él le gustaban: con dos tiras de beicon crujientes y una tostada de pan integral.

—¿Te dijo tu madre que hicieras esto? —preguntó él con lágrimas en los ojos.

Camille negó con la cabeza.

No se lo había dicho, pero no hacía falta. Sabía perfectamente lo que tenía que hacer. Ahora era la única que cuidaba de él.

Camille se preparó una tostada y escribió una lista con todas las tareas del día. La semana anterior había desatendido la contabilidad de la empresa. Y había prometido a su madre que volvería a revisar las cuentas de Cesare.

Sabía lo doloroso que sería estar en la oficina y no ver a su madre. Además, su padre parecía un fantasma. Durante sus últimos días, Joy le había susurrado en varias ocasiones: «Cuida de él» antes de volver a dormirse, y Camille tenía intención de hacerlo y de ser diligente en la oficina. Sentía que su infancia había terminado. Ahora tenía que ser adulta y apoyar a su padre. Él estaba acostumbrado a tener una mujer fuerte a su lado y Camille sabía que sin Joy se sentiría perdido.

Después de desayunar fueron andando juntos a la oficina. Su padre desapareció para dirigirse a su parte del edificio y Camille se fue a su despacho, situado al lado del de su madre, el cual estaba ahora en silencio y vacío. Al entrar encontró a Cesare registrando unos papeles sobre el escritorio de su madre y el hombre se sobresaltó al ver a Camille.

—¿Qué haces aquí? —le preguntó ella directamente.

Él se encogió de hombros y dijo que estaba buscando sus cuentas de gastos.

—Se las di a tu madre la semana pasada y no encuentro mi copia. Iba a fotocopiar la de ella.

—Ella no ha pasado por aquí desde agosto —lo corrigió Camille en tono firme.

Él mentía siempre, cosa que sacaba de quicio a Joy.

—Entonces debí de dárselas antes. Ya sabes a lo que me refiero.

El hombre se mostraba enfadado y trataba de parecer intimidante cuando se dirigía a Camille, como si esta no fuese más que una cría. Pero ella no lo era en absoluto, y menos aún ahora. Tenía que mantener las cosas en orden, se lo debía a su madre, y disponía de los conocimientos y la experiencia para hacerlo, tanto si Cesare lo creía como si no.

—No, no sé a qué te refieres. Y no vengas aquí a hurgar en su escritorio. Si quieres algo, pídemelo. De todas formas, muchos de sus archivos se encuentran ahora en mi despacho, incluidas las cuentas de gastos. Están en mi caja fuerte —dijo, aunque no era cierto, ya que tampoco quería que él husmease entre los papeles de su mesa.

Era una impertinencia por su parte, y algo típico de él. Como Christophe lo apreciaba tanto, Cesare se aprovechaba al máximo de ello.

—Entonces dame mi cuenta de gastos —replicó groseramente—. Quiero añadir algunas cosas y cobrar. Hace meses que no se me reembolsan los gastos.

—Sí que se te han reembolsado. La vi firmarte un cheque la última vez que estuvo en la oficina.

—Eso solo era una parte de lo que me debía —dijo él obstinadamente, tratando de intimidar a Camille y levantando la voz. Estaba alterado y agitaba los brazos mientras hablaba con ella, como solía hacer con Joy.

—Revisaré mis archivos. Pero si tienes más gastos, necesito los recibos —reaccionó ella con gran pragmatismo.

—¿Qué es lo que hizo tu madre? ¿Enseñarte a sacarme de quicio? Recibos, recibos, siempre los recibos. ¿Crees que os estoy robando? Eso es lo que ella pensaba.

Camille sospechaba que su madre estaba en lo cierto. Nunca grandes cantidades, sino pequeñas y procedentes de los gastos de las viñas que a él le parecían adecuadas.

—¿No crees que es un poco pronto para quejarte de tu cuenta de gastos? El funeral fue el sábado. Lo pondré todo en orden esta semana. Tú dame los recibos —dijo Camille fríamente.

Él le lanzó una mirada asesina, salió del despacho pisando fuerte y dio un portazo, como hacía con su madre. Camille sonrió cuando se hubo marchado. Por lo visto había cosas que no cambiarían nunca, como el hecho de que Cesare no presentase recibos para justificar sus gastos, aunque Camille sabía que su padre le dejaría salirse con la suya. Era poco probable que la situación cambiase ahora.

Aquella mañana Camille fue a ver a su padre varias veces y por la tarde examinaron parte de los archivos de su madre. Christophe comió con dos nuevos viticultores y Camille se comió una ensalada en su mesa.

La semana se le hizo interminable sin su madre, y las noches eran largas y tristes. Su padre se acostaba a las ocho y ella se quedaba despierta en la cama leyendo documentos que se había traído de la oficina. Pero a finales de semana ya se había puesto al día. No se había rezagado, ni siquiera durante la enfermedad de su madre. Gracias al trabajo, había podido mantener la cordura mientras Joy se moría.

El día de Acción de Gracias fue duro y las Navidades, horribles. Celebraron Acción de Gracias solos en la cocina. Christophe dijo que no quería pavo y rechazó todas las invitaciones que habían recibido. Dijo que le parecía demasiado pronto para salir y, como a Camille tampoco le apetecía, preparó una pierna de cordero al estilo francés con mucho ajo, puré de patata y judías verdes que estaba sorprendentemente buena. Su padre le había enseñado a prepararla años antes mientras ella miraba cómo él cocinaba. Y de una forma u otra consiguieron pasar el día. Las Navidades fueron aún peor.

Camille compró los regalos que necesitaban para sus empleados y adquirió varios detallitos para su padre, la clase de cosas que Joy habría buscado para él, y un jersey de cachemira que Camille sabía que le gustaría. Había pedido a dos trabajadores del viñedo que le ayudasen a montar un árbol en el château y Raquel le ayudó a decorarlo. Su padre se quedó devastado cuando volvió a casa y lo vio. Había estado triste en la fiesta de Navidad que habían celebrado en la oficina. Sam

Marshall los había invitado a pasar la Nochebuena con ellos, consciente de lo duras que serían esas Navidades porque había pasado por lo mismo, pero Christophe también declinó esa oferta. Ese año no había aceptado ninguna invitación a fiestas de Navidad. Hacía dos meses y medio que Joy había fallecido y la herida estaba todavía demasiado reciente, también para Camille. Pero ella estaba tan ocupada cuidando de su padre que no había tenido tiempo para pensar en otra cosa que no fuese el trabajo. Su madre le había asignado la misión de cuidarlo y eso estaba intentando.

En Nochebuena fueron a la misa del gallo y al día siguiente dieron un paseo en bicicleta después de intercambiarse regalos; Camille se sintió aliviada de que las vacaciones ya casi hubiesen terminado, pues ese año fueron angustiosas. Sabía que la situación mejoraría, pero esos primeros meses eran difíciles de soportar. Ella también echaba de menos a su madre. Sabía que su padre intentaba hacer de tripas corazón, pero durante veintitrés años había recibido el amor y las atenciones de una mujer cariñosa; acostumbrarse a estar otra vez solo le resultaba insoportable, a pesar de los intentos de Camille por adelantarse a todos sus estados de ánimo y necesidades.

Le habría gustado ponerse al día con sus viejos amigos durante las vacaciones, pero no quería dejar solo a su padre, aunque incluso en Nochevieja él acabó acostándose a las nueve y ella se quedó sola viendo la televisión. Al día siguiente, Christophe dijo que iba a reanudar los viajes de negocios en enero. Fue todo un alivio oírle decir eso. Desde que Joy había enfermado, había descuidado a todos sus clientes importantes. Camille sabía que lo echaría de menos mientras estuviese ausente, pero era preferible que se mantuviese ocupado y saliese otra vez al mundo. Sería más saludable para él que permanecer sumido en el duelo un día tras otro.

Su primer viaje fue a Gran Bretaña, Suiza y Francia, e hizo un alto para visitar a su familia en Burdeos un fin de semana.

Camille lo vio mejor a la vuelta; hacía meses que no estaba tan vivo. Incluso había conseguido un nuevo cliente en Londres. Tenían viajantes y representantes que se ocupaban de las cuentas normales, pero durante todos los años que llevaban en el negocio, Christophe había visitado en persona a los clientes más importantes, a quienes les convenía esa atención. Él era un hombre encantador e inteligente que sabía todo lo hay que conocer sobre la viticultura. Había estado entregado a ella toda su vida, tanto en Francia como en Estados Unidos. Y nadie promocionaba mejor sus vinos que él. Tenía pensado viajar a Italia y España en marzo, a Holanda y Bélgica en algún momento de abril, y estaba considerando ir a Japón, Hong Kong y Shangai en mayo. Tenía que recuperar el tiempo perdido con sus grandes clientes extranjeros.

Acababa de volver del viaje a Italia en marzo cuando lo invitaron a una gran cena ofrecida a los viticultores más importantes del valle de Napa. Esa noche, mientras cenaban en la cocina, Camille le preguntó si iría. Se había sentido sola mientras él se encontraba fuera, pero estaba muy ocupada con el trabajo. Seguía muy atareada, se encontraba agotada y había pillado un buen resfriado cuando él llegó a casa.

—Tengo jet lag y no quiero ir —contestó él, sirviéndose una ración frugal de tacos de Raquel, que normalmente le encantaban. Había adelgazado mucho desde la muerte de Joy.

—Te vendría bien, papá —dijo ella, animándolo—. Seguro que Sam asiste. ¿Por qué no vais juntos? —Le dolía verlo tan triste todo el tiempo.

—Seguro que prefiere llevar una pareja antes que ir conmigo —dijo su padre con aire sombrío, cansado del viaje.

—¿Sigue saliendo con esa congresista de Los Ángeles?

Ella sabía poco de aquella historia, nunca lo había visto con esa mujer, aunque ya hacía mucho que Barbara había fallecido. Sam Marshall era un hombre atractivo, pero llevaba su vida privada con discreción.

—Creo que sí, pero no habla del tema —comentó Christophe.

—¿Por qué crees que hace eso?

—Creo que ella procura evitar a la prensa y no le interesa hacer vida social aquí. —Pese a ser buenos amigos, Sam y él nunca trataban este tema en concreto, y Christophe no quería entrometerse. Hablaban de sus uvas, no de su vida amorosa—. Ella es más o menos de su edad, y una mujer muy simpática e inteligente. Aunque no creo que quiera que la prensa se entere de su relación con él. Los he visto juntos en St. Helena un par de veces, pero siempre lo llevan con discreción. Me la presentó por su nombre de pila, pero yo ya sabía quién era.

—¿Crees que Phillip lo sabe? —Camille se preguntaba qué opinaba él del asunto y si Sam volvería a casarse.

—Seguramente. Ella no es la clase de mujer que busque algo de él y, para variar, eso es bueno.

Todas las cazafortunas del valle de Napa habían ido a por él tras la muerte de su esposa, pero Sam se había vuelto un experto en evitarlas. Una congresista de Los Ángeles resultaba una opción sorprendente para Camille e interesante para Sam. La chica se preguntaba si su padre acabaría encontrando alguien así, pero él seguía tan enamorado de su difunta esposa que no quería salir a cenar con amigos, y menos aún empezar a tener citas. Camille era consciente de que Joy era difícil de reemplazar, y así sería durante mucho tiempo.

—Deberías ir a la cena de los viticultores, papá. Te sentaría bien.

—¿Vendrías conmigo? —preguntó él con cautela.

—Estoy enferma, tengo la nariz roja y un montón de trabajo pendiente.

Ella tampoco había hecho vida social desde la muerte de su madre, pero su padre estaba más deprimido que ella, y a Camille le preocupaba. Por lo menos había vuelto a viajar.

—Me lo pensaré —dijo él vagamente, aunque no parecía

que fuese a hacerlo—. Deberíamos irnos fuera un fin de semana —propuso gentilmente—. Hace mucho tiempo que tú tampoco te diviertes.

A Camille le conmovió que hubiese reparado en ello. Durante los últimos cinco meses él había estado totalmente absorto en su dolor, pero ella había salido adelante, ocupada con el trabajo. Había estado enviando correos electrónicos y mensajes de texto a sus amigos de la universidad para mantener el contacto con ellos, sobre todo con los que estaban lejos. Le costaba creer que se hubiera graduado hacía solo nueve meses. Parecía que hubiese pasado una eternidad.

Al día siguiente su padre le dio una sorpresa al aparecer con traje y corbata cuando ella llegó a casa del trabajo. Lo único que a Camille le apetecía era meterse en la cama. Su resfriado había empeorado.

—Me voy a la cena de los viticultores —dijo él, avergonzado—. Tenías razón, Sam va a asistir y he quedado con él allí.

Una gran sonrisa se dibujó en el rostro de Camille. Al final le había hecho caso.

—Me alegro, papá. Estás espectacular. Llevas una corbata estupenda.

—La compré en Roma.

Era una corbata Hermès de color rosa intenso. No era propio de él llevar algo tan chillón, pero le daba un aire alegre y juvenil; un cambio importante después de los últimos cinco meses, durante los cuales parecía que se hubiese vestido a ciegas todos los días sacando algo viejo y desgastado del armario, sobre todo de colores negro y gris, algo que se ajustaba a su estado de ánimo.

—Que te diviertas en la cena —dijo ella alegremente mientras él se dirigía a su coche.

—Lo dudo. Un montón de viejos y aburridos vinateros hablando de productos químicos, barricas y el tonelaje de la última cosecha... Puede que me duerma. —Le sonrió.

—Dile a Sam que te despierte —dijo ella, y le lanzó un beso antes de cerrar la puerta del château mientras él se marchaba en su coche deportivo.

Sin embargo, cuando llegó a la fiesta no era en absoluto lo que él esperaba. Se trataba del grupo habitual de viticultores importantes, a los que ya conocía, mezclados con uno o dos más modestos. Había unos cuantos miembros de la vida social de Napa, a los que también conocía y que no le resultaban muy simpáticos, y algunas caras nuevas que no había visto antes y que se le antojaron pretenciosos aspirantes a entendidos en vinos. Cuando llegó se sintió súbitamente incómodo y se dio cuenta de que tendría que hablar con gente que no conocía y hacer un esfuerzo social que en aquel momento le parecía superior a sus fuerzas. Era una cena formal con tarjetas que indicaban la mesa en la que se sentaba cada invitado, y en la tabla apoyada sobre un caballete vio que su asiento se hallaba entre dos mujeres que no conocía, una situación que le resultaba incómoda. La fiesta se celebraba en casa de uno de los viticultores de mayor edad y, al entrar, vio a Sam hablando con su anfitrión al otro lado de la sala, pero prefirió no interrumpirlos.

Christophe aceptó una copa del vino blanco del anfitrión que le ofreció un camarero con una bandeja de plata y se quedó quieto un instante bebiendo el vino y sintiéndose perdido. Era la primera vez que iba a una cena sin Joy; la echaba terriblemente de menos y en aquellos momentos deseaba no haber asistido y haberse metido en la cama.

—¡Qué corbata más maravillosa! —dijo una voz de mujer con acento francés.

Christophe se volvió y se halló ante una mujer alta y delgada vestida muy a la moda. Tenía el cabello moreno recogido en un moño prieto, lucía un sobrio traje negro y parecía muy elegante para el ambiente de Napa. Tenía los labios de un vivo color rojo, una gran sonrisa, unos ojos chispeantes que parecían llenos de picardía y, sin lugar a dudas, era francesa. Hacía mucho que no veía a una mujer así. Lucía una gruesa pulsera de oro en un brazo y llevaba unos sensuales zapatos de tacón de aguja.

—Gracias —respondió él educadamente, sin saber qué decir después. Había estado casado mucho tiempo y se sentía rígido y raro sin su esposa. Se preguntaba qué habría pensado Joy de la francesa que le sonreía—. La compré en Roma —añadió, a falta de algo mejor que decir.

—Una de mis ciudades favoritas. Toda Italia, en realidad. Venecia, Florencia, Roma. ¿Estuvo de viaje de negocios?

Él asintió con la cabeza. Se sentía ridículo por no hablar en su idioma natal cuando los dos eran franceses, pero el inglés de la mujer era muy bueno y, después de veinticinco años en Estados unidos, el suyo era excelente, sin apenas acento.

—¿Está de visita en el valle de Napa? —preguntó, pasando al francés, y ella sonrió.

—Acabo de mudarme desde París. ¿De dónde es usted? —inquirió ella con curiosidad.

—Soy de Burdeos, pero hace mucho que vivo aquí.

—Si está aquí esta noche, debe de ser viticultor —comentó ella admirada—. ¿Conozco su bodega?

—Château Joy —respondió él modestamente, y ella abrió mucho los ojos.

—Mi pinot noir favorito. Es un honor conocerlo —dijo ella con la dosis justa de efervescencia.

Era seductora sin pretenderlo y muy francesa. Las estadounidenses no coqueteaban de esa forma, ni tampoco los hombres norteamericanos. Ellos hablaban de negocios y deportes. En Francia, los hombres y las mujeres eran más seductores al conversar y en el modo de dirigirse unos a otros. Pero él estaba desentrenado y no le apetecía jugar con ella. No había coqueteado con una mujer desde que conoció a Joy.

—¿Qué la ha traído al valle de Napa? —No sentía especial curiosidad por saberlo, pero le pareció el comentario correcto y le permitió descargar el peso de la conversación en ella.

—Mi marido murió hace seis meses —dijo ella simplemente—. Teníamos un château en Périgord, pero es demasiado triste en invierno y necesitaba cambiar de ambiente.

—Es muy valiente por su parte —declaró él, completamente en serio—. No es fácil mudarse a un sitio donde uno no conoce a nadie.

—A usted debió de pasarle lo mismo cuando vino aquí desde Burdeos —dijo ella con soltura, deseosa de saber más sobre él.

—Tenía veintiséis años cuando me trasladé a Napa. A esa edad todo es fácil. Vine a los veinticinco para asistir a unos cursos y decidí montar una bodega aquí.

Ella sonrió al oír sus palabras.

—También fue muy valiente por su parte.

Es cierto que lo había sido, pero en su día no había tenido esa impresión, sobre todo gracias a la ayuda de Joy.

—Perdí a mi esposa hace cinco meses —confesó, y se arrepintió al instante de haberlo hecho, pero ella había dicho que había enviudado hacía seis, y el comentario le había dado pie a hacerlo.

—Es un cambio tremendo, ¿verdad? —dijo ella con delicadeza—. Yo todavía me siento bastante perdida. —Bajó la vista un momento y acto seguido volvió a mirarlo. De repente parecía muy vulnerable a pesar de su elegante apariencia y él entendió a la perfección cómo se sentía—. Mi marido era mucho mayor que yo y, durante los últimos años, estuvo mal de salud, pero aun así es un golpe terrible.

Christophe asintió con la cabeza pensando en Joy y calló durante un momento. Sam se acercó a saludarle y se dirigió también a la mujer con la que había estado hablando.

—Buenas noches, condesa —dijo, casi en tono socarrón,

y charló con Christophe unos minutos sin hacer caso a la mujer.

—¿Os conocéis? —preguntó Christophe.

Sam asintió con la cabeza.

—Hemos coincidido en otras ocasiones —dijo fríamente la mujer a la que había llamado «condesa», lanzando una mirada ligeramente coqueta a Sam, de la que él hizo caso omiso de manera deliberada, y se marchó.

Minutos más tarde les hicieron pasar para la cena y Christophe se encontró sentado al lado de ella; en el otro había una mujer de edad muy avanzada que estaba hablando con la persona sentada junto a ella y que no se dirigió a Christophe.

—¿Tiene hijos? —le preguntó Christophe una vez que se sentaron.

—Tengo dos hijos en París que van a venir este verano. Pero su vida está en Francia. Uno es banquero y el otro está en la universidad. No quieren mudarse aquí. Mi marido tenía hijos de mi edad, pero no estamos muy unidos —dijo con pesar, y Christophe no quiso preguntar por ellos.

Parecía un tema doloroso para la mujer y, si su marido le llevaba tantos años, tal vez sus hijos tenían celos de ella. Era muy atractiva, aparentaba cuarenta y tantos años o menos, aunque en realidad tenía la misma edad que él.

—¿Y usted? ¿Tiene hijos? —le preguntó ella, mostrando interés por todo lo relacionado con él. Tenía aptitud para el trato social y era muy zalamera.

—Una hija. Se graduó el año pasado y trabaja en la bodega conmigo. Su madre también lo hacía. Es una empresa familiar.

—Qué maravilla, tener a su hija a su lado.

Él asintió con la cabeza y se fijó en que la tarjeta de la mujer rezaba CONDESA DE PANTIN. De modo que utilizaba su título, un detalle que en Estados Unidos debía de impresionar a la gente, aunque a él no le afectó de ninguna forma pues había crecido rodeado de títulos nobiliarios. Le impresionaba más lo franca, afectuosa e inteligente que era aquella mujer.

Hablaron del reciente viaje de Christophe a Italia y ella le hizo muchas preguntas sobre la bodega. Le dijo que de joven había trabajado de modelo para Dior y que entonces había conocido a su marido; él estaba de compras con su querida y acabó enamorándose de ella. Los dos rieron: sonaba a situación muy francesa. A continuación ella se volvió educadamente hacia el hombre sentado a su otro lado y charló con él. Christophe se quedó en silencio un rato, meditando sobre la conversación, pensando inevitablemente en Joy y deseando que estuviese allí. Él y la condesa charlaron brevemente mientras tomaban el café, y ella le dijo que estaba empezando a organizar pequeñas cenas para conocer a gente de la zona y hacer amigos. A él le pareció admirable, aunque algo superior a sus fuerzas en ese momento. Tener invitados en solitario ya le parecía increíblemente deprimente.

—¿Cómo puedo ponerme en contacto con usted? —le preguntó ella cuando se levantaron de la mesa, y él repitió el nombre de su bodega—. Claro.

A continuación ella desapareció y él estuvo hablando con Sam unos minutos, dio las gracias al viticultor que había ejercido de anfitrión de la cena y se fue. Vio a la condesa en el aparcamiento esperando a que el aparcacoches le trajese su vehículo mientras se encendía un cigarrillo, cosa que le sorprendió. Pero había que tener en cuenta su origen, y estaba acostumbrado a ver a las francesas fumando cuando visitaba a su familia en Francia. Dejaron el Aston Martin delante de Christophe, quien se subió y le dijo adiós con la mano al tiempo que otro aparcacoches traía el automóvil de ella, un Mercedes. La mujer sonrió a Christophe mientras él se alejaba y pensó en él en el trayecto de vuelta a la casa que había alquilado por seis meses. Era un palacete en venta que atraía poderosamente a los recién llegados al valle de Napa, deseosos de impresionar a sus nuevos vecinos y de que su casa aparecise en una revista. Ella ya había decidido que iba a invitarlo a cenar; pero no sabía cuándo. Y también iba a invitar a Sam Marshall. Quería conocerlo mejor.

Cuando Christophe llegó a casa vio luz en el cuarto de Camille, llamó y abrió la puerta para darle las buenas noches. Su hija estaba sonándose la nariz y sonrió al verlo.

—¿Te lo has pasado bien? —preguntó esperanzada.

—La verdad es que no —contestó él sinceramente. Se había sentido solo al salir sin compañía, pero al menos se había esforzado por hacerlo e incluso se había puesto su corbata nueva—. Pero he conocido a gente. A una condesa francesa que se ha mudado aquí hace poco desde París.

—Qué nivel —comentó Camille sonriendo, y él asintió con la cabeza.

—Probablemente no se quede mucho tiempo. Es un poco demasiado glamurosa para el valle, pero tiene dos hijos que van a venir de visita este verano. A lo mejor te interesa conocerlos.

Camille asintió con la cabeza y volvió a sonarse la nariz. Por lo menos su padre había ido a la cena. Era un primer paso para reincorporarse al mundo y estaba orgullosa de él. Se imaginó a la condesa como una mujer muy distinguida y muy mayor, y se alegró de que su padre hubiese estado bien acompañado esa noche. Él le lanzó un beso y cerró la puerta después de decirle que esperaba que por la mañana se encontrase mejor.

—Gracias. Te quiero, papá. Me alegro de que hayas salido esta noche.

Él sonrió pensando en la elegante condesa.

—Yo también.

Se preguntaba si realmente ella le invitaría a cenar, pero de todas formas le daba igual. Cuando volvió a su habitación estaba pensando en Joy y en lo divertido que era siempre comentar con ella la velada cuando volvían a casa de una cena. Pero todo eso era ahora historia. Sonrió a la fotografía de su esposa que había en la mesita de noche cuando se metió en la cama unos minutos más tarde y le susurró al apagar la lámpara:

—Buenas noches, amor mío.

Y fue consciente de que no había una mujer como ella en el mundo.

4

Christophe se olvidó del encuentro con la condesa y estuvo ocupado en las viñas. Dos días después de la cena de los viticultores sufrieron una helada tardía, y estuvo despierto toda la noche asegurándose de que había calefactores encendidos en todas ellas y de que la ola de frío no deterioraba las uvas. Los calefactores eran anticuados pero efectivos. Una helada importante podría haber dañado la cosecha del año. Pero afortunadamente no duró mucho, y él y Cesare estuvieron en pie hasta el amanecer haciendo todo lo que pudieron para proteger las vides. Cesare era infatigable en situaciones como esa, uno de los motivos del profundo respeto que Christophe sentía por él, algo que Joy nunca había llegado a entender.

Cesare había estudiado todas las tradiciones europeas, como Christophe, y los dos hombres habían incorporado las modernas técnicas estadounidenses a su repertorio. Cesare era un experto y estaba orgulloso de sus funciones como responsable de viticultura, cargo que equivalía a una especie de «agricultor jefe» de la bodega, y supervisaba regularmente la salud y la seguridad de las vides, desde heladas hasta pestes y otros peligros. Eso también implicaba plantarlas cuando correspondía. Además, detectaba los problemas casi antes de que se produjesen. Procuraba que sus cuadrillas estuviesen siempre organizadas y listas para trabajar, y su equipo en buenas condiciones. También se aseguraba de que se arrancaban las hojas, se recortaban los racimos y se recogían las uvas en el momento preciso. Cesare estaba en comunicación constante con Christophe, consultaba sus decisiones con él, ateniéndose al criterio de su jefe, y siempre estaba dispuesto a quedarse de guardia las veinticuatro horas del día. Cada aspecto de la producción del vino de Château Joy y sus uvas era su prioridad, y su intuición era infalible, mucho más de lo que Joy le reconocía. Ella pensaba que era un viejo arisco, gruñón y deshonesto, a pesar de la especial atención que prestaba a su vino. Para Christophe, valía la pena aguantar que Cesare les estafase unos cuantos dólares de su cuenta de gastos, pero para Joy aquello era un grave delito.

A Camille, el continuo regateo de Cesare por unos centavos y sus mentiras cuando le convenían le parecían un defecto que le costaba pasar por alto, y se negaba a hacerlo. Sabía lo importante que era él para su padre y para la bodega, pero también quería velar por su economía. Y Cesare había empezado a extender sus quejas sobre Joy a su hija, que le caía casi tan mal como su madre. Él y Camille discutían casi a todas horas, principalmente por pequeñeces.

Cesare no se había casado ni tenía hijos. De joven había sido un seductor y un mujeriego, aunque en la madurez se había calmado un poco y su atractivo se había marchitado con el tiempo. Era consciente de la belleza de Camille y reconocía de buena gana que era una chica preciosa, pero pensaba que la dureza de carácter que había heredado de su madre, al menos tal como él la veía, le restaba atractivo como mujer y no tenía reparos en decírselo, cosa que tampoco le granjeaba el cariño de ella. Reñían continuamente, y de manera ilógica, en opinión de Christophe.

—Acabarás siendo una solterona si no te andas con cuidado —le advirtió Cesare una ocasión en que ella puso en tela de juicio sus últimas cuentas. Él consideraba que cualquier insulto era una venganza justa—. A los hombres no les gustan las mujeres que discuten por dinero —le informó—. Además, creía que ibas a volver a la universidad, a la escuela de administración de empresas —añadió esperanzado.

Ya había mencionado aquello varias veces desde la muerte de su madre. Estaba deseando que se largase. Christophe nunca le daba los mismos problemas que Joy y Camille, algo que atribuía a que eran estadounidenses. Él siempre había preferido a las mujeres europeas, pese a haber dejado Italia hace ya treinta años.

—No pienso volver a la universidad hasta dentro de dos o tres años —le recordó Camille una vez más—. Además, mi padre me necesita aquí —dijo con determinación.

—Podemos contratar a otra secretaria para que te sustituya —replicó él despectivamente, poniéndose su maltrecho sombrero de paja sobre la melena rebelde de pelo canoso cuyos alborotados tirabuzones asomaban por todas partes.

Se había convertido en un viejo cascarrabias, sobre todo con Camille, pues ni ella ni su madre habían sido nunca vulnerables a su supuesto encanto. Y, con toda la pasta que comía, había engordado. Era un cocinero estupendo, pero Joy había rechazado todas sus invitaciones a cenar. Cuando Christophe cenaba con él, Cesare le preparaba unos fabulosos platos de pasta y se quedaban hasta altas horas de la noche hablando de los viñedos y de lo que podían hacer para mejorar su vino.

Christophe disfrutaba de su compañía, pero las mujeres de su familia, no. Cesare era terco y protestón, y consideraba que las mujeres solo servían para una cosa. No creía que estuviesen hechas para los negocios y, desde luego, no para dirigir una bodega, que insistía en que solo un hombre podía entender. Su falta de respeto por Camille se reflejaba en su mirada y su actitud cuando hablaba con ella. No había sido tan descarado con su madre, pues Joy no dudaba en entrar en conflico con él y, de vez en cuando, acababan a gritos. Camille era más amable y más respetuosa con su edad, había crecido viéndolo como parte integrante de su vida, pero coincidía con su madre en la relación laxa de aquel hombre con la verdad y el dinero. Era un continuo incordio. Pero Christophe era bueno y justo con sus empleados, y valoraba a cada uno por lo que podía ofrecer, a pesar de sus defectos. Él siempre veía las dos caras de la moneda, como en el caso de Cesare.

—Acabarás sola —volvió a advertir Cesare a Camille mientras salía de su despacho dando grandes zancadas, murmurando entre dientes en italiano como hacía siempre que lo pillaban con algo y se enfadaba porque no podía defenderse.

A Camille, que ya rondaba los veintitrés años, no le preocupaba aquello. Y lo último que oyó de él al desaparecer fue un comentario despectivo sobre las mujeres de Estados Unidos. Su padre se cruzó con él en el pasillo, Cesare lo miró y puso los ojos en blanco; Christophe entró en el despacho de Camille con una mirada inquisitiva. Ella se llevaba bien con el resto de la gente.

—¿Algún problema con Cesare?

No estaba disgustado, pero advirtió que su hija estaba enfadada, como su madre cuando tenía que tratar con él.

—Lo de siempre: ha añadido veintisiete dólares a su cuenta de gastos. No sé por qué se empeña.

—Deberías dejarlo correr. Lo acaba compensando de otras formas. Esta semana se quedó dos noches en vela conmigo durante las heladas. —La temperatura ya había subido, y sus cosechas no habían sufrido ningún daño—. Si le pagásemos horas extra, le deberíamos mucho más que esos veintisiete dólares. No puede evitarlo. Es algo cultural; para él es una especie de juego intentar cobrar de más. A tu madre le sacaba de quicio, pero no compensaba las energías que invertía en ello.

Pero Joy era una mujer meticulosa, hacía cuadrar las cuentas hasta el último centavo y creía que la honradez era una cualidad que se tenía o no se tenía; blanco o negro. A menudo citaba un refrán francés a Christophe que él le había enseñado cuando se conocieron: «Quien roba un melón roba un millón». Ella lo creía a pies juntillas y lo aplicaba regularmente al responsable de viticultura. Estaba convencida de que él ocultaba engaños mayores y de que era capaz de robar aún más, por lo que se dedicaba a garantizar que no lo lograse.

—Mamá nunca se fio de él —recordó Camille a su padre, y él sonrió tristemente.

—Lo sé, créeme.

Charlaron varios minutos y Camille reanudó el trabajo en su ordenador. Todos los datos de los grandes libros con cubiertas de piel que recogían la contabilidad de la bodega estaban informatizados, pero a Christophe le gustaban las tradiciones añejas y quería que los libros de contabilidad también se mantuviesen actualizados, cosa que había supuesto el doble de trabajo para Joy, y ahora lo era para Camille. Él creía en la modernización, pero solo hasta cierto punto. Camille tenía una propuesta de marketing que quería tratar con él, consistente en aumentar el uso de las redes sociales para promocionar sus vinos, pero estaba esperando el momento oportuno para sacarla a colación. Y sabía que Cesare se mostraría hostil. Él pensaba que todas las cosas modernas eran peligrosas y una pérdida de tiempo, y solía influir en Christophe a ese respecto. Había sido Joy la que había hecho evolucionar a su marido con los tiempos, gracias a sus innovadoras ideas y sus magníficos planes de negocio para desarrollar la empresa y mantener la solidez. Ahora le correspondía a Camille continuar donde ella lo había dejado, con ideas todavía más modernas.

Camille veía un montón de formas de modernizar la bodega y estaba deseando hablar con su padre del asunto en el momento adecuado. Quería poner en práctica varias ideas nuevas para el verano y esperaba que se mostrase receptivo. Christophe era así de impredecible. Joy siempre lograba convencerlo porque él tenía un enorme respeto por su visión financiera y sus ideas razonables. Camille sabía que todavía tenía que demostrarle su valía. En algunos aspectos, él seguía viéndola como a una niña y ella lo parecía. Camille siempre había aparentado menos años de los que tenía. Poseía las hermosas facciones de su madre, pero había heredado el largo cabello rubio y los grandes ojos azules de su padre. A todo el mundo le recordaba a veces a la Alicia del País de las Maravillas, y ella era consciente de que eso no facilitaba que hombres como Cesare la tomasen en serio. Pero él tampoco respetaba a Joy y, de hecho, ella le daba algo de miedo porque no dudaba en enfrentarse a él. Camille era más dulce, y también más joven, pero Christophe sabía que era tan lista como su madre y que sería perfectamente capaz de ocupar el puesto de Joy e incluso de dirigir la bodega algún día. Pero ese día todavía no había llegado y él no quería que lo agobiasen con ideas nuevas demasiado tecnológicas. Él deseaba mantener el aura tradicional y europea de su marca; hasta entonces les había dado buen resultado, por mucho que Joy hubiese modernizado la empresa de puertas adentro. La combinación de sus personalidades e ideas había sido todo un éxito.

Al volver a su despacho tras la breve visita a Camille, Christophe se sorprendió cuando su joven asistente le dijo que había al teléfono una tal condesa de Pantin esperando para hablar con él. Al principio, el nombre no le dijo nada y se le quedó la mente en blanco, pero luego se acordó de la francesa que se había sentado a su lado en la cena de los viticultores. No tenía esperanzas de volver a verla, a pesar de la referencia de la mujer a una futura invitación, un comentario que él no se había tomado en serio y al que no le había dado ninguna importancia. Era una de esas frases de cortesía que la gente decía, como «Ya quedaremos para comer algún día». Y en la mayoría de los casos, ese día no llegaba nunca. Ella era mucho más distinguida que él, con su elegante vestido negro parisino y sus complementos a la moda. Le había dicho que tenía pensado quedarse solo seis meses en el valle para cambiar de aires. Las posibilidades de que volviesen a coincidir no eran muy elevadas, sobre todo si él se quedaba en casa con su hija por las noches, que era lo que le apetecía ahora que estaba viudo, tras la muerte de Joy. Era un papel al que todavía no se había adaptado.

Cogió el teléfono y la elegante condesa lo saludó en francés para acto seguido pasar al inglés.

—*Bonjour, Christophe!* —dijo, como si fueran viejos amigos, y él reparó en el matiz risueño de su voz.

Tenía un tono ligero que resultaba estimulante de inmediato, a diferencia de algunas nobles francesas que recordaba de su juventud, que se tomaban a sí mismas demasiado en serio, pues tenían en cuenta su posición y su título. Se notaba que no era el caso de ella, y eso le gustaba. Parecía una persona alegre, aunque también había enviudado hacía poco. Sin embargo, su marido era mucho mayor que ella y había estado enfermo durante bastante tiempo, según le había dicho, de modo que su pérdida tal vez no había supuesto un golpe tan duro como perder a Joy a los cuarenta y ocho años, cuando todavía estaba fuerte y hermosa y ambos creían que aún les quedaban muchos años de felicidad por delante. Christophe seguía desolado y sentía que se la habían arrebatado.

—Lamento molestarlo en la oficina —dijo la condesa a modo de disculpa—. ¿Le pillo en un mal momento?

—En absoluto. —Él sonrió mientras la escuchaba. Tenía una voz preciosa.

—No le entretendré. He improvisado una pequeña cena para el próximo sábado. Solo una docena de personas en mi casa de alquiler. Me apetecía pasar un buen rato y he conocido a mucha gente interesante. Espero que pueda venir.

No necesitó mirar el calendario. No tenía compromisos sociales; pronto se iría de viaje a Holanda, pero sería después de la fecha que ella había dicho. Aun así, no sabía si ya estaba listo para hacer vida social de soltero; de hecho, estaba seguro de que no, pero no quería ser maleducado con aquella mujer, y ella se encontraba en la misma situación que él. La condesa intentaba poner al mal tiempo buena cara, y él se sintió obligado a hacer el esfuerzo. No podía jugar con ella la baza del viudo reciente y pensó que sonaría patético. Y si Sam Marshall había sobrevivido, él también podría.

—Será muy informal —añadió ella—: vaqueros y chaqueta de sport para los hombres. No hace falta que lleve corbata, aunque la rosa de la otra noche era divina. Tendré que organizar otra cena para que pueda volver a ponérsela —le dijo en broma, y a él le sorprendió que se acordase de la prenda.

—Será un placer —respondió, halagado por la invitación, aunque no tenía ni idea de si se enfrentaría a una sala llena de extraños o si habría conocidos suyos.

Temía encontrarse con personas a las que conocía apenas de vista y que no se habían enterado de la muerte de Joy, porque tendría que explicarles lo ocurrido y darles la mala noticia. Le había sucedido varias veces en medio de reuniones y recados por St. Helena y Yountville, y resultaba doloroso dar explicaciones. Pero al principio no había forma de evitarlo, a menos que se quedase en casa y se convirtiese en un recluso, una opción tentadora en ocasiones, aunque sabía que tampoco era saludable ni bueno para Camille. Tenía que fingir que se estaba recuperando al menos por ella, aunque no creía que fuese el caso real. Seguía derramando lágrimas por Joy cada día, sobre todo por las noches, cuando se acostaba o se despertaba en la cama medio vacía. Durante el día estaba ocupado para pensar en ello.

—Gracias por invitarme, condesa —dijo educadamente, y ella rio.

—Por favor, llámeme Maxine, a menos que quieras que yo me dirija a ti como monsieur Lammenais y te trate de *vous* —le pidió ella.

Era una persona informal y parecía relajada hablando con él.

—Gracias, Maxine.

Ella le dijo la hora y la fecha de la cena y le dio su dirección. Se encontraba en una calle con el apropiado nombre de Money Lane, una denominación perfecta para algunas de las extravagantes casas construidas allí últimamente, además de otras antiguas. A juzgar por el aspecto de ella y su estilo, Christophe dudaba que la casa que había alquilado por seis meses fuese modesta.

—He contratado a un chef francés de la ciudad, de Gary Danko. Espero que le parezca bien.

Él volvió a quedarse admirado. Por lo visto ella había decidido tirar la casa por la ventana, cosa que no le sorprendió. Gary Danko era el restaurante más chic de San Francisco y su comida era muy elaborada. Le dio las gracias otra vez antes de colgar, se puso a trabajar en su escritorio planeando el próximo viaje a Europa y enviando correos electrónicos a la gente a la que esperaba ver y se olvidó de la cena por esa tarde. Tenía otras cosas en las que pensar y, al día siguiente, le sorprendió la llegada de un mensajero con un grueso sobre blanco crema dirigido a él con las iniciales E. M. escritas en tinta marrón oscuro con un letra elegante en la esquina inferior izquierda del sobre, las cuales indicaban que le había sido entregado en mano y no por correo. Cuando abrió el sobre vio una tarjeta del mismo color crema con un blasón dorado grabado y, escritas con la elegante letra de Maxine, las palabras «*pour mémoire*», «recordatorio» en francés, acompañadas de los detalles de la cena. Como una auténtica condesa, seguía las tradiciones francesas formales. Sus amigos del valle le habrían mandado un correo electrónico o un mensaje de texto para recordarle la cena, no una tarjeta con su blasón grabado. Y había añadido entre paréntesis al pie: «Me alegro mucho de que venga. *À bientôt!* M». Hasta pronto.

Dejó la tarjeta en el escritorio y se olvidó de ella después de preguntarse fugazmente quién asistiría y a qué grupos de la zona habría invitado la condesa. Ella era mucho más europea y tradicional que sus conocidos del valle de Napa, incluso los más importantes, como Sam y otros. Él no conocía su pasado, pero tampoco importaba. Había estado casada con un conde, y eso explicaba que hiciera las cosas con gran formalidad.

Se acordó de la cena la noche anterior al ver una nota en el calendario y se lo mencionó a Camille mientras comían el pollo que Raquel les había dejado en la cocina. No habían usado el comedor desde que Joy había muerto y a Christophe tampoco le apetecía hacerlo. Estaba contento comiendo en la cocina con su hija.

—Me había olvidado de decírtelo. Mañana por la noche voy a salir. Espero que no te importe. —Puso cara de disculpa y Camille se sorprendió.

—Pues claro que no. Te vendrá muy bien salir. ¿Vas a casa de Sam?

Él era el único amigo al que su padre veía por entonces, porque entendía mejor que nadie cómo se sentía después de perder a Joy. Era una buena compañía para Christophe y habían salido varias veces a cenar a restaurantes mexicanos, que a los dos les gustaban mucho. Así tenían la oportunidad de hablar de negocios y de sus problemas en común, aunque la empresa de Sam era mucho más grande que la de Christophe.

—Me han invitado a una cena —dijo Christophe mientras terminaban de cenar—. Me parece un poco lujosa para mí, pero me supo mal rechazarla.

Camille se alegró de que no lo hubiese hecho. Necesitaba ver a gente y ella sabía que su madre hubiera querido que asistiese, tal como le había dicho a Camille antes de morir. No quería que se encerrase y la llorase eternamente. Él necesitaba vivir, y algún día también a una mujer, aunque Camille era incapaz de pensar en ello sin que los ojos se le llenasen de lágrimas. Todavía no estaba preparada, ni él tampoco.

—¿Quién la organiza? —preguntó Camille mientras enjuagaba los platos.

—Una francesa. Me senté a su lado en la cena de los viticultores a la que fui hace unas semanas. Va a quedarse aquí seis meses y hace poco que perdió a su marido. Es la de los dos hijos que te comenté.

Camille había dado por sentado que eran mucho mayores que ella y que la condesa era una vieja viuda.

—Suena muy bien, papá.

Un antiguo amigo suyo de la universidad venía al valle de Napa a pasar el fin de semana con su novia y la habían invitado a cenar en Bouchon. Ella había rechazado la propuesta para no dejar solo a su padre el fin de semana, pero ahora podía ir. Parecía satisfecha.

—Yo cenaré con unos amigos mañana.

Él era un conocido de Stanford que había encontrado trabajo en Palo Alto y al que no veía desde que se habían graduado. Sería divertido reencontrarse y ponerse al día.

—Debería haberte pedido que me acompañaras —propuso él generosamente—, pero no se me ocurrió y, sinceramente, creo que te aburrirías.

Camille asintió con la cabeza, estaba de acuerdo.

Ella pasó el día siguiente con sus amigos en Meadowood, donde ellos se alojaban. Se trataba de un hotel balneario desde el que iban a acudir directos a una cena informal en Yountville, en el restaurante Bouchon, que a ella le gustaba mucho. No conocía a la novia de su amigo de Stanford, y le pareció alegre y divertida. Ella no tenía pareja para que fuese una cita a cuatro, pero a ellos les daba igual, y Camille se divirtió saliendo con gente de su edad. No lo había vuelto a hacer desde que su madre había enfermado un año antes. Trabajar en la bodega y hacer compañía a su padre excluían ahora la posibilidad de cualquier actividad o persona en su vida.

Christophe se vistió como Maxine le había recomendado: con unos vaqueros planchados, una camisa blanca sin corbata y una chaqueta de sport azul oscuro que Joy le había comprado en la tienda Hermès de San Francisco. Ella siempre se había asegurado de que vistiese bien. A Christophe no le gustaba ir de compras, era mucho más feliz en un tractor o andando por sus viñedos con sus pesadas botas de trabajo, pero cuando subió al Aston Martin y condujo hasta la dirección que le había dado la condesa, estaba más que presentable y muy atractivo. Tenía la tarjeta en el asiento delantero del coche, con el número de teléfono de ella por si le surgía algún problema o no encontraba la casa. Sin embargo, conocía bien la zona y llegó en quince minutos conduciendo rápido desde Château Joy.

Llamó al portero automático de la entrada, un hombre contestó y la verja se abrió sola cuando Christophe dijo su nombre. La casa era todavía más espléndida de lo que esperaba. Se trataba de una vivienda grande y amplia de una planta con detalles arquitectónicos modernos, jardines cuidados, una piscina enorme y un pabellón situado al final, donde los invitados se hallaban reunidos bebiendo mojitos, martinis y cosmopolitans servidos por un camarero con una chaqueta blanca almidonada antes de la cena. En el jardín contiguo a la casa había una larga mesa de comedor llena de flores y velas, y una reluciente cristalería y vajilla de porcelana sobre un mantel blanco. Parecía un banquete de revista y, de repente, Maxine se dirigió a él ataviada con un vestido diáfano de gasa rosa claro que llegaba hasta el suelo, unas sandalias doradas de tacón alto y su largo cabello moreno suelto. Por un instante, Christophe echó profundamente de menos a Joy, aunque ella nunca había tenido un vestido como ese y tampoco había dado fiestas tan ceremoniosas.

A Joy le encantaba organizar cenas en el château, pero siempre eran íntimas e informales, con conversaciones animadas y buena música en el equipo estéreo. Su difunta mujer inspiraba un ambiente agradable y cálido. El estilo de Maxine era totalmente distinto: elegante, formal y sofisticado en extremo. Vestía ropa de alta costura francesa, era más delgada y más alta que Joy, y se mostró extrañamente íntima y sutilmente sensual cuando besó a Christophe en las dos mejillas, al estilo francés, como si fuesen viejos amigos. Había en ella cierto atrevimiento y, aunque Joy era valiente y fuerte, no era tan extrovertida ni efusiva como Maxine. Joy era como una acróbata de gran destreza en todo lo que hacía, mientras que Maxine parecía más una maestra de ceremonias, pendiente de cada detalle mientras presentaba a sus invitados. La mayoría no se conocían entre sí, y todos eran extraños para Christophe, algo raro pues conocía a casi todo el mundo en el valle de Napa.

Había dos parejas de Los Ángeles que se dedicaban a la producción cinematográfica y que hacía poco habían comprado unos viñedos de proporciones considerables que pensaban gestionar a distancia. Christophe advirtió que no sabían nada del negocio del vino y que para ellos era más un símbolo de estatus que una pasión. Una pareja mexicana sobre la que Christophe había leído pero con la que no había coincidido nunca —él era uno de los hombres más ricos de su país— y sus dos guardaespaldas se mantenían a una distancia prudencial. También había una pareja de Dallas que había ganado una fortuna con el petróleo, y una pareja saudí que tenía casas por todo el mundo y se había enamorado del valle de Napa, por lo que estaban pensando en comprar una casa allí. Él había adquirido hacía poco un hotel y unos grandes almacenes en San

Francisco y le parecía divertido tener una casa en el valle y llevar a sus hijos en verano, cuando no estuviesen en el sur de Francia, en su residencia de la Cerdeña o en su yate en el Mediterráneo. Lo único que todos tenían en común era mucho dinero. Eran la clase de visitantes del valle de Napa a los que Christopher solía evitar. Se trataba de un acaudalado grupo internacional, y las parejas de Los Ángeles y Dallas eran a todas luces nuevos ricos deseosos de presumir de sus recientes fortunas. Eran interesantes y agradables pero mucho más exóticos que el tipo de personas que a él le atraían normalmente. Prefería a los viticultores locales serios, con los que tenía muchas más cosas en común. Ese grupo le parecía demasiado festivo. Sus antepasados de Francia eran circunspectos, nobles y respetables, pero toda esa gente habitaba un mundo exclusivo del que él no sabía nada; ni tampoco quería.

Se fijó en que Maxine y él eran los únicos solteros del grupo, pero por lo menos todos eran desconocidos y ninguno le preguntó dónde estaba Joy o qué le había pasado. Acabó sentado a la derecha de Maxine en la cena, a la cabecera de la mesa, un detalle cortés y generoso por su parte, pero le dio un poco de vergüenza descubrir que lo trataban como si fuera el invitado de honor. Sin embargo, a pesar de sus reservas iniciales, la conversación en la mesa fue animada e interesante. Todos viajaban mucho y no habían descubierto el encanto del valle de Napa hasta hacía poco. Como era de esperar, la cena estaba deliciosa, compuesta por muchos platos, y se sorprendió y conmovió al darse cuenta de que todos los vinos tintos servidos eran de Château Joy. Todo el mundo lo felicitó por lo magníficos que eran. Ella había elegido su mejor y más añeja cosecha, y Christophe se enorgulleció al ver el éxito que tenían sus vinos entre ese público. La pareja saudí dijo que lo prefería al Château Margaux y Maxine le sonrió. Él le dio las gracias por servir sus vinos en la cena mientras los demás conversaban.

—Deberías haberme avisado. Te los habría mandado yo —dijo cortésmente mientras ella le tocaba suavemente la mano, como si una mariposa se hubiese posado en ella, para apartarla a continuación.

—Ni hablar, Christophe. No puedes regalar tus vinos. Además, el dependiente de la bodega me aconsejó muy bien sobre cuáles comprar.

El bodeguero había elegido los más caros y Christophe supo enseguida lo mucho que le habían costado. Algunos de sus vinos eran más caros que sus distinguidos competidores franceses.

Maxine puso música después de cenar y algunas parejas bailaron, pero Christophe se abstuvo. No se imaginaba bailando con ninguna otra mujer aparte de Joy, pero para entonces ya estaba relajado y disfrutó conversando con Maxine y los demás. Después de la cena ella sirvió unos fuertes licores de frutas franceses y brandy. Cuando el grupo empezó a disolverse era la una y media de la madrugada. Para gran sorpresa suya, había sido una velada extraordinariamente agradable, con una comida magnífica y un grupo muy selecto al que no habría conocido de otra forma. Maxine lo había orquestado todo a la perfección con elegancia y distinción. No había sido una «pequeña cena». Se trataba de una rareza de primera categoría incluso en el valle de Napa, famoso por su esnobismo y por sus millonarios advenedizos. Cuando Christophe se levantó para irse tras los primeros invitados, ella le susurró que se quedase unos minutos más después de que se marcharan todos.

—Siempre es divertido cotillear un poco —dijo con los ojos brillantes, y él rio.

Aquello era lo que Joy y él solían hacer en el coche al volver de una fiesta. Christophe asintió con la cabeza y, a medida que los invitados se iban, se dio cuenta de que parecía que estaba saliendo con Maxine y que iba a pasar la noche con ella, cosa que le hizo sentirse incómodo de nuevo. Sin embargo, ella no hizo nada improcedente una vez que los demás se fueron. Se quitó las sandalias doradas con suelas rojas de Christian Louboutin, que tenían unos tacones muy altos, y se sentó en una de las tumbonas al lado de la piscina con su vestido vaporoso y los pies descalzos. De repente le pareció muy joven mientras charlaban sobre los asistentes a la cena. Ella le contó todo lo que sabía de ellos, aparte de que eran muy ricos. Le dijo que el hombre mexicano tenía una amante joven y sexy que era una estrella de cine, que la mujer de Dallas tenía una aventura con un importante viticultor, cosa que sorprendió a Christophe, y que el saudí tenía otras tres esposas en Riad, con las que no viajaba y a las que no llevaba a cenas, pero que les compraba a las cuatro unas joyas fabulosas en la joyería Graff de Londres, y que la que lo había acompañado a la cena era su esposa más importante, emparentada con el rey de Arabia Saudí. Conocía los trapos sucios de todos y le encantó compartirlos con Christophe.

—¿De qué los conoces? —preguntó él, entretenido y fascinado con su anfitriona.

No había conocido nunca a una mujer como ella. Había algo muy sensual y seductor en Maxine. Notaba claramente que él le gustaba, aunque no se podía comparar ni por asomo con los demás. Le había ido muy bien en la vida, y tenía lazos familiares ilustres y prósperos en Francia, pero no se acercaba a los miles de millones de dólares que representaban las fortunas de los invitados de esa noche.

—Los he conocido aquí y allá —respondió ella vagamente—. Intenté que viniera tu amigo Sam Marshall, pero estaba ocupado.

La secretaria de Sam le había respondido enseguida con un correo electrónico, pero él no había atendido la llamada.

—Para ser sincero, este no era su tipo de velada. No se lo habría pasado bien. Sam vive en su mundo.

Él era igual de exitoso y acomodado que ellos, pero lo vivía de otra forma. No le interesaban los yates ni las casas lujosas, aunque tuviera una bonita residencia. Se dedicaba principalmente a los negocios y a su vida en el valle entre gente más llana. Christophe provenía de una familia más cosmopolita; el saudí conocía a dos de sus tíos, que vivían a lo grande y veraneaban en el sur de Francia, aunque a él ese tipo de vida nunca le había atraído. Pero por lo menos le resultaba familiar. Sam habría estado como pez fuera del agua y habría aborrecido aquella cena desde el primer minuto.

—Mi marido era mucho mayor que yo y estuvo varios años enfermo. Cuando nos mudamos de París a su château en Périgord, llevamos una vida muy recluida. Y aunque lo echo muchísimo de menos, me moría de ganas de conocer a gente, y aquí hay personas muy interesantes. El valle de Napa parece atraer a gente de todo el mundo —dijo Maxine alegremente sonriendo a Christophe.

—Así es —convino él—, aunque no siempre a la gente adecuada. Reconozco que prefiero pasar el rato con gente de mi sector, como los dueños de las bodegas, pero esta noche ha sido una oportunidad única para mí. Nunca me relaciono con gente así —reconoció sinceramente—. Aun así, debes de echar de menos París. Esto es un páramo comparado con la vida que podrías llevar allí.

Ella era tan distinguida, elegante y sofisticada que él no se la imaginaba entre la gente corriente del valle, ni siquiera entre los grandes viticultores como Sam.

Maxine se quedó callada un momento y a continuación lo miró.

—Ya sabes lo complicadas que son las leyes de sucesión en Francia. Mi marido tenía cinco hijos, y tres cuartas partes de cualquier herencia deben ir a parar a ellos. Ha sido increíblemente difícil dividir sus propiedades de forma que reciban tres cuartas partes de todo y yo, el resto. Ha sido un gran obstáculo para resolver la situación y, encima, ellos querían volver a la casa de París y la finca de Périgord. Y como no tuvimos hijos en común, todo ha sido muy desagradable. Yo no lo soportaba; me ponía muy triste. Ellos siempre me tuvieron envidia porque me portaba bien con su padre. Sus cuatro hijos varones son unos monstruos y su hija me detesta. Mis amigos me dijeron que yo era muy tonta y demasiado honesta. Pero quería a Charles y no deseaba ver disuelto todo lo que él amaba. Me quedé con una cantidad muy pequeña, les vendí mi parte de la herencia y me fui. Quería estar lo más lejos posible de ellos. Ni siquiera tengo ganas de volver a ver la casa de París; me partiría el corazón. Fue mi hogar durante cinco años, los más felices de mi vida. El château de Périgord es un poco deprimente y necesita muchas reparaciones; nadie lo ha tocado desde sus abuelos. Así que pensé que el valle de Napa sería un cambio estupendo. Aquí no tengo recuerdos. Para mí es como empezar de cero. No sé si me quedaré. Puede que vaya a Los Ángeles una temporada, probablemente en otoño. O a Dallas, donde la gente es tan acogedora; así conocí a la pareja que ha estado aquí esta noche. Antes de venir aquí, pasé un mes allí, pues una vieja amiga mía en Houston está casada con un texano de una importante familia petrolera. Ella me presentó a mucha gente. Pero de momento soy feliz aquí, en Napa. En realidad he sufrido una doble pérdida: mi marido y nuestro estilo de vida. Mis hijastros lo han echado todo a perder. También han tratado muy mal a mis hijos. El año pasado perdieron a su padre, que también era muy mayor, y ahora a su padrastro. Ha sido un año duro para nosotros.

»Estoy buscando un nuevo hogar donde volver a empezar. Mis hijos son más felices en Francia, pero me gustaría que pasaran una temporada aquí conmigo. Y tengo una madre de ochenta y siete años que quiero traer cuando eche raíces. No quiero que se mude conmigo hasta que decida dónde quiero quedarme.

Christophe esperaba que les hubiera sacado una suma generosa por arruinarle la vida, tal como ella le había explicado. En Napa sin duda vivía bien en la casa de alquiler y se divertía espléndidamente, pero parecía que sus hijastros se la habían jugado y habían abusado de ella. Maxine no parecía conflictiva; no había querido entablar una batalla legal con ellos y había renunciado a su parte de la herencia de su marido a cambio de una cantidad relativamente pequeña en lugar de ir a juicio y enfrentarse a ellos. Él la respetaba por ello.

—Pues espero que encuentres el hogar que buscas, Maxine —afirmó con sinceridad—. Te mereces encontrar la tranquilidad entre gente buena. El valle de Napa es un sitio maravilloso. Aquí hay muy buena gente, aunque no es tan glamurosa como tus invitados de esta noche —añadió amablemente, y ella lo miró con una sonrisa de gratitud.

—Gracias, Christophe —dijo Maxine con afabilidad.

Él dejó su copa y se levantó. Se había hecho muy tarde: eran casi las tres de la madrugada. Había dejado de beber hacía un rato y se había pasado al agua para poder conducir de vuelta a casa. Estaba alegre después de la velada con sus amigos, pero no borracho.

—Me lo he pasado de maravilla. Gracias por invitarme —dijo mientras ella lo acompañaba a su coche con los pies descalzos y el vestido vaporoso flotando a su alrededor.

Era parisino, de Nina Ricci, pero él no habría conocido el nombre aunque ella se lo hubiese dicho. Lo único que sabía era que estaba preciosa, que era inteligente y encantadora, y que había salido malparada de la relación con sus hijastros de Francia. Aparte de eso, no conocía nada de ella, salvo que era una buena y divertida compañía, pero no necesitaba saber más. Se preguntaba si se harían amigos o si ella era demasiado sofisticada para el valle de Napa y se marcharía a otro sitio. Seguramente la vida de Christophe le parecía terriblemente sencilla, y no se equivocaba. Pero a él le encantaba su existencia tal como era. Ella era una mariposa rara de alas enjoyadas y colores brillantes, agradable a la vista pero de un mundo distinto al de él.

Maxine volvió a besarle en las mejillas cuando él se marchó y luego entró como flotando en la vivienda. Christophe regresó a casa en su Aston Martin sintiéndose como si hubiese pasado la noche en un ovni lleno de alienígenas extraordinarios y fascinantes que ahora lo hubiesen depositado otra vez en la Tierra. Y, como siempre, al volver en coche se sintió solo porque deseaba poder contárselo todo a Joy. Pero esos días habían quedado atrás.

5

A la mañana siguiente Christophe desayunó con Camille en la cocina. Ella iba vestida con ropa de tenis porque había vuelto a quedar con sus amigos en Meadowood para jugar un partido con ellos. Resultaba agradable estar con gente de su edad y que no se dedicaba al sector vinícola. Ahora era prácticamente lo único en lo que pensaba, y las personas con las que hablaba eran de la edad de su padre. La gente de su generación había salido de su vida tras acabar la universidad y morir su madre unos meses más tarde.

—¿A qué hora volviste a casa anoche? —preguntó ella con interés, mientras dejaba una taza de café al lado de su padre—. Yo llegué a casa a la una y todavía no habías regresado. ¿Te lo pasaste bien?

Camille esperaba que sí, aunque esa mañana él estaba serio. Al despertar había estado pensando en la noche anterior. Todo resultaba ahora irreal, pero en ese momento le había parecido una velada única. Sabía que no iba a volver a ver a ninguna de aquellas personas, y puede que tampoco a Maxine.

—Fue increíble y extravagante, y a la vez fantástico y un poco raro. Fue como estar en una película. Productores de cine y magnates del petróleo, un matrimonio saudí con propiedades por todo el mundo cuyo marido tenía otras tres esposas en casa. Es una forma de vida totalmente distinta. Sé que existe en el valle de Napa, y cada vez más en los últimos años, pero a tu madre y a mí nunca nos interesó esa clase de gente. Aun así, todos fueron sorprendentemente simpáticos. Me lo pasé muy bien. —No le dijo que había vuelto a las tres, pues no le parecía una hora muy respetable.

—¿Cómo es la condesa? ¿Es muy vieja? —preguntó Camille con una sonrisa.

—No, la verdad. A ti a lo mejor te lo parece, pero no a mí. Creo que tiene unos cuarenta y cinco años.

Camille se quedó sorprendida.

—¿De verdad? Y yo que creía que todas las condesas eran viejas —dijo, y él rio.

—Tal vez en las películas. Algunas condesas heredan el título al nacer. Ella estuvo casada con un hombre muy viejo y es más joven que los hijos de él. Por lo visto se lo hicieron pasar mal, con las leyes de sucesión de Francia, así que se fue. Está planteándose instalarse aquí, pero dudo que lo haga. Es demasiado chic para el valle; parece que se irá a Los Ángeles o Dallas. Aunque se quedará aquí otros cuatro meses.

—¿Trabaja?

Camille sentía curiosidad por ella, sobre todo al saber que tenía cuarenta y cinco años.

—No que yo sepa, pero no le pregunté. Fue modelo de joven. Se ha dedicado en exclusiva a ejercer de mujer de su difunto esposo durante los últimos diez años. Él tenía noventa cuando murió.

—Vaya, qué viejo. ¿Voy a conocerla? ¿Volverás a verla?

Camille parecía ligeramente nerviosa, y él sonrió.

—Si me estás preguntando si voy a salir con ella, no. En primer lugar, sigo enamorado de tu madre, y seguramente será así siempre. No quiero volver a casarme y de momento tampoco quiero salir con nadie. Y una mujer como Maxine no miraría dos veces a alguien como yo. No soy lo bastante llamativo o elegante, ni tengo un yate o una casa en el sur de Francia. Vivo en el valle de Napa y hago vino —dijo Christophe humildemente.

—Estaba casada con un hombre de noventa años. No pudo haber sido un matrimonio muy animado.

Christophe rio.

—Tienes razón. Pero probablemente él era mucho más elegante de lo que yo soy o seré jamás. Así que respondiendo a tu pregunta, no, seguramente no la conozcas nunca, aunque debería hacer un esfuerzo por presentarte a sus dos hijos cuando vengan. A lo mejor te caen bien.

En el valle había chicos de la edad de Camille entre las familias de los viticultores, pero los conocía a todos, como a Phillip, y no le interesaba ninguno como pareja. Además, nunca iba a la ciudad, pese a que no estaba lejos. A Christophe le preocupaba que Camille no tuviese novio ni saliese con nadie; se pasaba todo el tiempo libre trabajando, como él, pero ella era joven y se merecía tener una vida más plena. En cambio, Joy no estaba preocupada por eso, pues siempre decía que encontraría a alguien. Christophe tampoco quería que un hombre apuesto la conquistase y se la llevase a Londres, Australia, Francia, Chile, Sudáfrica o algún sitio donde produjesen vino. No soportaba la idea de perderla algún día, pero tampoco quería que estuviese sola ni que fuese infeliz, de modo que un chico majo de la zona, heredero de alguna bodega, le habría parecido bien como yerno, pero a Camille le resultaban aburridos todos los chicos con los que se había criado en Napa.

Christophe se alegró cuando su hija salió para ver a sus amigos, y ella también pareció mostrarse feliz.

Sin embargo, a la semana siguiente Maxine le hizo quedar como un mentiroso cuando se presentó en la bodega sin avisar. Pidió ver a Christophe, y él salió de su despacho con cara de sorpresa, vestido con vaqueros, botas de vaquero y camisa a cuadros. Ella llevaba unos vaqueros descoloridos muy ajustados que realzaban su figura esbelta y sus largas piernas, una camisa blanca recién planchada que le quedaba perfectamente entallada y unas botas de montar Hermès de piel de cocodrilo negras que parecían gastadas. Sonrió de oreja a oreja en cuanto lo vio y le dio un beso en cada mejilla mientras su secretaria observaba la escena.

—¿Qué haces aquí? —preguntó él, y ella rio.

—Disculpa la intromisión, pero estaba por el barrio y he pensado pasar a saludarte. Fue todo un detalle que me mandases una tarjeta.

Él le había escrito una tarjeta de agradecimiento por haberlo invitado a la cena y pensó que Joy se habría sentido orgullosa de él. Como nunca se le habían dado bien esas cosas, ella solía encargarse de hacérselas. Pero ahora tenía que ocuparse él y la cena merecía como mínimo una tarjeta de agradecimiento. Había pensado comprar flores, pero decidió que transmitirían un mensaje equivocado. No pretendía cortejarla; simplemente se lo había pasado muy bien.

—La bodega es preciosa —comentó Maxine con admiración—. Es mucho más grande de lo que pensaba. ¿Y qué es el château de la colina? Por un momento me he sentido como si estuviera en Burdeos.

—Es donde vivimos. Lo construí cuando compramos el terreno. Hice traer cada piedra de Francia. Es una versión mucho más pequeña del château de mi familia en Burdeos. De cerca tiene una escala muy modesta. ¿Te apetece visitar la bodega? —propuso él, y ella asintió con la cabeza, entusiasmada.

—¿Está tu hija por aquí? —inquirió Maxine sonriendo—. Me encantaría conocerla.

—Claro.

A Christophe le conmovió que le preguntase por ella y la condujo por dos largos pasillos hasta el despacho de Camille.

Cuando entraron ella estaba sentada a su mesa mirando el ordenador con el ceño fruncido y alzó la vista sorprendida al ver a su padre y a la mujer que iba a su lado. No tenía ni idea de quién era.

—Hola. Alguien introdujo mal la partida de las dos últimas toneladas de uvas que vendimos de la cosecha del año pasado. —Se preguntaba si su madre había cometido el error cuando estaba enferma y tal vez con dolor o distraída, pero estaba intentando corregirlo ahora—. Perdón.

Se levantó sonriendo, rodeó la mesa y esperó a que su padre le presentase a la mujer que lo acompañaba. No sabía si era una nueva clienta o una vieja amiga. Nunca la había visto antes.

Christophe hizo las presentaciones.

—Maxine de Pantin, mi hija Camille —dijo tranquilamente mientras las dos mujeres se estrechaban la mano.

Camille se quedó impresionada por un instante, pero se recuperó con rapidez. La condesa no era para nada como se la había imaginado. Allí estaba la mujer que su padre había asegurado que no conocería nunca.

Camille se sintió como una zarrapastrosa al lado de aquella mujer arreglada impecablemente que llevaba un perfume tenue pero inconfundible y lucía despampanante con las botas de piel de cocodrilo, los vaqueros ceñidos y el largo pelo moreno recogido en una cola de caballo. A Camille le pareció muy joven y también muy chic. De repente ella se sintió incómoda con su vieja sudadera descolorida de Stanford, sus vaqueros agujereados y sus zapatillas deportivas, pero Maxine la miró con ternura y no pareció reparar en lo que llevaba puesto.

—Estaba deseando conocerte, así que me he dejado caer por aquí. Perdón por ser tan maleducada —dijo a modo de disculpa—. Tu padre habla maravillas de ti.

Maxine le sonrió, cosa que de repente cohibió a Camille.

No conocía a esa mujer, pero se comportaba como si ella y el padre de Camille fuesen buenos amigos. Tenía un estilo muy franco e informal que denotaba intimidad, incluso con Camille.

—Yo también hablo maravillas de él —contestó Camille en voz baja, y sonrió a su padre, que le pasó un brazo por los hombros.

Charlaron unos minutos y, luego, él dijo que iba a enseñarle a Maxine la bodega y se fueron. Camille se quedó mirándolos desde la ventana y vio a su padre riendo camino de los edificios de la bodega. Hacía meses que no lo veía hacerlo y su lenguaje corporal daba a entender que ella le gustaba, tal vez más de lo que era consciente, mientras andaba a su lado y se inclinaba hacia ella cuando hablaban. Camille sintió un escalofrío en la columna. No sabía por qué, pues la francesa se había mostrado muy cordial, pero había algo en ella que le hacía dudar de su sinceridad. Su sonrisa podría haber iluminado el mundo, pero sus ojos se le antojaban oscuros y fríos. Entonces se reprendió por ser tan tonta. Solo era alguien a quien su padre había conocido. Él le había dicho que no quería salir con ella. Y después de apartarse de la ventana, Camille volvió al trabajo sintiéndose ridícula por haberse alterado de esa manera. Simplemente se le hacía raro ver a su padre con una mujer. Pero algún día tendría que acostumbrarse, aunque no fuese ahora.

—¡Qué chica tan encantadora! —exclamó Maxine en cuanto salieron—. Es preciosa y, si trabaja contigo, está claro que es muy lista.

—Tiene pensado ir a la escuela de administración de empresas dentro de unos años —dijo él con orgullo—, pero, para ser sincero, no creo que lo necesite. Aquí está adquiriendo una experiencia que no conseguiría en la universidad. Sobre todo ahora, sin su madre; está asumiendo muchas responsabilidades de las que antes se ocupaba mi mujer.

Saltaba a la vista lo mucho que él quería a las dos mujeres de su vida, y Maxine asintió con la cabeza y pareció conmovida.

—Tu esposa era una mujer muy afortunada —comentó ella en voz queda, mientras entraban en la parte de la bodega donde guardaban las barricas.

Las instalaciones eran enormes, mucho más grandes de lo que se veía desde la carretera. Se trataba de una bodega importante, pese a no ser tan grande como la de Sam. Pero Christophe compensaba en calidad lo que no producía en cantidad, y tampoco quería que fuera diferente. Le impresionaron las preguntas que le hacía Maxine. Parecía realmente interesada en el negocio del vino y en su trabajo. Conocía varias bodegas importantes de Francia y estaba interesada en qué procesos hacía Christophe de forma distinta y cuáles eran iguales. Él pasó dos horas con ella y disfrutó de todo aquel tiempo. Maxine no parecía tan glamurosa en su entorno familiar. Obviando las elegantes botas de montar de cocodrilo, se comportaba como una persona normal y corriente, y le gustó hablar con ella y explicarle su negocio en detalle. El tiempo pasó volando, eran casi las cinco cuando la acompañó a su coche en el aparcamiento. Entonces se le ocurrió una idea.

—¿Te apetece venir a casa a tomar una copa de vino?

De todas formas, a esa hora él estaba a punto de acabar la jornada, y ya era demasiado tarde para empezar cualquiera de los nuevos proyectos que tenía sobre la mesa.

—Me encantaría —contestó ella, con una expresión alegre, mientras pasaban otra vez al francés—. ¿Seguro que no es molestia? —preguntó ella, y él negó con la cabeza.

—Por supuesto que no. Si no te importa, subiré en coche contigo. Hoy he venido al trabajo andando.

Camille y él solían realizar el trayecto a pie para hacer un poco de ejercicio antes de empezar a trabajar. Además, así podían charlar antes de iniciar la jornada.

Subió al Mercedes de ella y le indicó cómo ascender por la colina hasta el château. El edificio asomaba por detrás de los grandes árboles que lo rodeaban y la carretera serpenteaba colina arriba. No llegaron a vislumbrar lo grande que era realmente hasta que se acercaron y pudieron apreciar sus elegantes proporciones. Era un château pequeño, pero una casa muy grande comparada con las viviendas de la zona; Maxine se quedó asombrada cuando salió del coche y lo contempló.

—Es como estar de vuelta en casa, en Francia —dijo, con aire nostálgico.

Él pensó en el château de Périgord con el que se habían quedado los hijastros de ella y la compadeció. Aquella mujer también había sufrido bastantes tragedias y decepciones, y a Christophe le conmovía la parte vulnerable de ella que asomaba a través de su porte seguro.

La hizo pasar al vestíbulo, donde había retratos colgados de su familia francesa y de sus padres. En las mesas había fotografías de él y Joy en marcos de plata, y muchas con Camille en distintas fases de su vida. Todo en la casa respiraba un ambiente muy personal, y ella admiró los delicados frescos que Joy había pintado cuando la construyeron. El château era precioso y completamente distinto de la casa que ella había alquilado, donde todo era nuevo. El hogar que él había construido parecía llevar allí cientos de años, no solo veintitrés.

Christophe sirvió una copa de vino a Maxine y se acomodaron en el jardín, donde solía sentarse con Joy en las noches tranquilas. Camille puso cara de sorpresa al encontrarlos allí una hora más tarde al volver del trabajo. Su padre no se sentaba en el jardín desde la muerte de su madre, y a Camille le impactó ver a Maxine instalada en la silla favorita de su madre.

—Oh... Perdón... No sabía que estabais aquí fuera, papá —dijo al encontrarlo en el jardín, después de seguir sus voces hasta allí y ver la botella de vino abierta. Era la añada favorita de Christophe, del mismo año en que nació Camille. Lo consideraba su mejor vino.

—Debería marcharme —terció Maxine, pasando al inglés al tiempo que se levantaba y sonreía a Camille.

Ella los había oído hablando en francés a medida que se acercaba y eso le molestó. Su padre siempre había lamentado que Joy no hablase su idioma natal. Ella había intentado aprenderlo cuando se casaron, pero los idiomas no eran su fuerte y se había dado por vencida. Él parecía muy cómodo hablando con Maxine en su lengua materna y daba la impresión de que habían pasado un buen rato juntos.

Dejaron las copas en la cocina y él la acompañó a su coche. Camille oyó que su padre decía: «La próxima vez te haré la visita completa», cosa que le hizo preguntarse qué iba a mostrarle. ¿Sus habitaciones? ¿La biblioteca privada, donde sus padres pasaban las noches leyendo junto al fuego? ¿El despacho de Joy en casa? A ella todo lo relacionado con la casa le resultaba personal y le parecía muy íntimo, y no quería compartirlo con desconocidos, sobre todo con una mujer a la que él había visto solo dos veces en su vida y a la que en un principio no pensaba volver a ver, ni tampoco parecía quererlo. Pero ella se había presentado de improviso en la oficina y había acabado tomando una copa con él, sentada en la silla de su madre, en el jardín privado de su casa. Había algo en aquella historia que inquietaba a Camille, como si Maxine hubiera invadido su espacio y lo hubiera hecho con plena consciencia.

—Te llamaré cuando vuelva de Holanda —dijo él mientras ella subía al coche y le sonreía.

—Lamento haberte quitado tanto tiempo hoy —se disculpó ella—. La visita a la bodega me ha parecido fascinante y tu casa es espectacular —dijo, mostrando de nuevo su admiración a la vez que arrancaba el motor.

—Me lo he pasado muy bien —le aseguró él—. Cuando

vuelva cenaremos en The French Laundry. —Del cual se decía que era el mejor restaurante del valle de Napa.

—Con mucho gusto —dijo ella alegremente, y enfiló el sinuoso camino de acceso.

Él volvió andando a casa pensando en Maxine. Había sido agradable pasar la tarde con ella, más de lo que esperaba. Era muy fácil estar con Maxine y hablar con ella. A pesar de la gente sofisticada que conocía, era muy modesta y llana. Le pareció que sería una buena amiga y estaba deseando llevarla a cenar para corresponderla por la noche que había pasado en su casa.

Camille ya había servido la cena cuando él entró en casa y se mantuvo en silencio mientras se sentaban a comer los tamales y las enchiladas de Raquel, que ella había calentado en el microondas, y una gran ensalada. A los dos les encantaba la comida mexicana, sobre todo la de Raquel. Camille no pronunció palabra cuando empezaron a comer y su padre notó que algo le preocupaba.

—¿Pasa algo? —inquirió.

Ella negó con la cabeza y le sonrió, pero él vio su mirada triste y se preguntó qué habría ocurrido. Camille no dijo nada hasta que recogieron los platos y entonces le habló de las nuevas ideas que tenía para acercar sus vinos más económicos a la gente joven aprovechando las redes sociales. A él le gustó la idea, y ella dijo que estaba barajando varias empresas para que gestionasen sus cuentas de Twitter y Facebook. Ella misma se había ocupado de eso durante un tiempo, pero consideraba que podían externalizarlo y contratar a una empresa que pudiese hacerlo mejor.

—Tú lo haces estupendamente —la alabó él, pero ella seguía pareciendo disgustada. Christophe alargó la mano y le tocó el brazo con ternura. No soportaba que ella estuviese apenada y pareciese tan triste, y había estado así toda la cena—. ¿Qué sucede? ¿Qué es lo que te preocupa, Camille?

—Nada, me estoy comportando como una tonta. Simplemente se me ha hecho raro llegar a casa y verte en el jardín con esa mujer. Estaba sentada en la silla de mamá, como si esta fuese su casa. Supongo que tendré que acostumbrarme a ello en algún momento —dijo Camille, con los ojos inundados de lágrimas, y él la abrazó.

—Todavía no —repuso en voz baja, acariciándole el largo cabello rubio que todavía a veces le hacía parecer una niña, sobre todo cuando le caía recto por la espalda o se lo recogía en trenzas los días que estaba demasiado ocupada—. Nadie va a reemplazar a tu madre. Yo también lo pensé cuando se acomodó en esa silla, pero no quería ser maleducado y decirle que no podía sentarse allí. Supongo que los dos tendremos que acostumbrarnos cuando venga gente. De todas formas, apenas la conozco y no ando detrás de ella. Es una mujer interesante que también ha sufrido reveses en la vida. Debe de estar muy sola. No conoce a nadie aquí y esta es una comunidad pequeña. No cuesta nada ser amable, pero eso no significa que me esté enamorando de ella.

Pero Camille detectaba algo en ella que no sabía cómo explicarle a su padre. Era un fondo mucho menos inocente de lo que él describía y, a veces, Christophe era muy ingenuo con la gente. Su madre siempre lo había dicho. Camille pensaba que Maxine de Pantin era una mujer que se había fijado un objetivo.

—¿Y si va detrás de ti, papá? —dijo Camille sin mirarlo.

Él era un hombre atractivo con un negocio de éxito, y a muchas mujeres les habría gustado cazarlo ahora que había enviudado.

—No es el caso, Camille. —Sonrió a su hija—. Conoce a hombres mucho más importantes que yo. Para ella solo soy un pececillo en una charca. Puede volver a París, o a cualquier otra parte, y pescar uno mucho más grande. Además, estoy seguro de que no me necesita. Las botas que llevaba hoy deben de costar lo mismo que una viña —afirmó riendo.

Camille sonrió pensando en ellas. Nunca había visto unas botas de montar de piel de cocodrilo y no tenía ni idea de cuánto podían llegar a costar.

—Te aseguro que no está interesada en mí, ni yo en ella, salvo como amigos. No tienes nada de que preocuparte. Y la próxima vez no dejaré que nadie se siente en la silla de tu madre —prometió.

Ella sonrió y confió en que tuviese razón con respecto a Maxine. Camille no sabía por qué, pero no se fiaba de ella y tenía la extraña sensación de que su madre tampoco lo habría hecho. Ella siempre sabía cuándo las mujeres iban detrás de su marido y había advertido a Christophe al respecto. Él siempre le restaba importancia, y le costaba creer que las mujeres lo deseasen. Era completamente feliz con su esposa y nunca había mirado a otra mujer. Pero Joy ya no estaba, y Camille sabía lo solo que él se sentía y lo vacía que estaba la casa sin ella. En sus vidas había ahora un agujero enorme, y lo único que tenía claro era que no quería que Maxine de Pantin intentase llenarlo. La sola idea le provocaba un escalofrío en la columna.

6

El viaje de Christophe a Holanda y Bélgica fue más breve que el que hizo a Italia. A las dos semanas había regresado satisfecho con el resultado. En el trayecto de vuelta había hecho un alto en Nueva York y había visto a dos de sus distribuidores más importantes, y Camille lo puso al día de todo en cuanto llegó a casa. Ella había tenido otro altercado con Cesare, pero no quiso molestarle con esa historia. De todas formas, su padre siempre lo defendía y a ella le interesaba más hablarle del grupo especializado en redes sociales que había contratado. En una sola semana habían aumentado sus seguidores de Facebook y Twitter, y estaba muy contenta. Su padre se alegró mucho de verla. A la noche siguiente la llevó a cenar a Don Giovanni, uno de sus restaurantes favoritos, y los dos devoraron unos enormes platos de pasta hasta que apenas pudieron moverse de lo llenos que estaban.

Ese fin de semana, fiel a su palabra, llevó a Maxine a The French Laundry, donde disfrutaron de una cena opípara y probaron tres vinos locales. Él trataba de instruirla porque ella decía que quería aprenderlo todo sobre los vinos del valle de Napa mientras estuviese viviendo allí. Al final de la cena, Maxine comentó que los vinos de Christophe eran los mejores de todos los que había degustado hasta la fecha. Probaron un Sauternes de postre, que a los dos les encantó, aunque estuvieron de acuerdo en que no había nada comparable a un Château d'Yquem, que ella consideraba uno de sus favoritos.

Él le habló de su viaje a Holanda y Bélgica, con una escala rápida en Berlín en el trayecto de vuelta, y ella le relató una cena a la que había acudido y le informó de quién había asistido. Dijo que todos eran unos esnobs y él rio. Christophe conocía a todas las personas que ella había mencionado. Eran la vieja guardia de la alta sociedad y no podía esperar de ellos una calurosa bienvenida.

—Aquí hay mucha gente así. Mi mujer y yo acordamos al principio de nuestro matrimonio que nos mantendríamos lejos del grupo con la vida social más intensa. Se creen que son los dueños del valle, que son los únicos que se merecen estar aquí y que deberían celebrar fiestas continuamente a los que solo acudieran ellos. Es un grupo muy cerrado. —Le sorprendió que, para empezar, hubieran invitado a Maxine. Detestaban a los forasteros y casi nunca invitaban a los recién llegados al valle—. A mí ya no me piden que vaya —dijo, con aspecto satisfecho—. Aunque tampoco lo echo de menos.

Sin embargo, Maxine parecía mucho más sociable que él. Había llevado a la cena una chaqueta rosa de Chanel, unos vaqueros y unos tacones altos; conseguía estar muy elegante con cualquier cosa que se pusiese.

—Eso me recuerda una cosa —comentó Maxine de pasada—. No sé si te gusta, pero tengo entradas para el ballet la semana que viene y me preguntaba si querrías venir conmigo. Es *El lago de los cisnes*, con un maravilloso nuevo bailarín chino que ha llegado hace poco de Beijing. No tengo a nadie que me acompañe y esperaba poder llevarte. —Procuró no dar lástima, y él le sonrió tímidamente.

—A mi mujer también le encantaba el ballet y nunca fui con ella. Ella siempre llevaba a mi hija o a una amiga.

—¿Es eso un no? —le preguntó ella con expresión suplicante, y él rio.

—Lo sería si me lo permitieses. Pero ¿cómo voy a decirte que no si me miras así?

La pobre mujer no tenía amigos allí. Por lo menos él contaba con la compañía de Camille; Maxine ni siquiera tenía una amiga íntima con la que ir a ver una película.

—Entonces ¿vendrás conmigo? —Él asintió con la cabeza y ella se puso eufórica—. No soporto ir sola al ballet. Me siento todavía más sola. Es lo más duro de no estar casada, aunque en realidad Charles no pudo salir de casa durante los dos últimos años. Lo intentamos un par de veces, pero le costaba mucho.

Por lo que Christophe había entendido, durante los dos o tres últimos años de su matrimonio ella había sido básicamente una enfermera. Y aunque echaba de menos a Charles, ahora se sentía liberada y quería vivir otra vez, algo que era comprensible. Durante mucho tiempo había sido una prisionera.

—¿Por qué no cenamos en la ciudad después del ballet? —propuso él.

Se dio cuenta de que a ella le agradaba la idea. Sabía que a Maxine le gustaba Gary Danko, pero tenía otras propuestas que podían redondear la velada. Y aunque no era muy aficionado al ballet, le parecía divertido pasar una noche con Maxine, pese a que también se sentía ligeramente culpable porque siempre se había negado a ir con Joy.

Camille reaccionó de la misma forma cuando le dijo que iba a ir a ver *El lago de los cisnes* con Maxine.

—Nunca acompañaste a mamá —replicó airadamente—, siempre te negaste. ¿Cómo puedes ir con otra persona?

—Ya había comprado las entradas y no tenía con quien ir. Me dio lástima —dijo, poniendo cara de avergonzado mientras Camille se paseaba por la cocina echando pestes y saliendo en defensa de su madre.

—Esa mujer está jugando contigo, papá. Quiere dar pena,

pero ella no es así. Sabe perfectamente lo que se hace. Lo intuyo. Va detrás de ti.

A Christophe le sonó igual que cuando Joy le hablaba del tema y se rio de ella.

—Pareces tu madre. No creo que sea el caso —insistió, mostrándose ridículamente ingenuo a los ojos de su hija.

Estaba más claro que el agua y, sin embargo, él no quería verlo. Pensaba que Maxine era inocente, pero a Camille le recordaba una araña tejiendo su tela.

—Yo sí —porfió Camille—. Creo que te equivocas con ella. Quiere tenderte una trampa.

—La única trampa que me ha tendido es una invitación al ballet. A mí me parece bastante inofensivo.

Sin embargo, su hija no opinaba lo mismo y estuvo todo el día siguiente apagada cuando él se marchó pronto de la oficina para cambiarse, recoger a Maxine y llevarla a la ciudad a las cinco y media, para evitar el tráfico. Había reservado una mesa para cenar en Quince, cuya comida era comparable a la de Gary Danko.

Charlaron durante el trayecto a la ciudad, y ella volvió a hablarle de sus hijastros y de lo malos e injustos que eran.

—Me habrían dejado en la miseria y muerta de hambre en la cuneta si hubieran podido —dijo.

Sin embargo, por su ropa, la vida que llevaba y las espléndidas fiestas que daba, no parecía estar en la miseria, de modo que Christophe dedujo que debía de haber llegado a un acuerdo satisfactorio con ellos. Aun así, estaba seguro de que toda la situación había sido desagradable y de que le había generado resentimiento hacia ellos y las leyes que regulaban las herencias en Francia

—Pasamos diez años maravillosos juntos, casi once, y cuando él murió me dieron veinticuatro horas para dejar el château y cuarenta y ocho para sacar mis cosas de la casa de París. Es increíble lo crueles que pueden ser algunas personas. Se habla de las madrastras malvadas, pero yo creo que los hijastros son mucho peores, sobre todo si hay más de uno. Se confabularon contra mí. —Parecía profundamente dolida con ellos.

A continuación pasaron a tratar temas más agradables y él le preguntó por los dos hijos que tenía en Francia. Ella los echaba de menos y estaba deseando que viniesen en verano. A Christophe le sorprendió lo mucho que sabía de arte moderno, una afición que ambos compartían. Él y Joy habían comprado varios cuadros en subastas de Sotheby's y Christie's para colgarlos en la bodega.

Llegaron a la ópera con tiempo de sobra, dejaron el coche en el aparcamiento y tomaron una copa de champán en el bar antes de ocupar sus asientos en el palco para el que ella había comprado las entradas. Estaban justo en el centro, eran los mejores asientos del teatro. A Christophe le sorprendió descubrir que el ballet le gustaba, cosa que le hizo sentirse todavía más culpable por todas las veces que no había ido con Joy. La cena en Quince cumplió sus expectativas: una comida espléndida en un entorno agradable con un servicio magnífico. A medianoche estaban volviendo a Napa, sentados en el coche en un cómodo silencio. Había sido una bonita velada, y él le dio las gracias por invitarlo al ballet cuando llegaron al Golden Gate y admiraron las luces de la ciudad. Era agradable estar con ella y se sentía relajado.

—¿Me has perdonado por arrastrarte al ballet? —preguntó ella con una sonrisa.

Llevaba un vestido de fiesta negro muy sexy debajo de un abrigo de satén también negro, y había sido la mujer mejor vestida en la ópera y el restaurante, algo que parecía habitual en ella. Cada vez que la veía estaba preciosa. Se notaba que se cuidaba mucho y que era meticulosa con su forma de vestir.

—Me sorprende lo mucho que me ha gustado —reconoció él.

—¿Significa eso que volverás a acompañarme? —preguntó ella sin rodeos, y Christophe rio.

—Puede. Mi hija me recordó todas las veces que me negué a acompañar a su madre y me hizo sentir muy culpable —confesó—, pero de todas formas me lo he pasado bien.

Le gustaba Maxine y le parecía extraño, después de tantos años, sentirse cómodo estando con alguien de Francia y hablando en su idioma. Todavía lamentaba no haber hablado exclusivamente en francés con Camille cuando era niña para que hubiese sido bilingüe. Ella hablaba el idioma, pero titubeando y con acento estadounidense. A él le habría encantado que lo hablase con fluidez, pero ni él ni Joy habían insistido demasiado cuando era pequeña, pues su esposa no hablaba ni una palabra de francés y él no quería que se sintiese excluida.

El trayecto de vuelta a Napa pasó rápido y apenas tardaron más de una hora en llegar a casa de ella. Maxine lo invitó a tomar una copa con aire despreocupado, pero él reconoció que estaba cansado y que al día siguiente tenía reuniones temprano.

—Te llamaré para que cenemos dentro de poco —prometió Christophe mientras ella bajaba del coche.

Le pareció muy sola mientras subía los escalones de la entrada, apagaba la alarma, entraba en la casa y se quedaba en la puerta diciéndole adiós con la mano. Christophe sabía perfectamente cómo se sentía. A él le sucedía lo mismo al entrar en su habitación por las noches y meterse en la cama vacía. Era difícil acostumbrarse a vivir solo después de haber estado casado. Maxine se le antojó muy sola cuando entró y cerró la puerta a sus espaldas. Christophe no estaba de acuerdo con su hija. Maxine no iba «detrás de él», como había dicho Camille; solo era una mujer sola que trataba de ocupar su tiempo sin el marido que había perdido. Los dos tenían la viudez en común. Ni siquiera Camille, debido a su edad, podía entender lo profundas que eran esa soledad y esa sensación de pérdida. Pero él y Maxine la conocían demasiado bien.

Christophe no vio a Maxine durante un par de semanas después de ese día. Hizo varios viajes dentro del país: a Boston, Chicago, Atlanta y Denver. Se reunió con viticultores para participar en proyectos de colaboración; mientras tanto, Camille estaba muy entusiasmada con los resultados de su nuevo programa de redes sociales. Habían triplicado sus seguidores en el mismo tiempo, y eso suponía un gran aumento. Un día, él y Camille iban a una tienda de St. Helena cuando vieron a Maxine saliendo de la zapatería más cara de las dos que había por la zona, cargada con dos grandes bolsas. Christophe se detuvo a hablar con ella y Camille siguió hacia la tienda con la lista después de saludarla.

—¿De compras por St. Helena? —le dijo él en tono de broma.

Después de los modelos que le había visto, eso suponía un enorme paso atrás para ella.

—Me daba pereza ir a la ciudad, y aquí tienen zapatos bonitos —contestó ella sonriéndole, contenta de volver a verlo—. Tenía miedo de haberte espantado después de la noche en el ballet.

—No, he estado viajando mucho las últimas semanas. Siento no haberte llamado. —Entonces se le ocurrió una idea—. Si te gusta la comida mexicana, puedes venir a cenar esta noche y a ver una película si quieres.

Maxine vaciló y pareció tentada por un momento, pero optó por declinar la invitación.

—No quiero entrometerte en la relación con tu hija —dijo con buen criterio—. Puede que a ella no le guste.

Él sospechaba que la mujer tenía razón.

—Entonces cenamos un día de esta semana. Te llamaré

—prometió Christophe, y acompañó a Maxine al coche cargando con las bolsas.

Se alegró de que hubiesen tropezado con ella, pues le recordó la agradable velada que habían pasado juntos. Y el reciente silencio de ella demostraba que Camille volvía a equivocarse. Si hubiese andado detrás de él, le habría llamado, y no lo había hecho. Eran simples amigos que casualmente se encontraban en la misma situación, ese era su único vínculo aparte de que los dos eran franceses. Al salir de la tienda Camille se alegró de ver que Maxine había desaparecido al encontrarse a su padre sentado en un banco comiéndose un cucurucho.

—¿Dónde está tu amiga? —le preguntó, tratando de aparentar despreocupación.

—Ha ido a su casa a buscar unas cosas. La he invitado a pasar la noche con nosotros. Espero que no te importe —dijo esto adoptando una expresión totalmente anodina, y Camille lo miró horrorizada.

—¿Que has hecho qué? —dijo casi gritándole, y él se echó a reír.

—Pensé que así captaría tu atención. No tengo ni idea de dónde está. Se ha ido a su casa.

—No tiene gracia, papá. Por un momento he pensado que lo decías en serio.

—Debes de pensar que me he vuelto loco. La he visto tres veces en toda mi vida.

Pero Camille seguía creyendo lo que le había dicho: que la condesa era una intrigante, que quería cazarlo y que tenía algún tipo de plan con respecto a él. Christophe no creía esto ni por asomo, y tampoco existía ninguna prueba de ello. Pero, tal como le había prometido a Maxine, la llamó al día siguiente y la invitó a cenar un día de la otra semana. No se lo dijo a Camille porque no quería volver a oír sus teorías, dado que estaba convencido de que se equivocaba. Ella pensaba que todo el mundo iba detrás de él porque era su padre, pero hasta la fecha ninguna de las mujeres de la zona había llamado a su puerta ni había caído rendida a sus pies, tampoco Maxine. De todos modos, él no quería que lo hiciesen. Necesitaba tiempo para recuperarse y por ahora no le interesaba ninguna mujer. Había prometido que avisaría a Camille cuando llegara ese momento.

La cena con Maxine no fue nada del otro mundo. Tomaron una sencilla comida italiana y ella le dijo que se marchaba a Dallas unas semanas a visitar a unos amigos y que pasaría por Los Ángeles al volver. Parecía entusiasmada con el viaje y él le habló de un acto que iban a celebrar en su bodega. Cada año organizaban una gran barbacoa el día de los Caídos en la que estaban invitadas las familias. El evento marcaba el principio del verano y siempre era un acto alegre. Originalmente había sido idea de Joy y ya llevaban quince años celebrándola. Siempre era un gran éxito.

—No creo que te guste —le dijo a Maxine durante la cena—, pero puedes venir si quieres. Asisten muchos vecinos y algunos turistas del valle. Es de las cinco de la tarde a las diez de la noche. Muy informal: costillas, filetes y hamburguesas.

—Parece divertido —comentó ella con soltura.

Para entonces ya habría vuelto de Dallas.

—Te mandaré un mensaje para recordártelo. —Entonces él se echó a reír—. Yo no tengo tarjetas *pour mémoire* con mi blasón grabado —dijo en tono de disculpa, tomándole el pelo—, solo una dirección de correo electrónico.

—Con eso bastará.

Ella sonrió. Él la dejó en su casa pronto y, aparte de un breve intercambio de correos electrónicos para agradecer a Christophe la cena e invitar a Maxine a la barbacoa, no tuvieron contacto durante un mes.

Él ni siquiera pensó en ella y volvió de repente a su memoria cuando la mujer se presentó en la fiesta el fin de semana del día de los Caídos vestida con vaqueros blancos, una camiseta de seda azul turquesa y unas sandalias, todo combinado con joyas de turquesa. Siempre estaba espectacular, aunque era un conjunto más indicado para el sur de Francia que para una barbacoa del día de los Caídos en el valle de Napa. A Camille le sorprendió verla, pero no hizo ningún comentario. No parecía que Maxine y su padre estuviesen saliendo, de modo que había dejado de preocuparse por el asunto.

A las nueve de la noche, después de haber circulado entre los invitados durante cuatro horas y haber cumplido con sus deberes como anfitrión, Christophe se sentó con Maxine en un banco del jardín de la bodega. Tomaron una copa de vino y charlaron de lo que habían hecho durante el último mes. Parecía que ella se lo había pasado bien en Dallas y Los Ángeles, pero dijo que se alegraba de haber vuelto. Él estaba encantado de verla. Le sorprendió darse cuenta de que la había echado de menos y charlaron animadamente en francés hasta el final de la fiesta. El grupo de música country que habían contratado estaba terminando su última actuación cuando se levantaron.

—Cenemos esta semana —propuso él.

Ella aceptó y, a continuación, Christophe le habló de la gran subasta de vinos que se celebraba en el valle cada año la primera semana de junio y le preguntó si le apetecía ir con él.

—Me encantaría —contestó Maxine con cara de alegría.

—Te mandaré la información por correo electrónico —dijo él simplemente.

Era agradable tener otro humano con el que hacer cosas. Sin Joy estaba muy solo y no podía depender de Camille todo el tiempo. Su hija también necesitaba espacio para sí misma.

La subasta de vinos se celebraba en una carpa en Meadowood, asistían más de mil personas y recaudaban aproximadamente quince millones de dólares cada año que se destinaban a asistencia sanitaria de la comunidad y educación infantil. Era un acto bien gestionado en beneficio de la comunidad y Christophe se alegró de que Maxine quisiese acudir con él. Ella dijo que había oído hablar del evento y que le hacía ilusión ir.

Maxine le correspondió invitándolo a una fiesta a la que iba a asistir el fin de semana del Cuatro de Julio. La ofrecía un grupo de viticultores suizos que tenían una bodega relativamente nueva que Christophe todavía no había visto, y tenía curiosidad por conocerla. Los viticultores suizos se habían mudado al valle hacía poco. Christophe aceptó encantado la invitación, y los dos charlaron y se animaron con los futuros acontecimientos. El principio del verano prometía ser de lo más interesante y divertido para los dos.

A Maxine le fascinó la subasta de vinos. Christophe pidió a Camille que les acompañase, pero ya había ido muchas veces y no le apetecía repetir ese año. Christophe presentó a Maxine a muchos viticultores importantes y miembros de la vieja guardia de la sociedad. Se recaudó una cifra récord de dieciséis millones de dólares. Maxine pujó con éxito por seis cajas de vinos de Christophe y él le dio las gracias por su apoyo.

Después de la subasta de vinos, que fue más animada de lo que esperaban y supuso un estupendo comienzo para ellos, cenaron juntos una vez a la semana. Los habían invitado a otras fiestas diferentes el fin de semana del Cuatro de Julio, una a cada uno, y acordaron ir juntos. Prometía ser un fin de semana ajetreado. Iba a ser el primer Cuatro de Julio de Christophe sin Joy, y quería estar activo y ocupado para no deprimirse.

En el pasado siempre organizaban una cena para sus amigos en el château. Camille pensaba que su padre debía mantener la tradición, pero ella no iba a estar allí porque se marchaba al lago Tahoe con una vieja amiga de la universidad, y Christophe no tenía ganas de recibir a los invitados él solo. Había decidido que ese año prefería ir a las fiestas de los demás junto con Maxine. Allí nada le recordaba la reunión social que él y su esposa habían estado ofreciendo durante años. Era más sencillo y menos emotivo hacer algo nuevo.

La cena de la bodega suiza a la que asistieron era muy elegante, y Maxine conocía a varios de los presentes, al igual que Christophe, principalmente italianos, suizos y franceses. Gozaron de una velada agradable y disfrutaron de la conversación con los comensales sentados a su mesa. Todo el mundo habló en francés durante toda la noche; el grupo era muy sofisticado y la cena acabó tarde. Maxine llevaba un vestido de encaje blanco con un body color carne debajo que había causado sensación al entrar. Christophe no estaba acostumbrado a ser el centro de atención como acompañante de una mujer. Varias personas dieron por supuesto que estaban casados y se refirieron a Maxine como su esposa. Él les corrigió con delicadeza y les dijo que solo eran amigos; los demás hombres lo miraron con envidia. Él no lo veía de la misma forma, pero ella era una mujer muy deseable y el resto de hombres reaccionaban a ello de inmediato.

La segunda fiesta a la que asistieron fue un gran picnic celebrado en casa de los Marshall el Cuatro de Julio. Acudieron ciento cincuenta personas, había una orquesta y Christophe reparó en que estaba presente la congresista con la que salía Sam. Este había invitado a Christophe y pareció sorprendido cuando su amigo se presentó con Maxine, aunque él había llamado a la oficina de la bodega para avisar de que acudiría acompañado de ella. A Sam nunca le hacía demasiada gracia encontrarse con la condesa, pero se alegró de ver a su amigo. Christophe tuvo la oportunidad de mantener una larga conversación con la pareja de Sam, Elizabeth Townsend, la congresista de Los Ángeles, y descubrió que le caía muy bien. Era una persona de verdad y, aunque notó que le tenía cariño a Sam, también reconocía sin reparos que la política era su vida y lo principal para ella. Nunca había estado casada ni tenía hijos, y decía que no se arrepentía de ello. Le encantaba estar con Sam, pero sabía que tarde o temprano él se cansaría de que siempre estuviese ocupada, de todas las veces que no estaba disponible; pasaba mucho tiempo en Washington cuando había sesiones del Congreso.

En un momento de confianza le dijo a Christophe que sus relaciones siempre tenían fecha de caducidad, que en cierto momento los hombres se acababan cansando de esperarla y el romance terminaba inevitablemente. Se alegraba de que Sam todavía no hubiese llegado a esa fase, pero estaba segura de que así sería. Por ese motivo nunca se implicaba demasiado ni entablaba compromisos a largo plazo, pero Sam parecía feliz con ella cuando Christophe los vio bailar. Era una mujer cariñosa, positiva y extraordinariamente inteligente, y a Sam le hacía bien estar con ella, aunque no viniese a Napa muy a menudo. Aun así, Elizabeth había dicho que Sam iba a visitarla a Los Ángeles y Washington alguna que otra vez cuando los dos tenían tiempo libre.

Luego Christophe sacó a Maxine a la pista de baile y allí estuvieron mucho rato. Fue una velada muy distinta de la celebrada la noche anterior en la bodega suiza, que había sido más formal, pero el contraste ayudó a mantener el interés a lo largo del fin de semana.

El domingo por la noche acudieron a una cena muy chic en casa de una pareja que Maxine había conocido hacía poco. Acababan de comprar una preciosa casa de estilo victoriano y tenían intención de adquirir una bodega. Eran otro ejemplo de lo que Christophe denominaba «viticultores accidentales», personas que se planteaban la actividad más como una afición que como un negocio y que lo único que necesitaban era buenos profesionales que la gestionasen. Pero la casa era muy bonita, y fue una velada agradable, aunque no tan excitante como las dos anteriores. Era el tipo de cena que Christophe solía evitar, con conversaciones en las que la gente alardeaba de sus viviendas, sus aviones y sus barcos durante horas.

Maxine notó que él no se lo estaba pasando bien y se fueron a casa de ella a tomar una copa sentados junto a la piscina. Era una preciosa y cálida noche bajo un cielo estrellado con luna llena, y Maxine bebió champán mientras él le sonreía a la luz de la luna. La mujer llevaba un mono de seda verde claro y se la veía larga y esbelta echada en la tumbona charlando con él. A Christophe la escena le recordó una película italiana.

—Bueno, ha sido un fin de semana de lo más movido —comentó él, y ella asintió con la cabeza.

—¿No estás cansado ya de mí? —le preguntó.

Tres noches seguidas con el mismo hombre o la misma mujer, cuando esas dos personas no estaban saliendo ni eran un matrimonio, parecía mucho, pero daba la impresión de que Christophe se lo había pasado bien. Le gustaba estar con Maxine, sentado en silencio al final de la noche con ella, a la orilla de su piscina. Ella lo miró sonriendo lentamente cuando él le dijo lo mucho que había disfrutado del fin de semana. No quería decir que cada vez se sentía más cómodo con ella, pero era verdad.

—¿Te apetece nadar? —inquirió—. Tengo bañadores de sobra en el pabellón, si quieres uno. O si no te importa, no tenemos por qué ponernos ninguno.

No parecía que a ella le preocupase su cuerpo. De todas formas, era preciosa, de modo que no tenía nada que ocultar ni de lo que avergonzarse. Sin embargo, él era lo bastante recatado para querer ponerse un bañador y se dirigió al pabellón situado al final de la piscina a cambiarse. Le apetecía bañarse antes de volver a casa. Le parecía una idea estupenda.

Dejó la ropa en el vestuario, se quitó el reloj y lo dejó dentro de un zapato, y a los pocos minutos volvió con un bañador azul marino que todavía tenía la etiqueta puesta: así sabía que era nuevo. Al principio no vio a Maxine, que había apagado las luces de la terraza, pero entonces la vislumbró en el otro extremo de la piscina, buceando con el cabello moreno ondeando por detrás. Christophe se zambulló en la parte más honda y nadó hacia Maxine, sin perder de vista dónde estaba para no chocar con ella. Cuando la mujer pasó junto a él se dio cuenta de que el bañador que creía haber visto era las marcas de bronceado del bikini. Maxine estaba desnuda a su lado bajo el agua; luego salió con elegancia a la superficie y se mantuvo flotando en posición vertical cerca de él. Christophe no hizo ningún comentario sobre su desnudez y trató de aparentar indiferencia, pero su cuerpo le traicionó casi en el acto. Hacía nueve meses que no veía a una mujer desnuda, y años que no veía a una tan tentadora como ella; cuando en su relación con Joy aún había un elemento excitante y ella no estaba enferma. Había algo prohibido y casi perverso en Maxine cuando lo envolvió grácilmente sin decir palabra y le besó, mientras el cuerpo de él palpitaba por ella, y Christophe no pudo resistirse. Ella no hizo nada por detenerlo; al contrario, le ayudó a entrar dentro de ella y gimió tenuemente mientras se movían como un solo ser hacia los escalones. Se tumbaron en ellos y él le hizo el amor con todo el deseo que había reprimido durante meses y que se había negado a sí mismo.

Ahora solo deseaba a Maxine y no se cansaba de ella. Hicieron el amor una y otra vez a la luz de la luna y luego, empapados aún, corretearon hasta su dormitorio, donde él volvió a hacerle el amor en la cama. Se sintió como si le hubiese azotado una ola gigantesca; después ella cruzó la habitación, encendió un cigarrillo mientras él observaba toda su belleza desnuda y expulsó el humo sonriéndole.

—Madre mía... Qué ha pasado... Lo siento... —dijo él, sin saber qué se había apoderado de él.

Ni siquiera podía decir que estaba borracho porque no era así. Estaba embriagado de ella y aturdido.

—¿De qué te arrepientes? —preguntó ella mientras volvía sin prisa a su lado, provocándole con su cuerpo.

El simple hecho de mirarla volvió a excitarlo, como si Maxine lo hubiese hechizado. No había conocido a ninguna mujer como ella, ni siquiera a Joy. El sexo con ella era amoroso, tierno y sensual, incluso erótico en ocasiones. El sexo con Maxine era demencial y solo le hacía desear más.

—¿No es lo que querías, Christophe? Yo sí. Este fin de semana he tenido que hacer esfuerzos para no tocarte. Eres un hombre muy atractivo y un amante maravilloso.

Era el físico lo que la atraía, no su corazón ni su alma, pero eso también resultaba excitante.

Maxine volvió a la cama con él después de apagar el cigarrillo y sus labios recorrieron cada centímetro del cuerpo de Christophe de todas las formas que él deseaba. Ella le leía el pensamiento y sabía exactamente lo que necesitaba de ella, y ella precisaba lo mismo de él. Las fuerzas que actuaban entre ellos eran tan intensas que, tras terminar, él fue incapaz de hablar durante varios minutos. Ella le había mordido el labio la última vez que había alcanzado el orgasmo y, cuando le lamió la sangre con la lengua, él no lo notaba. Maxine era mucho más que elegante y experimentada; era un demonio con cuerpo de mujer y sabía lo que los hombres deseaban, lo que él deseaba de ella. Cuando salió el sol no habían dormido en toda la noche. Entonces ella se apartó de su lado dándose la vuelta suavemente, ronroneó un instante y se quedó dormida mientras la observaba. Parecía totalmente saciada, satisfecha, y Christophe se planteó si debía volver a casa, pero no quería dejarla, nunca más. Fue consciente de ello mientras seguía tumbado a su lado y por fin se quedó dormido. Había sido la noche más exótica de su vida.

Ella ya se había levantado y se había vestido cuando él se despertó envuelto en las sábanas, y le dio una taza de café con expresión tierna. Christophe la cogió sonriendo, todavía aturdido. Aquella mujer lo había tentado toda la noche. Era como una droga.

—¿Has tenido sueños interesantes, cariño? —le preguntó sentándose en el borde de la cama, mientras él se incorporaba y bebía el café a sorbos.

Christophe no sabía qué responder.

—Ha sido una noche memorable —contestó, intimidado aún por ella. Verla desnuda en el agua le había excitado más que ninguna otra cosa en la vida, y su sesión intensiva de sexo durante toda la noche había sido a veces violenta y otras tierna. Se sintió confundido mirándola—. Maxine, no sé si estoy preparado para esto —dijo, pensando en Joy, aunque Maxine era ahora el recuerdo más poderoso en su mente, además de la mujer que deseaba, no su esposa.

—Anoche lo estabas —replicó ella con voz ronca, y él no pudo negarlo.

—Es cierto, pero de todas formas es demasiado pronto para comprometerme con otra persona, por respeto a Joy y a nuestro matrimonio.

—Ella ya no está, Christophe... como Charles. Entiendo que no quieras que nadie lo sepa hasta que haya pasado un año de su muerte, sobre todo tu hija. Pero ¿por qué debemos privarnos? —Ella hizo que pareciese tan sencillo y sensato que hasta a él sintió que era razonable—. Nadie tiene por qué saber lo que hacemos. No tenemos por qué contárselo a nadie. Esto queda entre tú y yo.

Mientras lo decía, le quitó la taza y la dejó en la mesilla de noche, recorrió su cuerpo con las manos y a continuación lo envolvió suavemente con los labios. A los pocos segundos él volvía a desearla y, sin decir nada, la tomó y la penetró asegurándose de no ser demasiado brusco. Pero ella se puso a horcajadas encima de él y lo montó salvajemente. Acto seguido lo provocó hasta que él volvió a agarrarla y, finalmente, los dos llegaron al orgasmo. Christophe se sintió incapaz de contenerse y se quedó tumbado en la cama exhausto; supo que, fuese lo que fuese lo que había nacido entre ellos la noche anterior, lo necesitaba con todo su ser y no podía renunciar a ella. Maxine tenía razón. Joy ya no estaba. No le hacían daño a nadie ni tampoco nadie tenía por qué saberlo. El secreto solo debían compartirlo ellos, como un regalo.

7

Christophe se sintió en un estado de aturdimiento todo el mes de agosto. Iba en coche a casa de Maxine varias veces al día para hacerle el amor. Llegaba tarde a las reuniones y se iba del trabajo antes que nunca. Cambiaba sus planes continuamente. Ella se pasaba por la oficina de la bodega y él le hacía el amor en un almacén y le decía que aquello no podía volver a ocurrir. Él evitaba el château porque Raquel estaba allí y Camille podía regresar en cualquier momento, pero le hacía el amor en cualquier otro sitio, incluso una vez en los servicios de un restaurante respetable. Estaba obsesionado. Creía que estaba enamorado de ella pero, más que eso, se había convertido en un adicto a ella y le aterraba que se fuese del valle de Napa y se mudara a otra parte, una posibilidad que ella insinuaba de vez en cuando. Había renovado el contrato de alquiler de la casa de Money Lane hasta septiembre pero decía que, después de esa fecha, no sabía adónde iría. Dallas, Los Ángeles, Miami, Palm Beach, Nueva York o París de nuevo. Ya no tenía ningún ancla allí, salvo Christophe. Y él la necesitaba con desesperación. La necesidad había sustituido a la culpabilidad que sentía con respecto a Joy, pero le daba igual. Maxine era lo más excitante que le había pasado en la vida y no quería perderla.

Fue un alivio cuando Camille se fue otra vez a pasar dos

semanas al lago Tahoe con sus viejos amigos del colegio. Christophe la había animado a hacerlo. Ella casi nunca veía ya a sus amigos porque tenía demasiadas responsabilidades en la bodega, de modo que para la chica fue todo un lujo estar un tiempo lejos y poderse sentir joven y sin ninguna preocupación. Ya ni siquiera iba a la ciudad, y sus amigos también estaban ocupados con sus nuevos trabajos, vidas y relaciones. De modo que Christophe la animó a que se tomara unos días, aunque el motivo oculto era disponer de más tiempo para estar con Maxine.

Sin Camille en casa, Christophe no tenía que buscarse pretextos ni esconderse, y Maxine podía pasar la noche en el château siempre que se fuese antes de la hora de llegada de Raquel. Entonces él llevaba a Maxine a su casa en coche por la mañana, le hacía de nuevo el amor y volvía a trabajar. Pero a la hora de comer estaba otra vez ávido de ella. A finales de agosto, sabía lo que tenía que hacer y, lo más importante, lo que deseaba. Y sabía cuándo. Ya lo tenía todo claro.

En el último momento, Camille decidió alargar su estancia con sus amigos en el lago Tahoe y pasar el fin de semana del día del Trabajo. No sabía cuándo volvería a verlos, ya que varios de ellos se iban a estudiar cursos de posgrado al este o ya se habían marchado. Ahora mantenía la mayoría de sus amistades a través de Skype y sus colegas le decían en broma que era una «amiga virtual». No se veía con nadie desde que estaba tan ocupada trabajando para su padre, de modo que las dos semanas en el lago Tahoe habían sido como volver a los viejos tiempos, cuando eran niños e iban al colegio. Le había prometido a su padre que regresaría a casa para el fin de semana y se deshizo en disculpas por alargar el viaje hasta el lunes por la noche, pero él la animó a quedarse. Quería aprovechar hasta el último segundo que pudiese estar a solas con Maxine.

Christophe iba a asistir al Baile de la Vendimia de Sam Marshall y había invitado para que le acompañara a Maxine, quien había estado trabajando en su disfraz durante semanas. Había encargado una prenda de París y estaba haciéndole los últimos arreglos. Christophe iba a llevar el mismo disfraz que se ponía cada año y, cuando vio el de Joy en el almacén del desván, el mismo que Camille se había puesto el año anterior cuando había acudido con él, un mes antes de que Joy falleciese, se puso triste durante un momento. Pero estaba orgulloso de ir con Maxine ese año. Sabía que ella estaría espectacular y lo tenía todo planeado. Hizo un viaje rápido a la ciudad antes del fin de semana. Recogió a Maxine en su casa a tiempo para el baile. Ella se quedaría con él en el château hasta que Camille llegase a casa. Raquel libraba el fin de semana y el lunes, que era festivo. Sería la última vez que estarían juntos en el château durante una temporada, ya que Maxine no podría quedarse cuando Camille regresara. Además, se acercaba el aniversario de la muerte de Joy, una fecha dolorosa para Camille y Christophe, pero después él podría ver a Maxine en público y con libertad. Pensaba explicárselo todo a Camille cuando volviese del lago.

Cuando llegó a casa de Maxine, ella estaba increíble, ataviada con un disfraz que moldeaba su figura y su cintura esbelta, con los pechos asomando voluptuosamente del escote, la enorme falda del vestido sostenida con aros metálicos se mecía al andar. Incluso se había hecho confeccionar unas réplicas de unos zapatos antiguos. La peluca era perfecta, obra de un fabricante de pelucas para teatro de París, y la máscara ocultaba la parte inferior de su cara. Estaba deslumbrante al subir al coche de Christophe, de camino a la inmensa finca de los Marshall, donde cientos de personas se iban apeando de carruajes y carros tirados por caballos, vestidos con disfraces y máscaras. Parecía que estuviesen en la época final de esplendor de Versalles mientras se dirigían a la residencia principal y lacayos de librea les ofrecían bandejas con copas de champán. El vestido de Maxine era blanco, como sus zapatillas de noche, y lo sujetaba con cuidado para que el dobladillo no se le manchase por el sendero. De vez en cuando miraba a Christophe y advertía, incluso bajo la máscara, que estaba contento.

La velada fue aún más espectacular de lo que Maxine esperaba. Todo el mundo se había volcado, como cada año. Era una celebración de la vendimia, que no tendría lugar hasta dentro de unas pocas semanas, pero combinaba la festividad del día del Trabajo con el éxito anticipado de la cosecha, y ese año los viticultores esperaban que fuera buena.

Les asignaron una mesa cerca de la pista de baile y Christophe bailó con ella toda la noche. Vio a Sam a lo lejos y fue a charlar con él unos minutos mientras Maxine lo esperaba en la mesa. Phillip estaba con su padre y preguntó a Christophe si Camille le había acompañado. Él le contestó que se había quedado en el lago con unos amigos. Phillip pareció decepcionado y comentó que tenía ganas de decirle que iba a casarse. Le presentó a su prometida, que a Christophe le pareció otra más de sus modelos o chicas consentidas. Era muy guapa, pero en esos momentos se quejaba del calor que le daba la peluca, de lo apretado que le quedaba el corsé, de cómo le dolían los zapatos y de lo que le costaba respirar con la máscara. Los dos padres rieron cuando Phillip y su prometida se fueron para que ella pudiera sentarse y quitarse los zapatos.

—Si se casa con ella, va a ser un camino largo —comentó Christophe.

—He intentado decírselo —dijo Sam suspirando—. Pero los jóvenes nunca escuchan a nadie. Se cree que siempre será guapa, pero no todo es música de violines —afirmó, y Christophe se echó a reír—. ¿Con quién has venido? —Le había oído decir que Camille estaba en el lago y se preguntaba si había venido solo.

—Con Maxine de Pantin —contestó él tranquilamente.

—Ah, la condesa —dijo Sam, y vaciló un momento. Pero siempre habían sido sinceros el uno con el otro, y esta vez también tenía que serlo—. Ten cuidado, Chris. Es muy guapa y encantadora, pero tiene algo que me da miedo. No sé el qué. Hay algo muy calculador en ella. No sé por qué está en el valle; al principio pensaba que iba detrás de mí, pero no la soporto y se lo hice saber enseguida. Sé prudente, no te precipites y a ver lo que pasa.

Christophe asintió con la cabeza, pero no estaba preocupado. Sam no estaba acostumbrado a las francesas ni a lo coquetas y astutas que podían ser, o simplemente parecer, a veces sin malas intenciones. Él ya la conocía bien y no tenía miedo. Estaba seguro de que era sincera, de que simplemente se había comportado con picardía con Sam y de que él había malinterpretado sus intenciones.

—No te preocupes, no me pasará nada —le aseguró Christophe—. ¿Ha venido Elizabeth? —le preguntó.

Había tanta gente que costaba saber quién había asistido.

—No —respondió Sam con naturalidad—, está en Washington para una reunión del comité. De todas formas, esto no le va.

Parecía que a él no le molestaba su ausencia y que aceptaba que viviesen separados. En todo caso, estaba demasiado ocupado ejerciendo de anfitrión para poder dedicar tiempo a una pareja.

Christophe regresó a la mesa donde había dejado a Maxine, que estaba empezando a impacientarse.

—¿Por qué has tardado tanto? —dijo ella quejumbrosamente.

—He estado hablando con Sam. Su hijo se acaba de prometer.

A Maxine la noticia la dejó indiferente. Sus hijos la habían decepcionado ese verano. Debían ir a visitarla, pero su hijo mayor, Alexandre, se había ido a Grecia con unos amigos y aún seguía allí; y su hijo pequeño, Gabriel, había suspendido los exámenes de la universidad y tenía que pasar el verano recibiendo clases de repaso para aprobar en septiembre. Sin embargo, gracias a ello, Christophe y Maxine habían podido pasar más tiempo juntos disfrutando de su romance secreto, de modo que realmente no lo sentía demasiado.

Pasearon por los jardines y bailaron mucho, aunque a Maxine le daba calor el disfraz. Christophe se la presentó a los amigos que reconoció bajo las máscaras y los disfraces. Y al final de la velada contemplaron los espectaculares fuegos artificiales que Sam les ofrecía cada año: una rosa, una bandera, pirotecnia de todas las formas y colores. Alguien comentó que se gastaba medio millón de dólares en el espectáculo, algo que Christophe creía posible. Después de los fuegos artificiales, los invitados empezaron a marcharse. Siempre era una velada impresionante, pero Christophe se alegró de irse con Maxine. Tenía una botella de champán Cristal en hielo esperándoles en el château. Querían quitarse los disfraces y comentar la noche mientras se relajaban. Christophe se quitó la peluca tan pronto como cruzaron la puerta principal del château, y Maxine hizo lo mismo y dejó que su cabello, de un negro casi azabache, le cayese suelto por la espalda. Luego se quitó los zapatos y se aflojó el corsé que le había oprimido toda la noche. Daba gusto estar en casa: Christophe sirvió el champán en dos copas y le sonrió.

—Esta noche estabas preciosa —dijo con dulzura.

—Me alegro, porque no podía respirar —contestó ella riendo.

Bebió un largo sorbo de champán y, acto seguido, lo miró sorprendida cuando vio que hincaba la rodilla delante de ella en la cocina.

—Querida Maxine, ¿quieres casarte conmigo? No podremos contraer matrimonio hasta octubre, ni tampoco podremos anunciarlo hasta entonces, pero quiero que te cases conmigo lo más pronto que podamos después de la fecha del aniversario. ¿Quieres ser mi esposa?

Al mismo tiempo que lo decía, sacó una cajita de piel roja del bolsillo. La había buscado a tientas mil veces esa noche, mientras esperaba poder dársela en el momento adecuado. Era el anillo que había comprado en Cartier dos días antes y Maxine lo miró asombrada mientras él se lo ponía en el dedo, se levantaba y le daba un beso. Eso era lo que ella había estado esperando, pero pensaba que él no movería un dedo hasta después del aniversario de la muerte de su esposa en octubre.

—No me has contestado —dijo con dulzura después de volver a besarla.

—Me he quedado pasmada. —Ella se aferró a él como si los dos se estuviesen ahogando, y así era en cierto sentido—. Claro que quiero casarme contigo. —Luego miró el anillo que él le había colocado en el dedo. Le ajustaba perfectamente y era bonito y digno de ella.

—Casémonos a mediados de octubre. Se lo contaré a Camille después del aniversario de la muerte de su madre.

Christophe había estado pensando en ello continuamente desde que había tomado la decisión de casarse con Maxine y no le veía el sentido a esperar. Así ella podría dejar la casa de alquiler de Money Lane y trasladarse al château. No quería vivir con ella sin estar casados por respeto a su hija.

—¿Crees que se sorprenderá? —preguntó ella, con cara de preocupación, aunque los dos sabían que así sería, y él tardó un rato en contestar.

—Se acostumbrará a ello. Ha llegado antes de lo que ninguno de nosotros esperaba, pero ella quiere que yo sea feliz.

Pensó en lo que Sam le había dicho sobre Maxine esa misma noche, pero su amigo no la conocía. Era una mujer maravillosa que había pasado por malos momentos. Ahora él la protegería y no volvería a sucederle nada parecido. Nadie la echaría de su casa; además, Camille era una persona buena y cariñosa que llegaría a respetarla, y puede que incluso a quererla. Él quería asegurar el futuro de ambas en su testamento para que Maxine se sintiese segura. Y eso mismo le dijo cuando esa noche se acostaron en la habitación y la cama que había compartido con Joy. Todo había ocurrido muy rápido, pero estaba convencido de que era lo correcto. No pensaba seguir teniendo una aventura clandestina con Maxine. Si la deseaba tanto, lo correcto era honrarla y casarse con ella. Los dos últimos meses habían sido de locos. Necesitaban llevar una vida tranquila y normal todos juntos, y el matrimonio era la única forma de lograrlo. Él no era Sam, que salía con una congresista que anteponía su carrera a todo, no quería comprometerse con ningún hombre y mantenía su relación amorosa en secreto. Christophe quería estar con Maxine a la vista de todos. Ella se merecía ser su esposa y no solo su querida.

—Tenemos muchas cosas que planear durante las próximas seis semanas —le dijo en voz queda, mientras estaban tumbados en la cama a oscuras y Maxine se tocaba el anillo en el dedo.

Ella callaba mientras hacía planes por su cuenta. Quería que sus hijos viajasen hasta aquí y conociesen a Christophe, y esperaba que él les encontrase algún trabajo en la bodega, aunque no pudiese pagarles legalmente. Y, además, tenía que encontrar un sitio para su madre. No podía dejarla en París para siempre.

—Estaba pensando en mi madre y mis dos hijos —le dijo a Christophe dándose la vuelta y besándolo.

—Mañana hablaremos de todo eso —le aseguró él con voz grave y sensual mientras ella le sonreía a la luz de la luna.

Él no lo sabía, pero le había salvado la vida y, con suerte, jamás se enteraría de la situación desesperada en que se encontraba cuando la conoció. Ella había ido al valle de Napa a buscar un hombre como él. Primero le había echado el ojo a Sam Marshall, pero Christophe era mucho mejor, más confiado y dulce. Sam era perspicaz y la había calado desde el principio.

—Gracias —dijo Maxine dándole un beso, y a continuación obró otra vez su magia con él.

Era lo que mejor sabía hacer. Y lo único en lo que podía pensar Christophe mientras le hacía el amor esa noche era en lo mucho que la quería y en que iba a ser su esposa. No era Joy, a la que había amado con toda su alma, pero ahora necesitaba a Maxine como nunca le había sucedido con ninguna otra mujer. El último año sin Joy había estado a punto de acabar con él. Maxine lo había rescatado de su dolor y su soledad, y ahora tenían un brillante futuro por delante. Sabía que la vida que llevaría con ella sería más glamurosa y sofisticada que con Joy. Pero Maxine era la mujer adecuada para el siguiente capítulo de su vida. Estaba deseando con creces que llegase.

Esa noche ella se quedó tumbada mirándolo mientras él se dormía. Maxine había vivido del cuento toda su vida y él era la respuesta a sus plegarias. Pronto estaría viviendo en el château como la esposa de un importante viticultor. Nadie podría tocarla ni nada la detendría. Desde luego, esta vez su hija no: menuda inocentona. Camille no era rival para ella. Ahora todo iba a ser muy sencillo.

8

Cuando Camille volvió del lago Tahoe después del día del Trabajo, despejada tras las relajantes semanas de descanso que había pasado con sus viejos amigos, se sentía otra vez joven, sin ninguna preocupación. Le había sentado muy bien estar lejos. Pero cuando volvió a casa, notó que algo había cambiado. No sabía de qué se trataba, pero su padre estaba muy callado. Apenas hablaba en la cena, se acostaba temprano y, varias mañanas, cuando ella se levantaba, él ya se había ido a trabajar. De repente se había abierto una distancia entre ellos que nunca había existido, sin explicación. Su padre no tenía motivos para estar enfadado con ella y no parecía tan triste como antes. Camille se preguntaba si le reprochaba el tiempo que había pasado con sus amigos en el lago. Pero no era propio de él guardarle rencor y, de hecho, la había animado a reencontrarse con sus antiguos compañeros de clase y a pasar más tiempo con gente de su edad. Decía que era lo que su madre habría querido.

Se comportaba de forma extraña y, al final, ella lo atribuyó a que se acercaba el aniversario de la muerte de su madre y que les estaba afectando a los dos. No se le ocurría otro motivo para que se mostrase tan distante con ella. No paraba de recordar lo que había ocurrido un año antes, cuando su madre se había ido como una hoja arrastrada por la corriente, separada inexorablemente de ellos. No quería disgustar más a su padre hablándole del asunto, pero intuía que le atormentaba a diario; a ella también le angustiaba.

Además, él estaba ocupado con la vendimia, que iba mejor que nunca. Ese año, su cosecha de uvas había superado todas las expectativas. Y el día del aniversario, por la mañana fueron a la iglesia juntos y luego al cementerio a dejar unas flores en la tumba de Joy; los dos lloraron abrazados y después se fueron a trabajar.

Camille había estado desarrollando unas ideas de marketing que quería plantearle, pero él estaba distraído y no parecía el momento adecuado para hacerlo. Decidió esperar unas semanas a que estuviese mejor y se hubiese recuperado un poco del aniversario, que los había sacudido a ambos.

Christophe también estaba esperando el momento oportuno. Maxine estaba ocupada empaquetando sus cosas para trasladarse al château una vez que él le hubiese dado a Camille la noticia. Padre e hija esperaban la ocasión adecuada por motivos distintos.

Christophe dejó pasar dos días después del aniversario de Joy y entonces le propuso a Camille comer fuera de la oficina. Normalmente, cuando la llevaba a un restaurante, siempre era a cenar. Durante la comida trabajaba, estaba reunido con clientes o distribuidores, o quedaba para hacerlo con otros viticultores. Nunca invitaba a su hija a un restaurante en pleno día, y a ella le extrañó, pero pensó que sería un buen momento para hablarle de sus nuevas ideas de promoción para los vinos. Quería expandirse a todos los nuevos terrenos que pudiese, y había trabajado duro para lograrlo.

Él la llevó a un restaurante de Yountville, donde pidieron unos sándwiches y se sentaron a una mesita del jardín. Camille se dio cuenta de que él no comía. No paraba de juguetear con su bocadillo y, al final, alzó la vista. No tenía sentido retrasar la noticia: la boda iba a celebrarse y su hija debía saberlo. No podía esperar más. Maxine y él habían fijado la fecha: se casarían en menos de dos semanas. Ella había alargado el alquiler todo lo que había podido, pero tenía que mudarse con ellos el fin de semana siguiente. Christophe había intentado hacerle sitio en los armarios y le había mandado a Raquel que guardase la ropa de Joy y la llevase al desván, pero le había pedido que no se lo dijese a Camille. Sabía que la adaptación sería difícil, pero al final todos serían más felices.

Se mostró torpe al empezar a contárselo y con sus primeras palabras se fue por las ramas.

—Estoy hecha un lío. ¿Qué estás diciendo, papá? —le preguntó ella con sentido práctico. En ese aspecto se parecía mucho a su madre: sencilla, sincera, sin complicaciones y directa—. ¿Quieres hacer cambios en casa? ¿Qué clase de cambios? ¿Reformas? ¿Por qué? Todo está bien como está y será un follón cambiar las cosas de sitio.

Él empezó otra vez y en esta ocasión mencionó a Maxine y lo mucho que le gustaba su compañía. Dijo lo buena persona que era, que se había convertido en una víctima de acoso después de su último matrimonio y que sus hijastros la habían echado de casa. Camille dudaba de que todo aquello fuese cierto, pero no hizo ningún comentario y tampoco le hizo ninguna gracia oír lo mucho que a su padre le gustaba estar con ella. Seguía pensando que había algo oculto en aquella mujer, pero no la veía muy a menudo. No tenía ni idea de que Christophe había pasado con Maxine todas las noches que ella había estado en el lago, ni tampoco se imaginaba que en varias ocasiones la mujer se había quedado en el château a pasar la noche. Ni siquiera Raquel lo sabía.

—Me alegro de que te guste, papá —dijo con educación, sin dejar de preguntarse adónde quería ir a parar su padre.

Sin embargo, al final no hubo forma de seguir dando rodeos. Christophe tuvo que sacar las palabras haciendo un esfuerzo enorme.

—Camille, sé que esto te puede sorprender. De hecho, estoy seguro de que lo hará, pero Maxine y yo nos vamos a casar. —Ella lo miró fijamente, incapaz de emitir ningún sonido por un instante, mientras se le llenaban los ojos de lágrimas, y a él se le revolvió el estómago observando el rostro de su hija—. Lo siento, cielo —dijo tocándole la mano—. Entre nosotros no cambiará nada. Nada podría hacerlo. Y ella tampoco quiere interponerse entre tú y yo. Pero la amo y no quiero andar a escondidas con ella ni verla en secreto. Quiero que viva con nosotros. He estado muy solo sin tu madre. Necesito una esposa; no quiero una novia ni empezar a salir con mujeres. Quiero la clase de vida que tenía con tu madre. Y Maxine también se merece una situación respetable. Así que vamos a casarnos. —Se sintió más fuerte después de decirlo, a pesar de la expresión de Camille.

—¿Cuándo? —logró decir ella con voz ronca mientras lo miraba con incredulidad.

Su padre tuvo que armarse de valor para pronunciar las palabras siguientes.

—La semana que viene. No hay motivo para aguardar más. Ella tenía que dejar la casa que ha estado alquilando y yo no quiero esperar. Ha pasado un año desde que tu madre... No quería decirte nada hasta después del aniversario.

Camille comprendía ahora por qué su padre había estado tan raro las últimas semanas. Estaba esperando para darle la noticia y la situación debía de haberle puesto nervioso; por eso casi nunca hablaba con ella, salvo en el trabajo.

—¿Cuándo lo decidiste? —inquirió Camille, mientras le caían lágrimas por las mejillas y se las secaba con la servilleta.

Su sándwich también estaba intacto. Él la había dejado petrificada con la noticia.

—Hará cosa de un mes. Hemos estado viéndonos durante el verano.

—Pero si apenas la conoces —replicó Camille, tratando de razonar con él.

Se habían conocido en marzo y solo habían pasado siete meses.

—Somos adultos; sabemos lo que queremos. Los dos hemos estado casados. Espero que hagas un esfuerzo por conocerla. Creo que así llegarás a quererla. Es una buena mujer. —Camille no lo creía, pero vio que su padre había tomado una decisión, y ella no podía hacerle cambiar de opinión—. Se mudará el fin de semana que viene y nos casaremos un día de la próxima semana. Puedes ser mi testigo si quieres, pero si no es así lo entenderé.

Él lo tenía todo pensado y, evidentemente, lo había planeado con Maxine. Entonces a Camille se acordó de algo y puso cara de pánico.

—¿Qué has hecho con las cosas de mamá?

Todo había quedado en los armarios de Joy. Ninguno de los dos había tenido el valor suficiente para deshacerse de nada y hasta aquel momento seguían sin querer hacerlo.

—Le mandé a Raquel que lo guardase con cuidado en cajas en el desván. Lo he conservado todo para ti. —Era la única buena noticia que había oído desde que se había sentado a comer. Por lo menos no había tirado las cosas de su madre. Se preguntaba si Maxine lo habría hecho—. Nos iremos a México dos semanas de luna de miel y, después, todo seguirá como ahora.

Sin embargo, ella sabía que eso no era cierto. Con Maxine viviendo con ellos como su esposa, todo cambiaría. Era inevitable, por mucho que él le prometiese que todo seguiría igual.

—¿Y sus dos hijos? ¿También van a mudarse con nosotros?

—Vendrán en Navidad. Uno trabaja y el otro está en la universidad. No van a mudarse aquí, pero sí lo hará la madre de Maxine —añadió—. Es una viejecita de ochenta y siete años, estamos pensando alojarla en la casita que no usamos.

Se refería a la cabaña en la que él había vivido con Joy mientras construían el château. Había sido Maxine quien había propuesto hospedar a su madre allí y si lograban decorarla como es debido, mejoraban el sistema de calefacción e instalaban un nuevo aislante, Christophe creía que sería buena idea. Pensaba pedirle a Cesare que supervisase la reforma. Todavía no le había dicho nada para que Camille no se enterase de la situación por otra persona.

—¿Te refieres a la de detrás del château? —Camille se quedó horrorizada ante la idea, pero su padre asintió con la cabeza—. Allí hace un frío que pela y está hecha un desastre. —La habían usado como almacén durante años—. No puedes meter a una anciana allí —repuso con decisión—. Debe de odiar a su madre para instalarla en la casita —añadió Camille en tono ácido, aunque no se había opuesto a sus planes. No se había levantado de la mesa y se había ido indignada. Quería demasiado a su padre para hacer eso. Deseaba que él fuese feliz, solo que no con Maxine. Sin embargo, él había elegido y ahora ella tenía que aceptarlo—. ¿No crees que deberías esperar un poco más, papá? —preguntó, con un ademán de súplica, pero él negó con la cabeza.

Christophe sabía que Maxine no le habría esperado si él no le hubiese propuesto matrimonio y que se habría marchado al finalizar el contrato de alquiler, o al menos eso decía ella. Y esperar seis meses más o un año para casarse no cambiaría las cosas. Estaba seguro de lo que quería y con el tiempo, cuando llegase a conocerla, Camille se adaptaría.

—Voy a pedirle a Cesare que arregle la calefacción de la cabaña, instale un nuevo aislante y la limpie. Podemos conseguir que su madre viva allí con comodidad —dijo.

Camille asintió con la cabeza, muda de pena.

Se quedaron sentados a la mesa un rato más y los dos dejaron de fingir que comían. Tiraron sus sándwiches cuando se fueron del restaurante. Y, por primera vez desde la muerte de su madre, Camille no volvió a la oficina. No era capaz. Tenía ganas de ir a casa y echar un vistazo por sí misma. Sentía que Maxine le estaba quitando su hogar. Y tenía aún más miedo de que le arrebatase a su padre, quien estaba totalmente hechizado por ella. Todo lo que había temido de ella había resultado cierto. Era una mujer inteligente y maquinadora. Y Camille veía ahora lo ingenuo que estaba siendo su padre.

Él no atisbaba ningún motivo oculto detrás del deseo de Maxine de casarse tan rápido, ni tampoco ningún inconveniente ni riesgo, pese a que había estado perfilando con su abogado un acuerdo prenupcial durante las dos últimas semanas, además de la redacción de un nuevo testamento. Maxine le había dicho que firmaría lo que él quisiese: no le pedía nada. Lo único a lo que se negaba era a revelarle su estado financiero, pues decía que le daba vergüenza. Todo lo que le quedaba era lo que había en su cuenta bancaria, mucho menos de lo que poseía él. No tenía propiedades ni inversiones, aunque nunca lo había fingido. Tampoco tenía ingresos y se había ofrecido a trabajar en la bodega si él quería, algo a lo que Christophe se había negado. Él contaba con todo el personal que necesitaba y con Camille, que había sido perfectamente formada por su madre. Maxine no tenía experiencia en la gestión de un negocio. Se había ocupado de las casas de sus dos maridos y había trabajado de modelo cuando era joven. Nunca había aparentado tener más de sus posesiones reales, y él la respetaba por ello. Decía que lo único que tenía era el dinero que le quedaba del que le habían pagado sus hijastros para comprar su parte de la herencia de su padre, y que había sido muy poco. Maxine había estado viviendo de ello durante el último año, y decía que iba a traer a su madre y sus hijos. No esperaba que Christophe pagase también eso; bastante haría ya manteniéndola. Él no quería que trabajase y, de hecho, prefería que no lo hiciese. Era elegante, hermosa e inteligente, y una compañera maravillosa para él. Joy siempre había sido trabajadora y había tenido talento para los negocios, pero Maxine era un tipo de mujer totalmente distinta.

Cuando Camille entró en casa después de la fatídica comida, procuró no imaginar la vivienda con Maxine en ella. Se quedó un rato en el despacho de su madre y en el vestidor, las habitaciones más familiares que Camille asociaba con ella. Y ahora todo iba a cambiar. Se tumbó en su cama y lloró el resto de la tarde.

Maxine llamó a Christophe en cuanto él estuvo de vuelta en la oficina.

—¿Qué tal ha ido? —preguntó en tono tenso.

Temía que Camille intentase influir en él, hacerle cambiar de opinión o pedirle que esperase otro año, cosa que ella no podía permitirse. Necesitaba que alguien la mantuviese y le pagase las facturas que se le estaban acumulando. Se había arriesgado viajando al valle de Napa, pero había valido la pena. Había tenido suerte de encontrar a Christophe, y no quería que su hija lo fastidiase todo ahora.

—Es una chica muy razonable —contestó Christophe, serio. Sabía que si hubiese comido con Sam Marshall en lugar de con su hija, él habría intentado disuadirlo de su decisión—. Esto no es fácil para ella, y no la hemos avisado con mucha antelación. Dentro de una semana tendrá una madrastra a la que apenas conoce, pero quiere que yo sea feliz. Para ella esto supone un voto de confianza enorme. —El hecho de que su hija estuviese dispuesta a aceptar su decisión, tanto si estaba de acuerdo con ella como si no, era indicativo de lo mucho que lo quería—. Tal vez deberíamos haber esperado un poco más —añadió con tristeza, acordándose de la cara de ella en la comida y las lágrimas que le corrían por las mejillas. A Maxine por poco se le paró el corazón cuando Christophe pronunció estas palabras—. Pero la verdad es que no quiero. Quiero vernos felizmente casados y viviendo en el château —dijo sonriendo, pensando esta vez en Maxine y no en su hija—. Somos adultos. Sabemos lo que hacemos. No tenemos por qué esperar, aunque para ella hubiese sido más fácil. Las cosas nos irán mejor a todos cuando vivamos juntos bajo el mismo techo como una sola familia. Así podrá conocerte mejor.

Maxine no opinaba lo mismo y habría preferido tenerlo para ella sola, pero podía lidiar con su hija si no le quedaba más remedio, aunque la situación no fuese ideal.

Esa noche Christophe hizo un alto para ver a Maxine antes de volver a casa. La casa de Money Lane estaba repleta de cajas y maletas que estaba llenando con su vestuario. Era todo lo que llevaba consigo. Había alquilado la casa con muebles, y le había dicho que había dejado todas sus cosas en Francia y que había dado instrucciones a su madre para que las vendiese antes de irse. Estaba deseando conocer a su suegra; seguro que era tan elegante y gentil como su hija. También quería conocer a los hijos de Maxine en Navidad. De repente se habían convertido en una familia completa, con tres hijos y una suegra. Había crecido rápido.

Maxine advirtió que Christophe estaba deprimido después de la conversación con su hija y rápidamente lo desvistió, se quitó la ropa y lo atrajo a la cama para distraerlo y levantarle el ánimo.

Cuando Christophe se dio cuenta de la hora que era, ya habían dado las ocho y dijo que tenía que volver a casa con Camille. Quería ver si su hija había asimilado la impactante noticia que había recibido durante la comida. Maxine quería que se quedase, pero él se sentía obligado a ver a su hija. Cuando llegó a casa encontró a Camille profundamente dormida con la ropa de calle puesta. Por los pañuelos de papel que había a su alrededor, supo que había estado llorando hasta quedarse dormida y que no se había levantado desde entonces. Le acarició suavemente la cabeza, se inclinó, le dio un beso y la dejó tumbada. Ella sonrió en sueños y Christophe salió de la habitación sin hacer ruido, mientras esperaba que su hija se acostumbrase pronto a tener madrastra, y concretamente una muy distinta de su madre. Sabía que estaba haciendo lo mejor para él. Solo quedaba convencer a Camille de ello.

Christophe no le había contado a Sam ninguno de sus planes, pero se sentía raro casándose sin decírselo. Él era uno de sus más viejos amigos en el valle de Napa y había sido un gran apoyo cuando perdió a Joy. Lo llamó a la oficina el día antes de la fecha prevista para la boda; Sam se quedó callado un largo rato al enterarse de la noticia y a continuación dejó escapar un suspiro.

—No sé por qué, pero tenía la sensación de que ibas a hacer algo parecido. Por eso te dije lo que te dije la otra noche.

Christophe era el tipo de hombre al que le gustaba estar casado y Maxine era una mujer artera. Sam estaba convencido de que se había aprovechado de la soledad de Christophe y de su deseo de no seguir soltero durante mucho tiempo. Sin embargo, habría preferido que hubiese elegido a cualquier otra mujer menos a esa. Estaba convencido de que ella iba tras el dinero. Sam se lo olía, pero una de las cosas que más le gustaban de su amigo era su ingenuidad y su disposición a pensar lo mejor de todo el mundo. Christophe proyectaba su propia bondad y honradez en todas las personas que conocía. Era un hombre de honor y daba por supuesto que los demás también lo eran.

—Tenemos mucho en común —insistió Christophe—. Los dos somos franceses, tenemos la misma cultura y hemos recibido la misma educación; además, ella necesita alguien que la proteja. No tiene a nadie en el mundo más que a su madre y sus dos hijos en Francia. Sus hijastros la trataron fatal después de la muerte de su marido.

—Tú ya no eres tan francés —le recordó Sam—. Llevas mucho tiempo aquí. ¿La has investigado? ¿Has comprobado su pasado?

Sam era por encima de todo un hombre práctico y mucho menos confiado que su amigo. Había tropezado con varias cazafortunas y ella le parecía una más. Incluso diría que una profesional. A los ojos de Sam, tenía todas las señales. Pero no a los de su amigo.

—Pues claro que no. —Christophe se quedó escandalizado—. No es una delincuente. No quiere nada de mí.

—Eso no lo sabrás hasta que estés casado con ella. Espero que tengas un buen acuerdo prenupcial. —Sam parecía preocupado.

—Por supuesto. No vamos a necesitarlo, pero no soy tonto.

—Bueno, ¿y cuándo os casáis? —le preguntó Sam, triste.

Christophe era un hombre estupendo y se merecía encontrar a otra mujer como Joy, no caer en las garras de una manipuladora *femme fatale* como Maxine. Sam era alérgico a las mujeres como ella y se esforzaba por evitarlas, tal como había hecho.

—Mañana —respondió Christophe.

Sam puso una mueca al otro lado de la línea.

—No pierdes el tiempo.

—Ella iba a marcharse del valle de Napa para volver a Francia.

«Lo dudo», pensó Sam, pero no se lo dijo a Christophe, quien creía todo lo que ella decía.

—¿Qué opina Camille?

—No le hace gracia —contestó Christophe sinceramente—. Para ella supone un gran cambio después de su madre. Y le gusta estar sola conmigo. Pero se acostumbrará a Maxine cuando llegue a conocerla, aunque puede que tarde un poco. Su madre va a mudarse con nosotros cuando volvamos de la luna de miel. A Camille podría venirle bien tener una abuela cerca. Y sus hijos vendrán en Navidad.

—Parece que vas a estar muy ocupado —dijo Sam, que no envidiaba a su amigo.

Prefería su acuerdo con Elizabeth, que les permitía vivir separados y juntarse de vez en cuando, pero sabía que algo así le habría sabido a poco a Christophe, que deseaba una vida familiar de verdad y una esposa a su lado. Sam estaba seguro de que ella había jugado bien sus cartas y ahora iban a vivir todos en el château. A Christophe le parecía una situación idílica, pero a Sam no. No le costaba creer que fuese la peor pesadilla de Camille hecha realidad y la compadecía por ello.

—Bueno, avísame de cómo te va. Ya quedaremos para comer cuando vuelvas.

Christophe le había dicho que se iban de luna de miel dos semanas a México. Maxine quería ir a Bali, pero Christophe prefería quedarse más cerca de casa, de modo que ella aceptó. Él tenía muchas cosas que hacer cuando volviesen, todo el trabajo posterior a la vendimia, como el prensado de la uva y la elaboración del vino. Sam también estaría ocupado.

—Ya te llamaré —prometió Christophe.

—Buena suerte, amigo mío —dijo Sam, y colgaron.

Sam estuvo todo el día compungido pensando en la noticia.

Maxine se mudó el fin de semana, mientras Camille pasaba dos noches con una amiga a la que había llamado de improviso para no tener que presenciar la escena. Florence Taylor había sido su mejor amiga en el instituto, y todavía hablaban de vez en cuando o se enviaban mensajes de texto. Ella también había perdido a su madre y, cuando Camille le contó lo que estaba pasando, Florence se mostró muy comprensiva y la invitó a pasar el fin de semana con ella. Trabajaba en la bodega Mondavi y vivía en una casita de alquiler en Yountville. Fue casi como si volvieran a los viejos tiempos, y se quedaron despiertas hablando toda la noche. Florence intentó tranquilizar a Camille y le dijo que con el tiempo ella y Maxine podían llegar a ser buenas amigas. Al principio a ella tampoco le había caído bien la nueva esposa de su padre, pero ahora la quería mucho. Sin embargo, Florence no conocía a Maxine, que era única en su especie. Camille no se imaginaba queriéndola y, cuando volvió a casa el domingo por la noche, compartieron una cena silenciosa y fría en la cocina. Camille se marchó a su cuarto inmediatamente después de acabar. Se mostró educada con su futura madrastra, pero no se sentía con ánimos de esforzarse más. Maxine se comportaba de forma empalagosa con ella cuando Christophe estaba presente y la ignoraba por completo si él no estaba. Esa noche ellos también se retiraron pronto a su habitación.

A la mañana siguiente, Maxine bajó por la escalera principal mientras Christophe y Camille la esperaban. Llevaba un traje de satén color marfil de Chanel que había hecho enviar al château desde la tienda Neiman Marcus de San Francisco, con unos zapatos de tacón alto del mismo material y tono. Christophe se quedó estupefacto cuando la vio. Llevaba el pelo recogido en un moño francés, adornado con flores blancas. Camille se había puesto un sencillo vestido azul marino y unos zapatos planos. Tomaron uno de los coches de la bodega para ir al ayuntamiento de Napa. Camille había accedido a ser la testigo de su padre y él llevaba a Cesare como segundo testigo para Maxine. Ella charló con el hombre en italiano, idioma que hablaba con fluidez, y él se quedó tan cautivado como el novio. Camille advirtió que sabía manejar a los hombres de forma que todos parecían quedar fascinados. Pero a ella todo lo relacionado con aquella mujer le resultaba muy falso. Las sonrisas que dedicaba a Christophe quedaban anuladas por sus mirada frías cada vez que hablaba con Camille y él no estaba presente.

La ceremonia en el ayuntamiento fue protocolaria y breve. Un juez de guardia los declaró marido y mujer, y a continuación Maxine sonrió y Christophe la besó. Ella había encargado a uno de los jardineros que le preparase un pequeño ramo, que dejó a Camille durante la ceremonia y luego volvió a llevar tras salir del ayuntamiento. Camille se fijó en que se había hecho llamar condesa Lammemais, una dignidad que no le correspondía ya que Christophe no tenía ningún título nobiliario. Maxine lo había adquirido al casarse con su anterior marido, pero lo había perdido al volver a contraer matrimonio. Sin embargo, a los pocos minutos de la ceremonia ella dejó claro que tenía intención de mantener el título. Y Cesare siguió dirigiéndose a ella como «condesa» con aire de reverencia. Christophe no parecía percatarse de nada y estaba como flotando en una nube, mientras no paraba de besar a Maxine y abrazar a su hija, que sentía una gran tristeza al pensar en su madre.

Camille había contenido las lágrimas durante toda la ceremonia y, camino del banquete, sintió que se ahogaba en el coche. Había besado a su padre y había felicitado a la novia, pero la ignominia definitiva fue tener que vivirlo todo con Cesare, que estaba visiblemente impresionado por la falsa condesa y utilizaba su título prácticamente en cada frase.

Los cuatro comieron en la terraza del Auberge du Soleil, en Rutherford, y a Christophe le tranquilizó que Cesare y Maxine congeniasen tan bien. Al menos no tendría que mediar entre los dos, como había hecho con Joy. A Maxine le cayó bien de verdad.

Christophe había invitado a Sam a comer en el último momento, pero él le dijo que estaba ocupado y que no podía asistir. Mejor así. Cuando estaban juntos, se podía percibir la antipatía de Sam hacia Maxine saliéndole por los poros. Nunca se le había dado bien disimular sus sentimientos, tampoco lo intentaba, y por ese motivo había declinado la invitación a comer. Sabía que no podría ocultar su disgusto ante la boda de su viejo amigo con Maxine, a la que consideraba una inteligente depredadora.

A Camille se le hizo insoportable la comida y, en el trayecto de vuelta al château, llegó incluso a pensar que iba a vomitar. Afortunadamente, la pareja de novios pasó la noche en San Francisco para poder tomar al día siguiente el vuelo a México, que salía temprano. Fue un alivio cuando los vio irse en una de las furgonetas de la bodega, conducida por Cesare, que de la noche a la mañana se había convertido en el lacayo de Maxine. Pese a lo mucho que él y Joy se habían odiado, parecía que ahora el hombre adoraba a Maxine y, aunque aquello suponía un consuelo para Christophe, a Camille le parecía la traición definitiva.

Camille les dijo adiós con la mano mientras la furgoneta desaparecía y la última imagen de su padre fue besando de nuevo a Maxine, cosa que parecía hacer continuamente mientras esta siempre estaba estrechándolo como una serpiente. Qué tranquila iba a estar Camille sola en casa sin ellos las próximas dos semanas. Aprovechó el tiempo para quedarse trabajando hasta tarde, empezar nuevos proyectos y desarrollar un plan de marketing digital para celebraciones de boda que le mostraría a su padre cuando volviese. Sabía que él iba a estar ocupado con el trabajo posterior a la vendimia. Y, además, la madre de Maxine llegaría pocos días después de que ellos regresasen.

Camille llamó a Florence Taylor para darle las gracias de nuevo por dejar que se quedase en su casa, le habló de la boda y le expresó otra vez su desconfianza hacia Maxine. Florence le dijo que siguiesen en contacto y Camille volvió a su ajetreada vida, que solo le dejaba tiempo para el trabajo. Fue a ver la casita como gentileza a su padre y su madrastra. Los empleados de la bodega habían estado trabajando en ella siguiendo las indicaciones de Cesare a fin de prepararla para la madre de Maxine. Descubrió que faltaban varios detalles y encargó que instalasen un sillón cómodo, un sofá mejor, más lámparas, una alfombra que tenían guardada y nunca habían llegado a estrenar, y unos cuantos calefactores más para asegurarse de que resultaba lo bastante cálida para una anciana. Al final tenía un aspecto rústico pero atractivo, con una gran alfombra roja de nudo en la cocina y varias azules pequeñas en el dormitorio, en el que apenas cabían la cama y la cabecera. Camille también mandó a los jardineros que limpiasen la zona de alrededor de la casa. Cerca de la cabaña había un gallinero, un huerto de verduras y un pequeño establo que hacía años que no usaban.

La casita era encantadora y tenía un aire a lo Hansel y Gretel, sobre todo después de que Camille le diese los últimos retoques, pero no entendía por qué Maxine no instalaba a su anciana madre en el cuarto de huéspedes de la casa principal con ellos. Le parecía peligroso instalar a una persona tan mayor en una casa diminuta para que se valiera por sí misma. ¿Y si se caía de noche al ir al cuarto de baño o tropezaba con las raíces de los árboles del jardín? Ochenta y siete años era una edad provecta para Camille, que nunca había conocido a alguien tan mayor y no había tenido abuelos, ya que sus dos padres habían perdido a los suyos antes de que ella naciese. Además, estaba convencida de que las gallinas del gallinero la molestarían, a menos que estuviese demasiado sorda para oírlas. Se imaginaba que la madre de Maxine sería frágil, teniendo en cuenta su edad, pero esta había dado el visto bueno al lugar.

Los preparativos la ayudaron a estar entretenida los fines de semana y, cuando su padre y Maxine volvieron, la vivienda parecía una casa de muñecas. Se les veía felices, relajados y cariñosos. Le dijeron que habían pasado las dos semanas en la playa y la piscina bebiendo margaritas, cuando en realidad habían pasado la mayor parte del tiempo en la cama, satisfaciendo la pasión insaciable que sentían el uno por el otro, de la cual Camille no era consciente.

La noche que volvieron a casa, después de que Cesare los recogiese en el aeropuerto, Camille puso a su padre al corriente de lo que había pasado en la oficina. En general, todo había ido como la seda, a pesar de alguna discusión sin importancia con Cesare, y le explicó todo esto mientras Maxine deshacía las maletas. Luego le enseñó la casita y a Christophe le conmovió todo lo que había hecho por una anciana a quien no conocía, una actitud típica de Camille. Tenía el buen corazón de su padre y el talento de su madre para los negocios. Al cabo de un rato Maxine fue también y le sorprendió ver que Camille había transformado la cabaña en una acogedora casita. Pero, en lugar de estar agradecida, parecía enfadada.

—¿Por qué te has molestado en hacerlo? Mi madre no necesita todo eso. Está acostumbrada a vivir en un pisito de París. —El historial financiero de Maxine seguía siendo un misterio para Christophe, y él daba por sentado que su madre tenía unos pocos ahorros y vivía de ellos—. Es muy bonita —concedió cuando Christophe le dio las gracias a Camille por sus esfuerzos.

Pero Maxine volvió al château a los pocos minutos y no parecía contenta. Para ella, tener a su madre allí sería una obligación y un quebradero de cabeza, no un placer. Era hija única, su madre no tenía nada y Christophe le había ofrecido muy generosamente que la trajese a vivir con ellos, para que así Maxine no tuviese que viajar regularmente a París a ver cómo estaba debido a su avanzada edad. Ella dijo que su madre prefería estar a su aire, que era muy independiente, que se preparaba sola la comida y que no sería ninguna molestia para ellos. Christophe consideraba ahora esto parte de su vida con Maxine, así como ser un buen padrastro para sus dos hijos, que iban a venir a pasar un mes en Navidad.

Camille no volvió a ver a su madrastra esa noche. Maxine se había retirado a su dormitorio antes de que ella y su padre regresaran de dar un paseo. Él le dio un cariñoso beso en la frente y Camille se fue a su cuarto preguntándose por la extraña reacción de Maxine al ver la casita con la que tantas molestias se había tomado para complacerla. Su comentario final había sido que era «demasiado bonita para mi madre», una frase que a Camille le había parecido muy extraña.

La madre de Maxine tenía que llegar de París dentro de tres días. Todo estaba empezando a cambiar. Unos desconocidos iban a mudarse con ellos. Camille tenía ahora unos hermanastros a los que no conocía. Y una mujer que no le despertaba simpatía ni confianza había hechizado a su padre. Pero ella ya no podía hacer nada al respecto. Nunca se había sentido tan impotente. La marea estaba subiendo tan rápido que sentía que se iba a ahogar.

9

A la mañana siguiente Christophe se fue temprano a la oficina; Camille estaba dejando los platos en el fregadero cuando Maxine bajó a desayunar. No se molestó en darle los buenos días ni en responder a la chica cuando ella la saludó. Se sirvió una taza de café, se sentó a la mesa de la cocina con expresión malhumorada y clavó la mirada en su hijastra.

—¿A qué ha venido lo de arreglar la casita para mi madre? ¿Quieres impresionar a tu padre? Si lo has hecho por mí, no tenías por qué molestarte. Mi madre sabe cuidar perfectamente de sí misma y no es nada aficionada a los lujos. Por eso la he puesto ahí fuera. No se sentiría cómoda en una fina habitación del château.

A Camille le pareció una descripción extraña, pero no hizo ningún comentario. Sin duda, la actitud de Maxine hacia su madre no era de ternura ni de preocupación.

—Quería asegurarme de que estaba cómoda y caliente ahí fuera. Por la noche refresca. Estaría mejor aquí, aunque no le gusten las «habitaciones finas» —contestó finalmente Camille, esforzándose por ser educada.

—Es robusta para su edad. En su piso de París siempre hace un frío que pela, pero a ella le gusta así. Se crio en el campo.

Era el primer dato que Camille oía sobre la familia o la

infancia de Maxine. Parecía que hubiera venido al mundo ya crecidita y vestida con ropa de alta costura. Costaba imaginar que alguna vez hubiese sido una niña, o que incluso tuviese madre, sobre todo por la forma en que hablaba de ella. Camille tenía la impresión de que no se podían ver.

—Puedes volver a la universidad cuando te apetezca, ¿sabes? Christophe me ha dicho que quieres asistir a la escuela de administración de empresas. Podrías planteártelo para enero —dijo Maxine con frialdad.

Parecía que le estuviera insinuando que se fuese.

—Ya es demasiado tarde para solicitar plaza —contestó ella con calma—. No podría entrar hasta otoño, y tampoco quiero hacerlo. Me gusta trabajar con mi padre —dijo Camille con firmeza, ya con la certeza absoluta de que Maxine quería librarse de ella.

Maxine asintió con la cabeza en respuesta a sus palabras.

—Para que quede claro, ahora yo soy la señora de la casa. Soy la *chatelaine* de Château Joy —afirmó, usando el término francés para referirse a la propietaria de una château—, no tú. Puedes quedarte si quieres, claro —añadió, clavando sus ojos en los de Camille como taladros—, pero ahora mando yo. No esperes manipular a tu padre para conseguir lo que quieres o tendrás que vértelas conmigo.

Era un cañonazo de aviso y Maxine no había tardado en lanzarlo: no llevaba ni un día en casa.

—Claro que puedo quedarme. Esta es mi casa —le recordó a Maxine—. ¿Y qué es lo que crees que quiero de mi padre? Yo no lo «manipulo»; nosotros no somos así.

—A mí no me engañas con tu numerito de niña de papá, la princesita que adora a su padre. Haces con él lo que quieres —dijo con una expresión de amargura que Camille no le había visto antes.

—Está visto que no —comentó Camille, refiriéndose a su matrimonio relámpago.

Si hiciese con su padre lo que quería, como Maxine aseguraba, lo habría convencido para que no se casase. Era aquella mujer quien lo tenía sometido y lo controlaba.

—Entérate: tendrás que enfrentarte a mí si me perjudicas de alguna manera —le advirtió.

Sin decir una palabra más, Camille se marchó de la cocina, se retiró a su cuarto para serenarse y se fue a trabajar unos minutos más tarde. No sabía si mencionarle o no a su padre el diálogo que habían mantenido. Esa mujer era un monstruo. Pero Camille también sabía que si se lo contaba, él buscaría algún pretexto para explicar su comportamiento o daría una interpretación más diplomática de sus palabras. Su padre concedía a todo el mundo el beneficio de la duda y una oportunidad como es debido, incluso a los estafadores y los mentirosos, y ahora también a los manipuladores. De momento, decidió Camille, la prudencia parecía la madre de la ciencia. Informar a su padre del comportamiento de su mujer, o quejarse de él, no serviría de nada. Él quería creer que Maxine era perfecta, y Camille solo conseguiría disgustarle y hacerle enfadar si le decía lo contrario. No podía hablar del tema con nadie. No quería volver a llamar a Florence porque la última vez que habían hablado su amiga había seguido insistiendo en que algún día Maxine y ella serían amigas íntimas, como en ese momento le sucedía con su madrastra. Florence no entendía la situación de Camille ni a mujeres como Maxine. Y pensando en la advertencia que esta última le había hecho esa mañana, Camille se fue a trabajar andando a paso rápido colina abajo para desfogar su ira. Había empezado el día con mal pie.

Y, encima, cuando llegó al trabajo encontró a Cesare en su despacho. Ni siquiera pareció avergonzarse cuando Camille entró. Estaba sentado en su silla, tras su escritorio, revolviendo el cajón.

—¿Qué haces? —inquirió Camille bruscamente.

Su madre lo habría despedido por menos si Christophe lo hubiese permitido.

—Estoy buscando el sobre del dinero para gastos —contestó él con aire de suficiencia.

—Está en la caja fuerte. ¿Para qué lo quieres? —El tono de Camille era de desconfianza y severidad, que era lo que ella consideraba que él merecía.

—La condesa me ha dicho que debería cobrar más dinero para gastos y que lo hablaría con tu padre.

—Ella no trabaja aquí. Yo sí, y soy la que administro el dinero para gastos. Y no es una condesa. Simplemente se hace llamar así.

—Estuvo casada con un conde. Eso la convierte en condesa.

—Ahora está casada con mi padre, que no es ningún conde —insistió Camille—. Y ella no tiene ningún derecho a prometerte más dinero. No trabaja en la bodega y aquí no tiene ni voz ni voto. Y no vuelvas otra vez por aquí ni te atrevas a registrar mi escritorio.

Se quedó de pie observando cómo él se marchaba mirándola con rabia. Una vez que hubo salido de su despacho, sacó una llave de un escondite y cerró los cajones de su escritorio. Estaba claro que había empezado una nueva etapa si aquel hombre se sentía con la libertad de registrar su escritorio, con la intención de agenciarse más dinero para gastos, y ni siquiera se disculpaba por ello. Esa noche se lo contó a su padre cuando volvieron andando a casa. Los dos habían estado ocupados todo el día y no se habían visto.

—Se lo diré a ella —prometió Christophe—. Seguramente solo intentaba ser amable con él. Me ha dicho que le gustaría ayudarte con algunas promociones de la marca. Y quiere que empecemos a organizar actos sociales en la bodega. Cree que sería una buena maniobra de relaciones públicas.

Él ya le había dicho que el círculo social de la vieja guardia aristocrática del valle de Napa no la aceptaría, pero Maxine podía contactar con algunos de los nuevos viticultores adinerados que estaban comprando bodegas como inversión o para darse aires, o tal vez para ambas cosas. También quería empezar a invitar a algunos de los inversores multimillonarios especializados en tecnología punta y a la jet set internacional, a muchos de cuyos miembros ya conocía. Era perfectamente consciente de que estar casada con Christophe le concedería más importancia que antes y acceso a todas partes. Decía que quería organizar actos sociales para conseguir nuevos contactos para la bodega, pero Camille intuía que era por mero egoísmo y sospechaba de sus auténticas motivaciones.

—Entonces ¿trabajará con nosotros, papá? —preguntó Camille con pavor.

Maxine se comportaba como si esto fuese una posibilidad real. Si se salía con la suya, iba a suponer la ruina de Camille. Ya iba a ser bastante duro tener que verla en casa por las noches. Camille no quería que también se entrometiese en Château Joy.

—Solo en acontecimientos especiales —respondió Christophe con delicadeza—. Se le da muy bien organizar fiestas y reunir a personas con dinero. La gente siempre la encuentra encantadora y le proporciona un extra de glamour a todo aquello que toca. Puede que aprendamos algo de ella —dijo, y Camille se cuidó de no hacer ningún comentario negativo sobre ella, consciente de que a su padre no le gustaría—. No se dedicará a lo mismo que tú y yo, pero si nos interesa podríamos nombrarla directora de relaciones públicas y actos especiales. Quiere aprender más del negocio. Es una empresa familiar y ella forma parte de la familia.

Camille se horrorizó al oír sus palabras. La idea de que Maxine fuese parte de su familia le ponía enferma, pero sin duda lo era tras el matrimonio.

—Dile que no le haga promesas a Cesare. Bastante me

cuesta controlar sus gastos tal como están las cosas. No devuelve el cambio del dinero que recibe para gastos y siempre dice que le debemos más. —Su padre ya era consciente de esto, porque Joy se lo había estado diciendo durante años—. En realidad recibe demasiado, aunque él nunca lo reconocerá.

—Las cantidades con las que se queda no nos matarán —dijo Christophe sonriendo cuando llegaron al château.

Maxine los había visto acercarse y abrió la puerta, ataviada con un espléndido traje de noche de terciopelo color vino. Se había vestido para la cena y para impresionar a su nuevo marido, ya que no a su hija. Parecía una reina y el marco del château le sentaba como un guante. Daba la impresión de estar como en casa.

—Has vuelto de la guerra —dijo besando a Christophe y alcanzándole una copa de vino mientras entraban.

El día había sido fresco y por la noche había bajado aún más la temperatura, así que ella había encendido fuego. Christophe se dejó caer en un sillón enfrente de la lumbre, admirando a su esposa y disfrutando del vino, mientras Camille se iba a su cuarto a lavarse la cara y las manos y peinarse antes de cenar. No pensaba ponerse un vestido de noche; de todas formas, no tenía ninguno tan señorial. Y aunque ese hubiera sido el caso, se habría sentido ridícula poniéndose un vestido de noche para cenar los tacos de Raquel en la cocina. Pero Maxine estaba muy metida en el papel de señora de la mansión, sentada en un sillón al lado de Christophe e inclinándose para besarlo, y sus tentadores ojos anunciaban a su marido que le reservaba placeres para esa noche. Seguían besándose cuando Camille bajó la escalera media hora más tarde.

—¿No cenábamos a las siete? —preguntó Camille desde la puerta, y Maxine agitó la mano despectivamente en dirección a ella.

—Es demasiado pronto —contestó ella, riendo mientras miraba a su marido—. Y muy de Estados Unidos. ¿Por qué no cenamos a las ocho o las ocho y media? Al final y al cabo, todos somos franceses.

—Yo no —repuso Camille claramente—. Soy medio estadounidense, y mi mitad estadounidense está muerta de hambre a las siete.

—Entonces ¿por qué no te adelantas y comes ya? Nosotros cenaremos más tarde —propuso Maxine, y Christophe asintió con la cabeza.

A este le agradaba la idea de relajarse con Maxine delante de la lumbre un rato antes de cenar. Camille no contestó, se fue a la cocina y calentó dos tacos de Raquel en el microondas, se los comió sola en la mesa de la cocina y volvió a subir a su habitación quince minutos después, mientras su padre y su madrastra susurraban y reían de vez en cuando, como si tuviesen preciados secretos que compartir. Ella no los interrumpió; regresó a su cuarto, cerró suavemente la puerta y se sentó en la cama. Su vida familiar parecía haber terminado. Maxine estaba tomando las riendas, tal como le había advertido esa mañana. Camille acababa de ver la prueba de ello y Christophe ni siquiera se percataba de lo que había pasado. Maxine lo estaba afrancesando otra vez; los vínculos con las tradiciones estadounidenses que él había adoptado parecían estar desapareciendo con Maxine en casa. Y las cenas familiares se habían acabado.

Durante las siguientes dos noches, Camille cenó sola en la cocina a la hora habitual, mientras que Christophe y Maxine lo hicieron una noche a las ocho y media y la siguiente a las nueve, después de que él se quedase trabajando hasta tarde en la oficina. Maxine ordenó a Raquel que pusiera la mesa para dos, un claro mensaje para prohibir a Camille que los acompañase. Con el fin de justificarlo, le dijo a Christophe que Camille había decidido no cenar más tarde de la siete y a él le gustó la nueva hora de la cena. A Camille no le molestó que la excluyesen; era menos desagradable que tener que charlar con su madrastra y fingir por su padre que le caía bien. Cenar así era más rápido y más fácil, y a las siete y media Camille estaba tumbada en la cama viendo la televisión. Echaba de menos hablar con su padre durante la cena, pero no la compañía de Maxine. Ella había ganado fácilmente ese asalto.

Al día siguiente la madre de Maxine llegó de París. Su padre le había dicho que la esperaban en el château a las cinco, después de que recogiera su equipaje, pasara la aduana y fuera en coche a Napa, y le pidió a Camille que estuviese allí para recibirla. Cesare iba a recogerla y les avisaría cuando le faltasen cinco minutos para llegar a la casa. Camille prometió que formaría parte del comité de bienvenida y su padre también quería estar presente. Maxine dijo refunfuñando que no tenían por qué preocuparse por ella y a Camille le sorprendió que no se desplazase al aeropuerto a recibirla. Maxine pretextó que era un trayecto demasiado largo y que se aburriría de esperar a que saliese de la aduana, de modo que la recibirían y le darían la bienvenida en Napa. Camille se preguntaba si el viaje le resultaría muy duro con ochenta y siete años, en qué estado se encontraría cuando llegase y si necesitarían una silla de ruedas. Le había dicho a Cesare que metiese una en el coche por si acaso, pues tenían varias en la bodega por si tenían visitantes ancianos.

Camille tuvo un día ajetreado y Christophe también. Cesare les llamó tal como les había prometido, cuando estaba a cinco minutos de la bodega. Camille subió la colina corriendo para llegar a tiempo y alcanzaba el último escalón del château cuando Cesare llegó en el coche con una mujer que vestía sombrero instalada en el asiento trasero. Por algún motivo, y considerando su edad y el parentesco con Maxine, Camille esperaba que llevase un velo, un sombrero enorme o zorros enroscados alrededor del cuello, como Maggie Smith en *Downton Abbey*, pero en lugar de ello, mientras todos esperaban y Maxine permanecía impertérrita junto a Camille, del coche salió una mujer diminuta que lucía un gran sombrero gastado con flores y una melena de brillante cabello pelirrojo asomando por debajo. Llevaba una especie de vestido floreado largo y amorfo con un abrigo encima, calzaba unas zapatillas deportivas Converse de caña alta, llevaba una mochila y cargaba con una bolita de pelo blanco que les ladraba frenéticamente a todos. La dejó en el suelo y, como un juguete de cuerda, fue directa a por Maxine, intentó morderle los tobillos y le gruñó.

—Por el amor de Dios, mamá —le espetó Maxine en inglés, apartando al perro con el zapato, cosa que hizo ladrar más fuerte al animal—. ¿Tenías que traer a la perra?

—Por supuesto —contestó tranquilamente su madre, y sonrió a Christophe y Camille mientras besaba a su hija en las dos mejillas.

No se le escapaba un detalle y tenía un brillo especial en sus vivaces ojos verdes. Su perrita blanca olfateó a Camille con interés y meneó la cola cuando la joven se inclinó para acariciarla.

—¿Y qué es eso que llevas en los pies? —preguntó Maxine cuando vio el calzado debajo del vestido de su madre, que parecía más ropa de estar por casa que para ir de viaje.

—Son unas zapatillas deportivas. Se me hinchan los pies cuando vuelo, y son muy cómodas.

—Tienes un aspecto ridículo —murmuró ella.

Christophe saludó educadamente a su suegra en francés con la mayor formalidad posible y se inclinó para besarle la mano. Camille nunca le había visto hacer eso, aunque en Francia era la forma correcta de saludar a una mujer casada o una viuda de su edad. La madre de Maxine mostró la misma educación durante la breve conversación que mantuvieron, hizo un comentario sobre lo bonito que era el château y le dio las gracias por acogerla allí.

Él le presentó a Camille, que se dirigió cautelosamente a

artificial hija, quien no había sonreído desde que su madre había llegado, ni tan siquiera la había abrazado.

Christophe le enseñó todo lo que necesitaba saber sobre la casita, el funcionamiento del nuevo sistema de calefacción y el hecho de que había leña para la chimenea. Luego él y Maxine se despidieron; Simone invitó a Camille a quedarse con ella y le ofreció una taza de té en cuanto su hija y su yerno se hubieron marchado.

—Tu padre parece un hombre muy bueno —dijo, después de servir el té en las tazas con flores que Camille había llevado desde el château.

Se sentaron a la mesita de la cocina donde Maxine esperaba que su madre comiese, algo que a Camille le parecía escandaloso. La chica pensaba que debían cuidarla por respeto a ella y, en cambio, su hija quería que se buscase la vida, algo que había dejado meridianamente claro desde su llegada e incluso antes.

—Es un hombre muy bueno —confirmó Camille sobre su padre.

—Mi hija y yo no nos llevamos muy bien —repuso Simone sin rodeos—. Yo siempre le digo lo que pienso, aunque seguramente sea un error. Y no soy lo bastante elegante para ella. Claro que tampoco he querido serlo nunca. Me crie en una granja y nunca me gustó vivir en la ciudad después de casarme. El padre de Maxine murió cuando ella era muy pequeña y volví al campo con mi hija para vivir con mi hermana. Había vacas, gallinas, cabras y caballos, pero ella los odiaba. Nunca me lo perdonó y se moría de ganas de marcharse. Ella quería estar con la gente guapa, no con campesinos como mi familia y yo, como siempre decía, incluso ya de niña. Se fue a París al cumplir dieciocho años y nunca volvió. Fue modelo una temporada, trabajó esporádicamente de vendedora en una boutique y luego se casó. Siempre ha tenido éxito con los hombres. Y veo que ha vuelto a suceder.

»Mi hermana murió hace unos años y sus hijos vendieron la granja, así que tuve que volver a la ciudad, y allí solo conocía a Maxine. De modo que aquí estoy, en California. Me hace mucha ilusión —afirmó, chispeante.

Mientras decía aquello, sacó una cajetilla de cigarrillos franceses de su mochila para gran sorpresa de Camille. Estaba llena de arrojo y picardía y se comportaba como si fuera mucho más joven.

—Tendrás que enseñarme los viñedos y la bodega y todo lo que hacéis —dijo, exhalando el acre humo del tabaco—. Quiero saberlo todo. El trayecto de la ciudad hasta aquí ha sido precioso, con los viñedos y el campo. Se parece mucho a Italia. ¿Y tú, querida, cuántos años tienes? —preguntó a Camille, y la chica le sonrió.

De repente se sentía como si hubiese ganado una abuela de verdad o una amiga; todavía no estaba segura de cuál de las dos cosas. Simone no tenía nada que ver con lo que ella esperaba y se alegraba mucho por ello. Dos Maxines habrían sido insoportables. Tener una sola ya era bastante duro.

—Tengo veintitrés años. Cumpliré veinticuatro en junio y trabajo en la bodega con mi padre. —Camille pareció muy joven al decirlo.

—Lamento lo de tu madre —dijo Simone muy seria, y tuvo la impresión de que lo decía en serio—. Tener a Maxine aquí y que tu padre se haya vuelto a casar debe de ser muy duro para ti. ¿Cuándo la perdiste? —preguntó compasiva y con voz dulce mientras se terminaba el cigarrillo y usaba el plato del té como cenicero.

—Hace trece meses.

En la cara de Simone se reflejó la sorpresa. Choupette apareció a sus pies, la recogió y la puso sobre su regazo. La perrita examinó la mesa y se llevó una decepción al no ver comida.

—No hace mucho —comentó Simone—. Tu padre debe

de haberse sentido muy solo sin ella. A los hombres les pasa. Algunos no saben estar solteros si su matrimonio era feliz. —Una extraña expresión asomó entonces a su rostro cuando su mirada se cruzó con la de Camille—. No sé si Maxine le dará una vida familiar tranquila. Ella siempre tiene grandes planes. Sabe cuidar mejor de sí misma que de los demás —dijo con sinceridad de su única hija—. No es una persona protectora por naturaleza. Me dejó a sus hijos cuando eran pequeños, entre un marido y otro. Y no estoy segura de que fuese lo correcto. Los dos se parecen mucho a ella; al menos mi nieto mayor. A su hermano pequeño le encanta jugar y es un estudiante horrible. Los consentí demasiado. Pero luego Maxine se volvió a casar y se fueron a vivir con ella cuando tenían diez y doce años.

Estaba poniendo al corriente de la historia familiar a Camille, que tenía muchas ganas de conocerla, sobre todo de boca de Simone, cuya versión tenía más probabilidades de ser cierta. De momento había pintado un retrato muy distinto de la serena elegancia que la «condesa» aparentaba.

—¿Fue entonces cuando se casó con el conde del château de Périgord?

Christophe le había hablado de él, pero decía que no sabía nada de su primer marido.

—No —contestó Simone—. Su primer marido fue un joven con el que se casó cuando era modelo. Es el padre de sus hijos. Su familia tenía dinero, pero ella no les gustaba. Así que se divorció de Maxine muy rápido, y ella lo pasó muy mal durante un tiempo, que es cuando me dejó a los niños. Su segundo marido era un hombre muy simpático y muy atento con los dos chicos. Era editor de libros en París pero no tenía dinero. Mi hija se divorció de él cuando conoció a Charles, el conde, y se casó con él. No creo que haya vuelto a ver jamás a sus dos primeros maridos. Los chicos nunca ven a su padre y no estoy segura de que ella acepte a Stéphane, su segundo marido. Tuvo una vida muy agradable con el conde, aunque detestaba a sus hijos y trató de apartarlo de ellos conforme envejecía y enfermaba. Fue idea suya trasladarlo a Périgord para que no la vigilasen continuamente y pudiese hacer lo que le diese la gana. Hizo todo lo que pudo por marginarlos; el pobre Charles estaba por completo hechizado por ella y la consentía de manera descara. Joyas, ropa de alta costura, cuadros que ella vendió al morir para poder venir aquí. Sus hijos se vengaron de ella tras la muerte del conde. La cosa terminó muy mal. No conozco los detalles, pero le dieron un día o dos para irse de ambas casas y la llevaron a juicio para recuperar parte de las posesiones de su padre, sobre todo algunos cuadros muy valiosos que ella aseguraba que él le había regalado. Quemó las naves en París y se trasladó aquí. Y ahora vuelve a estar felizmente casada con un buen hombre y es otra vez la señora de un château. Maxine es como un gato. Siempre cae de pie y tiene siete vidas.

Sonrió mirando a Camille, y las dos mujeres supieron al instante que habían encontrado a una aliada. La joven escuchó horrorizada las historias que Simone le contaba y se preguntó cuánto sabría su padre del pasado de Maxine; seguramente casi nada, salvo lo que ella hubiera decidido contarle. Por ejemplo, se había presentado como la víctima de unos horribles hijastros, quienes sin duda habrían dicho lo mismo de ella, o algo peor.

—Mi padre está muy enamorado de ella —dijo Camille en voz queda.

Simone asintió con la cabeza: no le sorprendía.

—Le pasa a la mayoría de los hombres. Ella sabe jugar bien sus cartas y seducirlos. A ellos les encantan las mujeres peligrosas como mi hija. El pobre Stéphane se quedó desconsolado cuando ella lo dejó y nunca le ha permitido volver a ver a los chicos. Ellos no eran sus hijos, pero los adoraba. Y su auténtico padre nunca los veía; se casó muy rápido después de que se divorciasen y se mudó a Londres. Su familia se dedica a la banca allí, pero no quisieron saber nada de ella ni de los chicos. Maxine siempre deja un reguero de escombros a su paso y no parece que le importe. Se reinventa muy fácilmente, como ha hecho aquí. Seguramente a estas alturas ya sea la preferida del valle de Napa —aventuró Simone— y estoy segura de que tu padre le ha abierto todas las puertas adecuadas. —Aquello era lo que Maxine esperaba y exigía a todos los hombres.

—No exactamente —dijo Camille, pensativa, mientras asimilaba lo que acababa de descubrir sobre su madrastra, todo le parecía muy fiable. La madre de Maxine debía de conocer la verdad sobre ella—. A mi padre no le gusta la vida social tanto como a ella. Maxine intenta convencerlo para que organice grandes fiestas y conozca a gente importante, pero mi padre es feliz en casa. Él y mi madre no salían mucho.

—Ella no le permitirá seguir así —aseguró Simone llena de confianza, pues conocía a su hija—. No es útil para sus propósitos. Ella siempre está buscando un trato mejor, una ocasión, una oportunidad. Funciona así.

Ahora Camille parecía preocupada de verdad.

—¿Cree que sería capaz de dejar a mi padre por otro hombre? —le preguntó Camille entre susurros, por si alguien venía a ver a Simone y oía la conversación. Iba a ser una información muy interesante.

Simone lo pensó un instante.

—Es posible, a menos que esté más enamorada de tu padre de lo que es habitual en ella. Podría dejarlo si se le presentase una oportunidad de oro a la que no pudiese resistirse. Aquí debe de haber muchos hombres ricos —dijo Simone sabiamente. Aquella mujer no tenía un pelo de tonta. Camille no soportaba a Maxine, pero tampoco quería que su padre acabase con el corazón roto—. Los hombres que se enamoran de ella lo hacen por su cuenta y riesgo. Normalmente lo saben o lo sospechan, pero no pueden resistirse. Ella los lleva al borde de la locura y eso siempre es peligroso. Si algún hombre te hace sentir alguna vez que estás loca o que has de tenerlo, huye. No te hará ningún bien. Maxine tampoco es buena para los hombres que la quieren, ni para sus hijos. Solo para sí misma.

Camille estaba segura de que su padre no sabía que en realidad era su cuarto marido, y no el tercero. Parecía que hubiese borrado al segundo de la faz de la tierra y lo hubiese descartado como alguien insignificante porque no era rico. Ella no duraba mucho con hombres pobres.

—Siempre quiere a un hombre más importante o más rico. Tu padre tendrá que ser muy generoso para conservarla —continuó Simone con sentido práctico. A continuación pareció ligeramente avergonzada al darse cuenta de que había hablado demasiado para ser su primer encuentro, como siempre—. Tengo la mala costumbre de ser muy charlatana. —Sonrió a Camille—. Bueno, ¿vamos a pasear antes de que anochezca?

La joven asintió con la cabeza, totalmente intrigada con aquella mujer. Se había quedado fascinada con las revelaciones de Simone sobre su hija. La anciana se puso el abrigo y salió de la casa detrás de Camille.

A Simone le encantó el jardín, y sobre todo el huerto de verduras. Cuando vio las gallinas se alegró mucho y se puso a aplaudir, mientras Camille sonreía.

—No he tenido gallinas desde que volví a París. ¡Qué maravilla! Te llevaré huevos frescos cada día.

—Mi padre dice que necesitamos más gallinas. Creo que estas son bastante viejas —explicó Camille.

—Si alguien me lleva a un criadero de aves, yo puedo comprarlas. Pero tendrás que venir a cenar conmigo. ¿Te gusta la *cassoulet*?

—No sé qué es —respondió Camille con aire vacilante.

—Claro, eres de Estados Unidos. ¿Por qué ibas a saberlo? Es una especie de estofado con alubias. Comeremos *confit de canard* y *hachis parmentier*, *pot-au-feu*, riñones, sesos, callos —dijo, enumerando una serie de platos que a Camille le sonaron espantosos, pero que seguro que su padre conocía y puede que incluso le entusiasmasen—. Puedes cenar conmigo cuando te apetezca —le ofreció Simone alegremente con una sonrisa cordial.

—He estado cenando sola desde que ellos volvieron de México —confesó Camille en voz baja—. A Maxine le gusta cenar tarde.

—Yo lo hago pronto porque soy mayor. Y me gusta levantarme temprano. —Camille sonrió.

Volvieron andando a la casita y Camille se ofreció a llevarle la cena en una bandeja desde el château, pero Simone le dijo que tomaría una pieza de fruta y un yogur y se acostaría. Había comido demasiado en el largo vuelo y había encontrado todo muy bueno. Le explicó que hacía años que no viajaba en avión.

—Ven a verme mañana —emplazó a Camille, y la abrazó antes de que se fuese—. Tú y yo vamos a hacer muchas cosas interesantes juntas —prometió—. Yo te enseñaré cocina campestre francesa y tú me contarás todo lo que hay que saber sobre las uvas. ¿Trato hecho? —le preguntó con los ojos brillantes, y Camille rio.

—Sí, trato hecho.

—Y, por cierto —dijo Simone de pasada—, no te preocupes si Maxine te dice que estoy senil. Debe de tener pánico de que me vaya de la lengua contigo. Ella no tiene por qué saber de qué hablamos. Y todavía no estoy senil.

La anciana rio y a Camille volvió a recordarle a un hada madrina.

Era una mujercita muy graciosa y más lista que el hambre, sin importar la edad que tuviera.

Esa tarde Camille se había enterado de muchas cosas sobre su madrastra, y ninguna buena. Lo que había descubierto confirmaba la primera impresión de Camille sobre ella, pero no pensaba contarle nada a su padre, pues solo conseguiría hacerle daño. Sin embargo, toda esta información le dio mucho que pensar.

—Si me pregunta algo, le diré que hemos jugado con Choupette y hemos dado un paseo. Por cierto, ¿por qué a Choupette no le gusta? Le gruñó en cuanto llegó.

Todos se habían percatado de aquel detalle.

—Maxine le dio una patada una vez y Choupette tampoco está senil. No se olvida de nada.

Las dos se echaron a reír y luego Camille volvió al château con una alegría que hacía semanas que no experimentaba.

Camille estaba preparándose la cena en la cocina cuando Maxine entró para abrir una botella de vino. Esta última no le dijo nada al principio y, cuando Camille se sentó a la mesa, su madrastra se dirigió a ella en tono firme:

—A propósito, no le hagas mucho caso a mi madre. Tiene demencia.

Camille asintió con la cabeza como si estuviese de acuerdo con ella y le dijo que se habían acercado hasta el gallinero dando un paseo y que a Simone le había gustado.

—No me extraña —dijo Maxine con una expresión de desprecio—. En el fondo es solo una paleta. ¿Viste lo que llevaba puesto cuando llegó?

Camille se indignó, pero de puertas afuera sonrió y cenó sin hacer más comentarios. Simone era una anciana muy avispada que conocía bien a su hija y Camille tenía una nueva amiga, una aliada contra su madrastra. Por primera vez desde que su padre le había dicho que se iba a casar con ella, no se sentía sola ni con miedo al futuro. Todo lo que Camille había descubierto sobre Maxine no tenía precio. Recordaría cada palabra de su conversación, pues algún día podía llegar a serle útil.

10

Después de su llegada, en cierto modo sorprendente, Simone se adaptó muy rápido a su nuevo hogar y no se quejó en ningún momento de no quedarse en el château. De todas formas, tampoco habría querido vivir tan cerca de su hija. En la casita gozaba de libertad y autonomía. Estudió lo que había plantado en el huerto y se propuso cultivar nuevas verduras. Hizo que Cesare la llevase a comprar tres nuevas gallinas, con las que estaba muy contenta. Supuestamente eran buenas ponedoras y cada día tenía una cesta de huevos para que Camille se llevase al château.

Simone iba a dar largos paseos a las viñas con Choupette, que iba adelantándose a su dueña y luego volviendo con ella y se dedicaba a perseguir conejos. La anciana le dijo a su joven amiga que los viñedos le parecían preciosos y que encontraba fascinante la campiña. Nunca había estado en Estados Unidos y ahora vivía en uno de sus parajes más exquisitos. Y a diferencia de su hija, que vivía en un marco de esplendor a escasos metros de distancia, Camille iba a visitarla cada día después del trabajo. Tomaban una taza de té mientras Simone fumaba. Camille le había llevado varios ceniceros y siempre que iba de visita los encontraba medio llenos.

—No debería fumar —la regañó.

De todas formas le llevó los ceniceros porque Simone los necesitaba y no daba muestras de dejar el hábito.

—A mi edad ya no importa —dijo ella alegremente—. ¿Qué ganaré dejándolo? ¿Vivir hasta los noventa y dos en lugar de hasta los noventa y ocho? ¿Y si solo llego a los ochenta y ocho? —añadió, encendiendo otro cigarrillo, mientras Camille le sonreía. Era completamente adorable. No tenía ni una pizca de maldad, a diferencia de su hija, que era calculadora y egoísta—. No tengo ni idea de a quién ha salido —afirmó Simone sinceramente, con expresión de perplejidad—. Su padre era una persona encantadora. Nos enamoramos de niños y él era bueno con todo el mundo. Yo era bastante mayor cuando la tuve y a los dos nos hizo mucha ilusión.

»Maxine nació enfadada y mezquina. Siempre ha querido lo que tienen los demás, nada es suficiente para ella, y le da igual a quién hace daño con tal de conseguir lo que quiere. Nadie me ha dicho jamás una cosa buena de ella. En realidad, es bastante triste. Debe de ser un atavismo de un antepasado horrible que envenenó a todos sus amantes y familiares.

Era imposible creer que las dos mujeres fuesen parientes; ni siquiera se parecían físicamente: Maxine tenía el pelo y los ojos negro azabache, mientras que Simone había tenido toda la vida el cabello de un rojo encendido, que ahora se teñía para mantener el mismo color, y unos brillantes ojos verdes casi del tono de las colinas de Napa en primavera.

A los pocos días de su llegada, Simone sacó unas pinturas y unos pequeños lienzos que había traído consigo y le explicó que pintaba paisajes y cuadros de animales. Camille le contó que su madre era artista y prometió mostrarle los bonitos frescos que Joy había pintado en el château.

—Me encantaría verlos —dijo Simone afectuosamente.

Ante las insistentes preguntas de la anciana, Camille le explicó en qué consistía la viticultura y muchas de las cosas que su padre le había enseñado. Ahora lo veía mucho menos, sobre todo desde que ya no cenaban juntos y él pasaba cada instante de su tiempo libre con Maxine.

—Al final se acabará cansando de ella —afirmó Simone cuando Camille lo comentó—. Sabes que Maxine absorbe mucha energía.

Pero ninguno de ellos estaba preparado para lo que Camille se encontró un día al volver a casa del trabajo. Enseguida reparó en ello. Se quedó sin habla al ver las paredes amarillo claro que Maxine había hecho pintar ese día para tapar las zonas donde habían estado los frescos de Joy. Camille la encontró arriba, en el despacho de su madre, concentrada en el ordenador y enviando correos electrónicos. Cuando la joven la miró tenía lágrimas en los ojos.

—¿Cómo has podido? —Camille temblaba de pena e ira.

—¿Cómo he podido qué? —preguntó Maxine, sin ni siquiera darse la vuelta para mirarla directamente.

—Has tapado con pintura los frescos de mi madre.

—Tu padre dijo que no le importaba. Ahora las paredes tienen un color mucho más alegre. Los frescos y los murales eran deprimentes y tenían casi veinticuatro años.

—Sé perfectamente los años que tenían —replicó ella con voz entrecortada. Tenían unos meses más que Camille porque su madre los había pintado mientras estaba embarazada, durante la construcción del château y la bodega—. ¿Mi padre te dio permiso para hacerlo?

—Le dije que quería dar un color nuevo a la casa y me contestó que le parecía bien.

Evidentemente él no la había entendido, porque se quedó tan estupefacto como Camille cuando volvió a casa. Maxine se mostró dolida por que no le gustase el cambio de color. Le dijo a Christophe que no armase tanto escándalo y se enfadó por su reacción.

—Tratas esta casa como si fuese un santuario —le reprochó—. Y yo vivo aquí ahora.

Él no dijo nada después de estas palabras.

Más tarde fue al cuarto de Camille y le dijo que tenía fotografías de los frescos y que podían encargar que volviesen a pintarlos.

—No es lo mismo —dijo su hija con tristeza.

Su madre había pintado los originales con sus propias manos y Maxine los había destruido.

Al día siguiente, que era sábado, Camille se lo contó a Simone mientras desayunaban juntas.

—Es muy propio de Maxine hacer algo así. Estoy segura de que siente a tu madre a su alrededor y cada vez que te mira. Puede ser muy retorcida. Ten cuidado con ella, Camille. —Costaba creer que estuviese hablando de su propia hija—. También era cruel de pequeña con los otros niños y el día que pateó a Choupette quería hacerle daño para molestarme. Mi perrita no lo ha olvidado, y yo tampoco. Odia a los animales y, sobre todo, a los perros. —Entonces cambió de tema para no disgustar más a Camille—. Esta noche cenaremos *hachis parmentier*. Ya verás qué delicia.

Hasta la fecha Camille había comido callos y sesos con ella, y la cocina francesa aún no le convencía del todo.

—¿Qué parte de las tripas son esta vez? —preguntó con pesar, y Simone se rio de ella.

—Es pato con puré de patata y trufas negras.

Había encontrado una tienda en Yountville donde las vendían. En Francia también era temporada. Hacía poco habían tenido trufas blancas importadas de Italia. Maxine y Christophe se habían dado un festín de ellas en The French Laundry y la cena les había salido carísima. Maxine había dicho que le encantaban y Christophe las había encargado por adelantado. Todo lo que hacía era poco para complacerla, tal como Simone había vaticinado. Costaba mucho mantener a Maxine satisfecha y con la sensación de que tenía lo que merecía. Él le compraba caviar a menudo y centollos frescos en la ciudad. A Maxine le encantaban las exquisiteces, aunque se mantenía delgada, ya que eso estaba de moda.

Ese día Camille tenía unos recados que hacer en St. Helena y se tropezó con Phillip Marshall, al que no había visto desde el verano. Sabía que iba a casarse, pero no iba acompañado de su prometida, a quien todavía no conocía. Él se dirigía a la ferretería, y ella iba a comprar pasta de dientes y otras cosas para Simone. Camille se había convertido en su voluntariosa recadera, pues Maxine nunca hacía nada por ella, y Christophe había estado muy ocupado ante la proximidad de las vacaciones y los actos especiales que había programados en la bodega.

Camille se alegró de ver a Phillip, quien la saludó con la mano cuando la vio al otro lado de la calle y se acercó para darle un abrazo y hablar con ella.

—¿Cómo es tu madrastra? —le preguntó, y Camille no quiso definirse al respecto.

No quería quejarse porque le parecía una deslealtad hacia su padre, pero él leyó la verdad en sus ojos.

—Hay que adaptarse.

Entre otras cosas debía hacerlo al hecho de que ella y Christophe hablaban en francés continuamente, incluso delante de Camille. Maxine se negaba ahora a dirigirse en inglés a él y se enfadaba cuando Christophe lo usaba en casa. Siempre decía que los dos eran franceses y le preguntaba qué hacía hablando en inglés. Él contestaba que Camille no lo hablaba con fluidez y que estaban en Estados Unidos, pero Maxine se enfadaba, no quería hablar con él en inglés y seguía con el francés, de modo que al final él acababa haciendo lo mismo.

—Pero tengo una nueva abuela francesa genial —dijo sonriendo a Phillip—: la madre de Maxine. Es todo un personaje. Tienes que venir a conocerla. Es pelirroja, fuma como una chimenea, bebe vino y me prepara platos franceses muy raros. Tiene ochenta y siete años, es artista y tiene una perrita francesa muy graciosa.

—Algo es algo. ¿Qué vas a hacer en Navidad? ¿Vendrás a nuestra fiesta?

—Eso espero. Van a venir mis hermanastros, así que será interesante.

No parecía entusiasmada por esto, y él se dio cuenta de que no era feliz. Se la veía tensa.

—Invita también a tu nueva abuela —propuso, pero Camille vaciló.

—Ella y Maxine no se llevan bien. No creo que diese buen resultado.

—Tú asegúrate de que venga. Francesca también estará. —Se trataba de su prometida—. Quiero que la conozcas. ¿Estás saliendo con alguien? —le preguntó.

Ella negó con la cabeza. Phillip siempre se quedaba sorprendida de lo mayor que estaba. En su cabeza seguía siendo una niña, pero al verla entonces reparó en que estaba muy guapa y más adulta de lo que él recordaba.

—Ahora mismo no tengo tiempo para salir con nadie, estoy muy liada en la bodega. Intento convencer a mi padre de que aumentemos nuestra presencia en las redes sociales y quiero que nos dediquemos más a las bodas. Es lucrativo, pero mi padre cree que da muchos problemas.

El valle era un lugar ideal para la celebración de bodas. Los japoneses lo habían descubierto hacía poco y venían en tropel a casarse; además, les encantaba jugar a golf en Meadowood.

—No da problemas si te lo montas bien —aclaró Phillip—. Nosotros ganamos una fortuna con las bodas y tenemos una mujer que lo gestiona todo. Es un poco rarita, pero trabaja estupendamente. —Le impresionó que Camille quisiese modernizar su bodega y su imagen pública—. Al principio papá y yo tampoco nos pusimos de acuerdo con el tema, pero cuando vio los beneficios se dejó convencer. Supongo que a los viejos no les gusta. Son unos puristas y les parece una horterada porque es algo ajeno al vino, pero hoy día es un gran negocio y una importante fuente de ingresos que no se puede pasar por alto.

Ella asintió con la cabeza; le habían gustado sus palabras.

—Espero que vengas a la fiesta —dijo, y se marchó corriendo a la ferretería.

Camille fue a la tienda preguntándose cómo sería su prometida. Media hora más tarde estaba de vuelta en Château Joy. Su padre y Maxine se habían ido a comer y pasar el día a una bodega de Calistoga. Maxine seguía presionándole para que organizasen fiestas en la bodega y cenas en el château. Iban a celebrar una fiesta de Navidad una semana antes de las festividades de Acción de Gracias y Maxine por fin lo había convencido para dar una pequeña cena en el château y agasajar a algunos de los multimillonarios que habían comprado casas en la zona recientemente. Había contratado el servicio de catering más caro del valle y había invitado a los más importantes empresarios de tecnología punta y a sus esposas. Estaba entusiasmada con la idea y Christophe había accedido para hacerla feliz, pero en realidad a él le daba lo mismo. Preferiría haber ofrecido una cena informal e invitar a otros viticultores y a sus amigos. Maxine era mucho más ambiciosa desde el punto de vista social. A Christophe también le habría gustado invitar a Sam, pero era consciente de que no habría venido. Era la clase de cena que él detestaba, sin tener en cuenta la aversión que sentía hacia Maxine.

Cuando llegó la noche de la cena, la casa estaba perfecta, en la mesa del comedor relucían las mejores cuberterías de plata y cristalería, y había un mantel de encaje que había pertenecido a la abuela de Joy. Se trataba de una herencia que solo usaban el día de Acción de Gracias y de Navidad, detalle que Maxine afirmó desconocer cuando Christophe lo mencionó con cara de preocupación. En cada asiento había tarjetas con los nombres escritos a mano con la característica tinta marrón de Maxine y, cuando Christophe recorrió la mesa admirando las flores dispuestas en una serie de jarroncitos con pequeñas orquídeas exóticas, reparó por primera vez en que Camille no les acompañaría. No había tarjeta para ella. Hacía semanas que su hija sabía que no iría a la cena y se imaginaba que él también. Ella no conocía a ninguno de los invitados, salvo lo que había leído de ellos en internet, de modo que le daba igual y no le sorprendió que Maxine la hubiese excluido.

—¿Por qué Camille no va a estar con nosotros esta noche? —interrogó a su esposa, y ella abrió mucho los ojos y puso cara de sorpresa.

—Es tan joven que pensé que no querrías que viniera, cariño, y los invitados son muy importantes.

Los fundadores de algunas de las mayores empresas de tecnología punta habían aceptado la invitación.

—Yo siempre invito a Camille a todo lo que celebramos aquí —la corrigió Christophe, molesto por que su hija no hubiese sido incluida. Ella era una parte tan importante de su vida que daba por descontado con su asistencia y no se le había ocurrido decirle a Maxine que la invitase, de modo que asumió la responsabilidad del descuido y se dijo que no volvería a pasar—. ¿Por qué no le haces un sitio? Subiré a avisarla —dijo, y enseguida Maxine le puso la mano en el hombro para detenerlo.

—¡No puedes! Seríamos trece en la mesa. Seguro que alguien se asustaría o se marcharía. No podemos hacer eso. La invitaremos la próxima vez.

Christophe se sintió fatal y subió a explicarle a Camille que había sido él el culpable de no recordarle a Maxine que la invitase.

—Ella pensaba que te aburrirías con los invitados. De hecho —susurró a Camille—, puede que a mí también me pase lo mismo.

Los dos rieron y Camille dijo que no le molestaba. Unos minutos más tarde se fue con Simone a la casita y Choupette se puso a saltar de alegría al verla. Camille tenía una chuchería para ella en el bolsillo y se la dio.

Le habló a Simone de la cena a la que no había sido invitada y a esta no le sorprendió.

—Esta noche tengo algo especial para ti, querida —dijo la anciana con un cigarrillo colgando de la comisura de los labios, mientras removía una olla con algo que tenía un aspecto misterioso.

A Camille le había encantado el *hachis parmentier*, de modo que había recuperado la fe en la cocina francesa. Simone prefería los platos campestres y lo que ella denominaba «cocina de la abuela», *cuisine à la grand-mère*.

—¿Qué estás cocinando? —le preguntó Camille.

Simone lo sirvió unos minutos más tarde haciendo una floritura.

—*Rognons!* —anunció Simone alegremente.

Camille había estado alimentándose de platos campestres franceses desde que Simone había llegado, y le encantaba cenar con ella, sobre todo por la compañía, pero le sorprendió lo deliciosa que estaba la comida. Los *rognons* eran riñones preparados siguiendo una antigua receta que a Simone le había enseñado su madre.

—A lo mejor la semana que viene te preparo pies de cerdo o ancas de rana —propuso con el rostro pensativo cuando se sentaron a cenar.

—Preferiría que no lo hicieras. Una vez comí ancas de rana y me parecieron asquerosas —confesó Camille con sinceridad.

—Saben a pollo —repuso Simone firmemente.

—Sí, pero no son pollo. Los chinos dicen lo mismo de la serpiente.

—Está bien, si te vas a poner difícil, entonces caracoles.

—No —repuso Camille tajantemente—, la semana que viene comeremos pavo. Y lo cocinará mi padre. Es Acción de Gracias.

—¿Qué es eso? —inquirió Simone con interés, y su joven amiga se lo explicó—. Me gusta mucho la idea: una fiesta para agradecer lo que se tiene. Es muy conmovedor.

—Aquí es una fiesta familiar importante, casi tanto como Navidad.

—Seguro que a Maxine le encanta —comentó irónicamente Simone y las dos se rieron—. No conozco a nadie que tenga más cosas que agradecer. Tiene mucha suerte de haber encontrado a tu padre. Antes de conocerlo iba camino del hospicio. Estaba prácticamente arruinada. Por su culpa yo debía tres meses de alquiler. Creía que iban a intentar desahuciarme, pero en Francia está prohibido echar de casa a las personas mayores. Si no, puede que lo hubiesen hecho. Creo que se ha gastado casi todo lo que les sacó a los hijos de Charles cuando los chantajeó.

—¿Cómo los chantajeó?

A Camille le interesaba la historia y Simone parecía dispuesta a contársela. La anciana era un pozo sin fondo de información comprometedora sobre Maxine.

—Amenazó con llevarlos a juicio y enfrentarse a ellos por el château. No tenía ninguna posibilidad de ganar, naturalmente, porque ellos eran dueños de tres cuartas partes del castillo según la ley francesa. En Francia se protege a los hijos. Pero ella podría haber paralizado el proceso cinco o diez años, y sabía que a ellos no les interesaba, que querían utilizarlo. Amenazó con revelar los secretos de la familia a la prensa para sacarles lo que quería. Maxine no se detiene ante nada cuando tiene un objetivo. Le pagaron solo para librarse de ella y Maxine les revendió algunos de sus cuadros. Fue muy vergonzoso y de todas formas acabó hablando de ellos con la prensa. Los hijos enfurecieron pero se alegraron de librarse de ella a cualquier precio. La verdad es que es muy violento tener una hija de la que todo el mundo tiene tan mala opinión. Cuando era más joven siempre tenía que disculparme por su comportamiento. Ahora estoy segura de que no sé de la misa la mitad, y seguramente es mejor así. Espero que aquí se porte bien.

No tenía motivos para no hacerlo, pues Christophe le estaba dando lo que ella quería. Le había regalado tarjetas de Neiman Marcus, Barneys y Saks para que pudiese ir de compras, y una tarjeta de crédito para el resto de gastos. Y no le preguntaba por lo que cargaba a sus cuentas. Por ejemplo, la cena de esa noche les estaba costando una fortuna. Ella también estaba ayudándole a planificar la fiesta de Navidad en la bodega, una actividad de la que normalmente se ocupaba Camille. Pero Christophe se lo había asignado a Maxine como proyecto y ella ya había triplicado los costes habituales. Solo el árbol de seis metros del patio ya iba a costarles diez mil dólares y la decoración, otros cinco mil. Afortunadamente, él podía permitírselo y Camille le recordó que podían deducirlo como gastos de empresa, pero seguía yendo en contra de los principios de la chica gastar tanto dinero cuando no tenían necesidad de ello. Siempre habían ofrecido unas fiestas estupendas en la bodega con un presupuesto mucho más ajustado. Con Maxine, todo tenía que ser desmesurado y fastuoso. Le encantaba alardear y decía que quería que ofreciesen las mejores fiestas del valle y hacerse famosos por ello. Christophe le contestaba que no le importaba que Sam Marshall gozase de esa distinción, pero Maxine no pensaba lo mismo, de ninguna manera. Quería ser la anfitriona más importante del valle de Napa. Nada de eso sorprendía a su madre.

Dos días más tarde Camille leyó sobre la cena en internet. La persona que había escrito sobre lo elitista, íntimo y exclusivo que había sido el acto se deshacía en elogios. Y cuando

Camille leyó la mención a la cena en un blog de noticias del valle de Napa, tuvo la clara impresión de que la había escrito la propia Maxine.

Ese año, la cena del día de Acción de Gracias fue mucho más lujosa que de costumbre y corrió a cargo del servicio de catering francés que Maxine había insistido en contratar. Christophe le había dicho que le gustaba cocinar el pavo personalmente, pero ella no le dejó. Invitó a dos parejas a las que Camille no había visto en su vida y que Christophe tampoco conocía. Unos eran italianos y los otros franceses, cosa que extrañó a Camille, y hablaron en sus respectivos idiomas durante toda la comida. Camille era la única estadounidense en la mesa y Simone también estaba presente, esperando disfrutar la comida que su joven amiga le había descrito en detalle. Sin embargo, Maxine dejó atónitos a Christophe y Camille encargando faisán en lugar de pavo, con caviar y blinis de primer plato. Para cuando terminaron la cena, Camille estaba esforzándose en contener las lágrimas. Nada de lo que había en la mesa era la comida tradicional de la que había hablado a Simone. Aquello era una cena de lujo entre extraños. Camille estaba llorando cuando se fue a su cuarto después de que Simone se retirase. Christophe entró a pedirle disculpas y la encontró tumbada en la cama sollozando y extrañando a su madre. Ya nada le resultaba familiar en su casa.

—¿Por qué le has dejado hacerlo? —le espetó, acusándolo a él directamente esta vez—. El día de Acción de Gracias es especial, sagrado. Hay que respetar las tradiciones. Ella nos ha pasado por encima.

—No sabía que iba a hacerlo, no me lo contó por anticipado, sino que solo me dijo que quería sorprendernos. No es consciente de lo importante que es para nosotros la cena clásica de Acción de Gracias.

—¿Por qué tiene que ser todo tan distinto ahora? ¿Y tan caro para que ella pueda alardear todo el tiempo?

Parecía una niña cuando su padre la abrazó. Christophe lo sentía en el alma y también echaba de menos a Joy. Maxine era una mujer totalmente distinta de su primera esposa y estaba seguro de que solo quería complacerlo. No había malicia en su comportamiento.

—Te prometo que comeremos pavo en Navidad.

—Ha sido un día de Acción de Gracias horrible —dijo Camille con tristeza.

Era el segundo año que lo pasaban sin su madre, y aquella comida tan distinta y complicada de elaborar hacía su ausencia más aguda. Estaba harta de Maxine y su afán por cambiarlo todo continuamente, y nunca a mejor. Ahora todo parecía peor y su padre también estaba cambiando. Trataba de contentar a Maxine y estaba descuidando a su hija y sus necesidades. Su esposa siempre estaba tirando de él y diciéndole que Camille tenía que acostumbrarse a vivir sin su madre y madurar. Pero estaba acelerando demasiado el proceso y él se daba cuenta de ello. Llevaban solo seis semanas casados y ella ya había hecho algunos cambios radicales, empezando por tapar los frescos de Joy con pintura, una decisión que les había afectado a los dos. Iba a tener que pedirle que aflojase el ritmo.

—Ya ni siquiera hablamos en inglés —le reprochó Camille, y él no pudo negarlo.

Maxine se sentía más a gusto hablando en francés. Y se quejaba a todas horas de Raquel, que llevaba trece años con ellos y había venido para ayudarles a cuidar de Camille cuando esta era una niña. Christophe también vio en ese detalle una advertencia de peligro. Iba a avisarle de que Raquel también formaba parte de la familia y que no pensaba cambiar de asistenta. Pero no tuvo tiempo a hablar con ella de ninguna de esas cosas.

El lunes después de Acción de Gracias, Christophe llegó a casa y se encontró a una extraña preparando la cena, una francesa que Maxine había contratado y que se llamaba Arlette. Su esposa le informó de que había pillado a Raquel robándole un bolso Hermès Birkin y la había despedido fulminantemente. Camille estaba llorando en su cuarto. Maxine prohibió a Christophe que volviese a contratar a Raquel y se enfrentó a él. Al final, él acabó enviando a Raquel un cheque por valor de tres pagas junto con una disculpa. Camille quedó devastada al perder a alguien tan importante para ellos y a quien tanto querían. Maxine insistió en que era una ladrona y en la suerte que había tenido de que no hubiesen llamado a la policía. Camille le dijo a su madrastra que nunca la perdonaría y se refugió en la casita de Simone más que nunca.

Los dos hijos de Maxine, Alexandre y Gabriel, llegaron dos días más tarde y, a partir de entonces, se convirtieron en el centro de atención. Maxine los trataba como si fueran príncipes. Alexandre tenía veintiséis años y Gabriel veinticuatro. Eran unos jóvenes atractivos pero sumamente malcriados. Se apropiaban de lo que les venía en gana con una absoluta indiferencia hacia Christophe o Camille.

Camille por poco se desmayó cuando vio a Gabriel salir en el Aston Martin de su padre, que él consideraba sagrado, porque Maxine le había dejado cogerlo.

—No creo que debas hacer eso —le dijo Camille con cautela a su madrastra mientras Gabriel recorría el camino de entrada a toda velocidad.

Una hora más tarde el joven arañó el guardabarros y la puerta en el aparcamiento de la bodega. Christophe lo oyó al momento y salió corriendo de su despacho para ver lo que había pasado. Gabriel estaba enfadado y decía que alguien había aparcado demasiado cerca de él, mientras insistía una y otra vez en que no era culpa suya, sin disculparse. El hecho de que Christophe no perdiese los estribos ni montase una escena era una prueba de su amor por la madre del joven, pero cuando volvió a su despacho echaba humo por las orejas. Maxine estaba convencida de que sus hijos eran unos santos y que eran incapaces de hacer nada malo.

Los dos «chicos» tomaron la casa, se bebieron los mejores vinos de Christophe sin pedirle permiso y se fueron varias veces a San Francisco en busca de discotecas. De repente, parecía que la casa bullía de testosterona. Christophe le pidió a Maxine que invitase a Camille a la cena, y los cuatro se la pasaron hablando en francés. Alexandre le hizo comentarios lascivos en inglés y dejó ver que la encontraba atractiva, mientras que Gabriel fue grosero con ella y la ignoró. Desde que habían llegado no se habían molestado en visitar a su abuela, a la que se referían abiertamente como *La Vieille*, «la vieja», sin que Maxine los reprendiese por ello. A ella le parecían encantadores y muy divertidos, un punto en el que no coincidía con Camille, y Christophe procuraba no criticar a sus hijastros para no causar problemas. Pero eran groseros y arrogantes, irrespetuosos y maleducados. Ofendían a la gente adondequiera que iban y a Christophe le costaba dominar su genio. Camille se refugiaba en Simone, quien tampoco ardía en deseos de verlos y era plenamente consciente de sus defectos. Sabía perfectamente la clase de estragos que podían causar, sobre todo cuando ambos chicos estaban juntos. Y pensaban quedarse un mes. Resultó que Alexandre estaba «buscando trabajo» y Gabriel tenía siete semanas de vacaciones, de modo que no tenían ninguna prisa por volver a Francia. Hablaron de ir a esquiar a Squaw Valley. Y al parecer habían llegado a Estados Unidos sin dinero. Sableaban continuamente dólares a su madre y ella se los pedía a Christophe. Para Camille eran una auténtica pesadilla. No sabía qué opinaba su padre de ellos y tampoco quería preguntarle, pero cuando llegaba a casa por las noches y descubría el último desastre que habían causado parecía estresado.

Cenando una noche en presencia de Camille, Maxine mencionó de pasada que Alexandre estaba buscando trabajo y que tal vez Christophe podía buscarle algún puesto en la bodega. Pero esa vez Camille intervino antes de que su padre pudiese contestar.

—No tiene permiso de residencia —repuso en voz alta y clara; Maxine la fulminó con la mirada.

—Ahora estoy casada con tu padre. Seguro que eso cambia las cosas —dijo ella en tono meloso, pero Camille le paró los pies en el acto.

—En lo referente a la inmigración, no. No es un menor. Solo puede conseguir el permiso de residencia si tú lo tienes y él es menor de edad. Y si es adulto, por sorteo, esperando en su país de origen, un proceso que tarda años, o casándose con una estadounidense. —Continuamente se enfrentaban a problemas migratorios con los trabajadores mexicanos de la bodega y Camille estaba al tanto de las normas, al igual que su padre—. Y no contratamos a extranjeros ilegales —remató Camille la explicación, de forma que no hubiese posibilidad de que Alexandre obtuviera un empleo en la bodega.

—Me temo que tiene razón —añadió Christophe.

De todas formas, Alexandre no sabía nada del negocio del vino ni tampoco quería. No había mostrado el menor interés por cómo gestionaban la empresa ni por conseguir un empleo. Se daba cuenta de lo lucrativo que era por la cantidad de regalos que Christophe prodigaba a su madre o por su estilo de vida, pero era lo único que sabía sobre el negocio y, de hecho, lo único que quería llegar a conocer. Le gustaban los coches que Christophe conducía, pero no ambicionaba encontrar empleo en Estados Unidos. Prefería gorronear a su padrastro sin sentir la menor vergüenza o gratitud por ello. Sus hijastros se comportaban de una manera que iba en contra de todo en lo que Christophe creía. Pero Maxine consideraba a sus hijos maravillosos y encantadores. Lo único que

Camille veía era buena apariencia, falta de integridad y malos modales.

Su pasado también era turbio. Christophe sabía que, según su madre, Alexandre había trabajado en un banco en París. Este decía que se había hartado de su empleo y afirmaba haberlo dejado antes de viajar a Estados Unidos en busca de mejores oportunidades. Simone le dijo a Camille que seguramente lo habían despedido. Sabía que su nieto había sido incapaz de conservar un trabajo desde que había terminado la universidad y, además, lo habían echado de todos los colegios a los que había ido. De niño quería ser playboy cuando fuese mayor, pero necesitaba a alguien que se lo subvencionase y de momento nadie se había ofrecido voluntario. Simone le contó que el difunto marido de Maxine había sido muy generoso con ellos y que había conseguido varios empleos a Alexandre, de los que lo habían despedido. El joven salía sistemáticamente con chicas ricas cuyos padres lo invitaban a pasar vacaciones de lujo con ellos, pero nunca volvían a pedírselo una segunda vez. Además, engañaba a todas sus novias. Tenía una parte cruel. Simone había advertido a Camille de que era idéntico a Maxine. Gabriel era la versión menos inteligente y considerablemente menos atractiva aunque igual de agraciada que su hermano. También lo habían echado de todos los colegios excelentes que el difunto conde había pagado. Lo habían expulsado por copiar y por consumir y traficar con drogas. Eran un auténtico desastre.

—Son una pareja lamentable —reconoció Simone, pese a que se trataba de sus nietos. No estaba orgullosa de ellos ni de su hija. Pero Maxine era mucho más zalamera, incluso a la edad de ellos. Utilizaba su encanto y su ingenio para conseguir lo que deseaba—. He oído que Gabriel ha causado desperfectos al coche de tu padre porque Maxine le dejó usarlo —dijo Simone arrepentida, lamentando que su nuevo yerno tuviese que darles alojamiento y aguantarlos.

—¿Cómo te has enterado?

Camille tenía curiosidad por saberlo porque ella todavía no se lo había contado y el suceso había ocurrido hacía poco.

—Cesare me lo dijo cuando vino a dejarme fruta y vino de tu padre. —El vino le pareció excelente, tan bueno como el de las mejores bodegas de Francia—. No sé por qué —dijo, encendiendo un cigarrillo y cerrando un ojo para evitar el humo—, pero no me gusta Cesare, aunque siempre se ha mostrado muy atento conmigo.

Simone siempre había sido sincera con Camille, y la joven estaba intrigada por conocer su opinión al respecto de aquel hombre.

—¿Por qué no?

—Te parecerá una tontería, porque deduzco que lleva aquí una eternidad, pero no me fío de él. Tiene algo furtivo, como una serpiente que repta entre la hierba.

Camille rio al oír la descripción, pero le pareció de lo más acertada. Simone era muy observadora y tenía buen instinto.

—Yo opino lo mismo de él y a mi madre tampoco le gustó nunca. Ella y mi padre solía discutir por él. Mi padre lo adora, dice que es brillante en su trabajo y que tiene mucho talento, por eso lo aguanta.

—Maxine también lo adora y él le da coba. Esa siempre es la primera pista que tengo de que alguien no es bueno.

La anciana sabía atravesar las capas de falsedad que rodeaban a algunas personas y descubrir su alma como si utilizase un escalpelo o tuviese rayos X en los ojos. No había rastro de senilidad ni de demencia en Simone. Al contrario, era muy aguda y se percataba de todo, incluso cuando se trataba de su hija y sus nietos.

Los chicos siguieron con sus travesuras, causando pequeños estragos, recorriendo a toda velocidad el valle de Napa en un Ferrari que Maxine les había alquilado a cuenta de Christophe. A él no le parecía buena idea, pero lo aceptó para no criticar a los hijos de Maxine, pues no quería que ella hiciese lo mismo Camille. Sin embargo, este detalle aumentó el nivel de estrés de la vida en el château, y Camille se alegraba de escapar a su cuarto o a la casita de Simone todos los momentos que podía. Por fin, los chicos habían ido a tomar el té con su abuela, pero no habían vuelto a visitarla. No le tenían ningún respeto y le dijeron a su madre que parecía más loca que nunca con el cabello pelirrojo desgreñado, la perra y las gallinas. Simone se había comprado unas botas altas de goma en St. Helena para ponérselas en el huerto y los muchachos coincidieron con su elegante madre en que iba hecha un adefesio. La ropa que llevaban los chicos era tan cara como la de su madre y todo su vestuario parecía de Hermès. Su aspecto estaba por completo fuera de lugar en el valle de Napa. Y Christophe no les impresionaba. Era evidente que tenía dinero y éxito, pero para ellos carecía de clase y vestía como un pueblerino cuando iba a trabajar. Su hija no era mejor, aunque Alex reconocía que era una chica guapa y no le habría importado pasar la noche con ella. En una ocasión dijo que tenía un buen cuerpo debajo de aquella ropa tan fea que llevaba. Fue la única vez que su madre lo llamó al orden y le dijo que se comportase. Maxine no quería tener problemas con Christophe por algo así; él consideraba a su queridísima hija una santa y Alex podía acostarse con muchas otras chicas.

Los chicos se presentaron en la fiesta de Navidad de la bodega, y los dos se emborracharon y se insinuaron a varias mujeres, a quienes les parecieron los franceses más sexis que habían visto en su vida. La fiesta fue bien, aunque Camille seguía molesta por el presupuesto, pero su padre le dijo que no se preocupase. Maxine estaba contenta y a todos los invitados les encantó. Ese año el árbol era más grande, los adornos estaban más recargados y la comida había sido espectacular; la Navidad siguiente podrían volver al presupuesto habitual. Además, la cosecha de ese año había sido muy buena y podían permitirse el gasto adicional si eso hacía feliz a Maxine.

Cuando llegó la Navidad, Simone la celebró con ellos ataviada con un vestido de terciopelo negro liso con botones de perlas y cuello de encaje. Iba calzada con unas mercedítas de charol como si fuera una niña.

—¿No tenías nada más bonito que ponerte, *maman*? —le preguntó Maxine.

Ella llevaba una falda larga de terciopelo rojo con un jersey de angora negro y pendientes de diamantes y, como siempre, parecía una modelo de portada de *Vogue*. Todos los hombres iban con americana y Camille se había puesto un vestido de terciopelo verde oscuro de su madre que le quedaba como un guante. Joy llevaba ese vestido en Navidad cada año. Camille se lo había puesto para recordarle a su padre la figura de su madre y, cuando él lo vio, se le llenaron los ojos de lágrimas e hizo un gesto con la cabeza a su hija. Era una forma de que Joy siguiese participando de la fiesta con ellos, a pesar de la abrumadora presencia de Maxine.

Esta volvió a engañarlos con la comida dándoles otra «sorpresa» en la cena de Navidad. Había encargado oca en lugar de pavo, que era una tradición en Europa pero no en Estados Unidos. La carne estaba grasienta y mal preparada porque el chef no estaba familiarizado con el ave. Camille no pudo comerla y los demás ni siquiera lo intentaron. Esta vez no lloró. La Navidad fue decepcionante, pero estaba resignada a que de aquel momento en adelante todo fuese distinto. Así eran las cosas.

Camille se imaginaba que iba a ser una Navidad dolorosa. Le regaló a Maxine un jersey de cachemira que había comprado en St. Helena; su madrastra dejó claro que no le gustaba, lo puso a un lado y luego se lo dio a la criada. A su padre le compró una cazadora forrada de corderillo para que la llevase en las viñas, que le encantó. Y había tirado la casa por la ventana para comprarle a Simone un mechero con esmalte dorado y rojo que a ella le entusiasmó y le pareció el mejor regalo que había recibido en su vida. Camille también adquirió un pequeño jersey rojo para Choupette con una correa y un collar a juego. Y a cada uno de sus hermanastros les compró una botella de Cristal. Ellos no se molestaron en regalarle nada y Maxine le dio un bolso de noche rojo con lentejuelas que era suyo y que sabía que Camille no llevaría nunca. Christophe sacó de la caja fuerte una pulsera de oro que había sido de la madre de Camille. La había estado guardando para ella y, además, le compró un precioso abrigo negro en Neiman Marcus. Fue muy generoso con Maxine y le regaló una pulsera de diamantes de Cartier que ella se puso de inmediato y con la que quedó muy contenta. Simone, por su parte, le regaló a Camille un pequeño cuadro del château pintado por ella. La joven se fijó en que Maxine y su madre no se intercambiaron ningún regalo. Su madrastra le regaló a Christophe un reloj Rolex que a él le gustó mucho y que se puso en lugar del viejo, que había sido un regalo de Joy. Maxine era consciente de este detalle y tenía ganas de sustituirlo. A Camille se le cayó el alma a los pies cuando vio a su padre quitarse el reloj de su madre y guardárselo en el bolsillo, aunque él no podía hacer otra cosa en aquel momento.

La velada terminó pronto, pues todo el mundo estaba cansado, y a la mañana siguiente los dos chicos salían temprano hacia el lago Tahoe a esquiar. Camille se alegró de que las fiestas navideñas hubiesen terminado. Habían sobrevivido a ellas y, en los tiempos que corrían, era lo máximo a lo que podía aspirar.

Sería un alivio que los dos chicos estuviesen fuera diez días. Volverían después de Año Nuevo. Los dos eran magníficos esquiadores y estaban deseando irse de viaje. En ningún momento se les había ocurrido preguntarle a Camille si quería ir con ellos y ella se alegró de que no lo hiciesen. La joven tenía planes para Nochevieja con tres viejos amigos del colegio, entre ellos Florence Taylor, con quien se había quedado el fin de semana que Maxine se instaló en el château.

Su madrastra quería dar una fiesta en Nochevieja, pero como Christophe se iba a Francia de viaje de negocios al día siguiente, le había dicho que prefería pasar una noche tranquila en casa con su esposa y había insistido en ello. Ella se quejó, pero él se mantuvo firme: no podía trasnochar antes de un viaje tan importante y el vuelo salía temprano. Ese año tampoco habían asistido a la fiesta de Navidad de los Marshall, que era una de las tradiciones favoritas de Christophe. Los amigos de Maxine de la bodega suiza dieron una fiesta de etiqueta esa misma noche y ella había insistido en que acudiesen. Para tenerla contenta, viendo que era tan importante para ella, Christophe cedió y no asistió a la fiesta de Sam a la que tanto le gustaba ir cada año. Llevar una vida social al ritmo que Maxine exigía no era fácil para Christophe, que tenía que hacer malabarismos para compaginarla con el trabajo y los viajes. Su esposa no tenía nada mejor que hacer, pero él quería hacer todo lo que estuviese en su mano para complacerla.

En ocasiones, vivir con Maxine, que era una dictadora y quería que todo se hiciese a su manera, resultaba deprimente para Camille y agotador para Christophe. Él esperaba mantener las antiguas tradiciones vacacionales, pero Maxine se lo impedía y el padre de Camille también deseaba respetar sus necesidades. Había sentido que tiraban de él en todas direcciones durante las fiestas navideñas: combinando sus deseos de recibir bien a los hijastros, honrar a su propia hija y satisfacer a su esposa al mismo tiempo. La noche de Navidad, su rostro reflejaba agotamiento, mientras Maxine seguía enfadada y discutía con él por la fiesta de Nochevieja que se negaba a dejarle organizar.

La hizo callar con un beso y la llevó a la cama. No había

sido la Navidad que él había deseado y, mientras se acomodaba entre los brazos de ella, se dio cuenta de que vivir con Maxine era como montar a diario en una montaña rusa. Emocionante pero a veces también estresante. Ella era fabulosa, pero sin duda era difícil. Amarla era como intentar mantener sujeto un huracán con una correa sin acabar arrastrado por él.

11

A diferencia de los ajetreados días anteriores, la semana entre Navidad y Año Nuevo transcurrió sin incidentes. Hizo mal tiempo y llovió casi todos los días. La casa estaba otra vez tranquila sin Gabriel y Alexandre, que informaron a su madre de que se lo estaban pasando estupendamente en el lago Tahoe y estaban conociendo a muchas chicas. Querían saber si podían traerse a dos de ellas al château, pero a Maxine no le pareció buena idea. Incluso aunque Christophe estuviese de viaje cuando ellos volviesen, Camille se lo acabaría contando. Él les había pagado el viaje al lago Tahoe y Maxine no creía que los chicos debiesen insistir en llevar a las chicas al château. Christophe había sido muy amable y generoso con ellos hasta entonces y se había hecho cargo de todos sus gastos desde Francia, incluidos los billetes de avión. Ella notaba que los frecuentes incidentes provocados por los chicos, los daños causados a su propiedad y sus coches, y el hecho de estar constantemente rodeado de gente en su hogar estaba empezando a agotar la paciencia de Christophe. Él nunca perdía los estribos, pero parecía agotado y ya no conseguía estar tranquilo en casa; tampoco Camille. Maxine y sus hijos habían invadido cada centímetro de su hogar.

Al final hizo tan mal tiempo en Nochevieja y las carreteras estaban tan peligrosas debido a las abundantes lluvias, que Camille decidió no asistir a la fiesta de Florence Taylor y acabó pasando la noche con Simone en la casita. La anciana preparó su famosa *cassoulet*, que a Camille le sorprendió favorablemente, luego sacó las cartas y estuvieron jugando al póquer. Se desearon mutuamente feliz año nuevo y a medianoche bebieron el champán que Camille había llevado. Esta se quedó en la casita hasta las dos de la madrugada y volvió al château bajo una lluvia torrencial.

Obedeciendo los deseos de Christophe, él y Maxine se habían acostado hacía mucho y dormían tranquilamente. Él tenía que irse a las seis de la mañana para tomar el avión a París a las diez, que estaba previsto que aterrizase en la capital francesa a las nueve de la noche según la hora de San Francisco. En París serían las seis de la mañana del día siguiente, de modo que llegaría al hotel a las siete y media o las ocho, con tiempo para ducharse, cambiarse de ropa y empezar su jornada de reuniones. Al final de la semana iba a ir a Burdeos. Había pensado llevar a Maxine con él, pero tenía demasiadas citas y entrevistas para poder dedicarle tiempo a ella, y su esposa tampoco quería perder la oportunidad de estar con sus hijos cuando volviesen del lago Tahoe. Iban a quedarse en Estados Unidos otras dos semanas.

Camille se despertó temprano por culpa de la abundante lluvia y oyó a su padre en la escalera cuando se iba. Salió de puntillas del cuarto descalza y en camisón para darle un beso de despedida; él sonrió al verla y se alegró de tener una última oportunidad de darle un abrazo.

—Encárgate de todo mientras yo estoy fuera —dijo, aunque no era necesario que se lo comentara. Él sabía que ella lo haría de todas formas; era muy meticulosa tanto con su trabajo como con su hogar—. Hasta dentro de dos semanas.

Ella le dio otro abrazo, y él le dijo adiós con la mano al pie de la escalera y se puso el sombrero y la gabardina. Ella oyó cómo se cerraba la puerta de uno de los todoterrenos de la bodega. Un empleado lo llevaba al aeropuerto y, mientras el coche se alejaba por el camino de entrada, Camille regresó a la cama y no volvió a despertarse hasta las diez. Había dejado de llover, pero hacía un día gris, y supo que a esas horas su padre ya estaría volando. Él le había enviado un mensaje de texto poco antes de despegar para decirle que la quería.

Era el día de Año Nuevo y no tenía nada que hacer. Se quedó en la cama hasta el mediodía y luego se vistió y fue a ver a Simone, que estaba en el jardín vigilando a sus gallinas calzada con las botas altas de goma, y que la invitó a comer. Tomaron *oeufs en cocotte*, huevos al horno en unos potecitos individuales con trocitos de embutido y tomate que estaban deliciosos. Hablaron un rato, Camille la ayudó a preparar fuego y volvió a la casa en torno a las tres. Se quedó tumbada en la cama leyendo un rato y se durmió. Era un día relajado y se despertó a las seis.

Estaba pensando en bajar a por algo de comer cuando oyó la televisión encendida en el viejo despacho de su madre y supuso que Maxine la había encendido. Cuando Camille pasó por delante, su madrastra estaba viendo la CNN con el mando a distancia en la mano. La mujer se volvió para mirar a su hijastra con una expresión de horror en el rostro.

—¿Ha pasado algo? —preguntó Camille, relajada después de su día de solaz.

—El avión de tu padre ha caído en el Atlántico —respondió Maxine en tono apagado—. Ha desaparecido de los radares hace una hora.

La escena adquirió un aire irreal mientras Camille, con el corazón acelerado, solo pudo sentarse al lado de ella para ver la televisión. El avión de Air France había emitido una señal de socorro por el mal tiempo y, veinte minutos más tarde, se había desvanecido de la pantalla del radar. Nadie tenía ni idea de lo que había ocurrido y el capitán no había dado más información. Nadie sabía si se debía a un acto delictivo o al temporal, pero no había rastro del avión. Barcos de la marina y buques cisterna se dirigían a la zona, aunque no había ninguno en las inmediaciones. Camille se mareó mientras escuchaba todo aquello. No era posible. Su padre solo iba a París y Burdeos. Le había dicho que volvería dentro de dos semanas y él nunca le mentía. Si decía que regresaría en dos semanas es que lo haría. Las dos mujeres se quedaron sentadas en silencio durante la siguiente hora viendo y escuchando las noticias. El locutor dijo que lo más probable era que el avión hubiese caído en el Atlántico y que no había tierra a una distancia razonable de donde se encontraba para aterrizar de forma segura en caso de sufrir algún tipo de fallo mecánico.

Simone había visto la noticia en la casita y entró en el château. Siguió el sonido de la televisión hasta el estudio del piso de arriba y las vio a las dos allí sentadas. Se acomodó en el sofá al lado de Camille y la cogió de la mano. Media hora más tarde las tres estaban llorando: habían confirmado que el avión se había estrellado. Un buque cisterna que se encontraba en la zona aseguró que había visto una explosión en el aire y una bola de fuego que se había hundido en el mar. Habían enviado barcos al área, pero no esperaban encontrar supervivientes considerando la descripción dada. El locutor puso una expresión sombría y dijo que se creía que se hallaban doscientas noventa personas a bordo del avión, incluida la tripulación. Dijeron el número del vuelo y, efectivamente, era el de Christophe. Camille se quedó meciéndose entre los brazos de Simone mientras la anciana la abrazaba con fuerza, y Maxine las miró como si no entendiese lo que habían dicho en la televisión ni lo que hacían ellas y salió de la habitación. Volvió media hora más tarde con cara de haber estado llorando. Dijo con voz ronca que había llamado a los chicos y se lo había contado, y que volverían del lago Tahoe por la mañana. Aquella noche había demasiada nieve en la carretera. Maxine miró entonces a Camille y las dos mujeres se cruzaron una larga mirada.

—Tu padre ha muerto —le dijo Maxine a Camille con voz trémula—. ¿Qué voy a hacer?

La joven no sabía qué responderle, ni siquiera podía hablar. No se imaginaba el mundo sin él. ¿Qué iba a ser de todas ellas? ¿Y cómo era posible? Cosas así solo pasaban en los telediarios, no a sus conocidos. Ni tampoco a su padre. Él viajaba continuamente. Todavía no sabían cuál había sido la causa de la explosión, pero ya daba igual. El avión y todos los que iban a bordo habían desaparecido sin dejar rastro. Los buzos ya estaban buscando restos, cadáveres y la caja negra que habría registrado sus últimos momentos.

Simone bajó a la cocina y volvió con agua y té para las dos. No sabía qué más hacer. Era Camille quien le preocupaba, pues su vida giraba en torno a su padre. Maxine era una superviviente y hallaría la forma de reinventarse, pero esa chica no. Parecía destrozada por la noticia; había perdido al único progenitor que le quedaba quince meses después de la muerte de su madre.

El teléfono sonó media hora más tarde. Era Sam, que quería hablar con Camille. La chica sujetó el aparato con la mano temblorosa.

—¿Iba en ese vuelo? —preguntó él con la voz quebrada.

Había visto a Christophe dos días antes y sabía que iba a volar a París el día de Año Nuevo. Le había invadido el pánico al enterarse del accidente por la CNN.

—Sí —susurró Camille.

Sam rompió a sollozar y acto seguido le dijo que se pasaría por su casa en cuanto se serenase. Pero ella no quería verlo; de hecho, no quería ver a nadie. Quería a su padre, no a su amigo, aunque agradecía su llamada.

—No, estoy bien —dijo la joven, pero volvió a sonar como si hablase una niña, pues así se sentía.

Él prometió ir a verla al día siguiente.

La compañía aérea llamó después para darles la noticia, pero ellas ya estaban al tanto. Todavía no tenían ni idea de si había sido un fallo mecánico o un atentado terrorista. Algunas de las primeras versiones apuntaban a un misil, pero no parecía posible ni probable. No había motivos. Estaba previsto seguir con la búsqueda de los restos del avión y la caja negra a plena luz del día, aunque estos se habían hundido en aguas muy profundas. Camille oyó lo que le dijeron, aunque muy de lejos, y luego llamó Phillip. Estaba en Aspen, adonde había ido a esquiar con Francesca y unos amigos.

—¿Estás bien? —le preguntó, más protector que nunca y casi tan impactado como ella.

Le preocupaba Camille y la pregunta era meramente retórica. ¿Cómo iba a estar bien? Acababa de perder al único progenitor que le quedaba, un hombre muy bueno y un padre maravilloso. Sam le había dado la noticia a su hijo sin poder parar de llorar. Christophe era como un hermano para él.

—No lo sé —respondió Camille con sinceridad. Estaba aturdida.

—Vuelvo mañana. Dime qué puedo hacer para ayudarte. Lo siento mucho, Camille. —Ninguno de los dos sabía qué decir y nada cambiaría el horror de lo ocurrido. Ella no estaba lista para quedarse sola a su edad y nunca se le había pasado por la cabeza que pudiese perder a su padre—. Todo irá bien —dijo Phillip, intentando persuadirla y convencerse a sí mismo—. Papá y yo haremos todo lo que esté en nuestra mano para ayudarte. —Ni siquiera Phillip, a su edad, podía imaginarse lo que era perder a sus dos padres. Todavía estaba profundamente afectado por la muerte de su madre cuatro años antes—. ¿Se está portando bien Maxine contigo?

Tendría que hacerlo dadas las circunstancias. Incluso una mujer tan manipuladora y calculadora, tal como Sam afirmaba que era, tendría que ser compasiva ahora; después de todo, también era un golpe para ella. Phillip prometió ir a ver a Camille en cuanto volviese, y luego colgaron. Después Simone llevó con delicadeza a Camille a su cuarto, la acostó y se ofreció a quedarse con ella esa noche.

La joven asintió con la cabeza y, cuando por fin cerró los ojos, Simone se fue a ver cómo se encontraba su hija, que estaba tumbada en la cama mirando al vacío.

—¿Por qué la tratas tan bien? —preguntó Maxine a su madre en tono acusador.

—Alguien tiene que hacerlo. Acaba de quedarse sin padre. Tú has perdido a un hombre con el que has estado casada tres meses y al que apenas conocías.

—Acabo de perder mi futuro y mi seguridad —replicó ella con voz áspera—. ¿Qué crees que será de nosotras ahora?

Parecía asustada, cosa rara en ella. Christophe había sido la solución a un problema. Ahora la solución había desaparecido y el problema seguía allí. Debía mantener a una madre, a dos hijos adultos despilfarradores y en paro y a ella misma, y no sabía cómo conseguirlo. Hacía años que no trabajaba. Vivía de su ingenio y de los hombres con los que se había casado; al menos, de los dos últimos. Su matrimonio con Charles y su seguridad habían desaparecido de golpe cuando él había muerto y sus hijos se habían librado de ella. Y no había estado casada con Christophe el tiempo suficiente para asegurarse el futuro. Habían empezado con buen pie, pero se había acabado muy rápido.

—Ya se te ocurrirá algo —dijo su madre en voz baja—. Siempre se te ocurre. Ahora tenemos que cuidar de Camille.

—Ella no tiene que preocuparse de nada —replicó Maxine fríamente—. Todo esto es suyo. Es su única heredera. Seguro que se lo ha dejado todo.

Parecía que eso le enfureciese.

—Puede que a ti también te haya dejado algo —propuso Simone, a quien ya no le sorprendía el modo en que se comportaba su hija, que no mostraba compasión por nadie que no fuese ella. Todo giraba siempre en torno a sí misma.

—Lo dudo —le respondió Maxine— y, si me ha dejado algo, no será suficiente. Él no era tonto y estaba loco por ella. —Señaló con la cabeza el cuarto de Camille—. Todavía seguía enamorado de su madre.

—Solo hace un año que murió y su matrimonio duró mucho tiempo.

—Y ahora todo esto es de Camille. Alex debería casarse con ella —dijo mientras Simone se preguntaba cómo podía haber engendrado a alguien así. Tenía hielo en las venas y una calculadora por corazón.

—¿Necesitas algo? —le preguntó Simone, y Maxine negó con la cabeza.

La anciana volvió entonces al cuarto de Camille y se tumbó en la cama a su lado. Sabía que, en algún momento de la noche, la joven se despertaría y la realidad le impactaría como una bomba. Quería acompañarla cuando eso ocurriese. Además, los días siguientes iban a ser muy duros. Era lo mínimo que Simone podía hacer por ella. Lamentaba pertenecer a la bandada de buitres que había ido a aprovecharse de Christophe, pero por lo menos ahora podía estar allí para lo que su hija necesitase.

Y tal como había vaticinado, Camille se despertó a las seis y lloró entre los brazos de Simone mientras ella la abrazaba. Luego volvió al despacho de su madre a ver la CNN. Los buzos de la marina habían encontrado restos del avión y se había localizado la caja negra. Todavía era una conjetura pero, por lo que sabían, lo más probable es que la explosión se hubiese producido a causa de una fuga de combustible en uno de los motores. Ninguno de los expertos en aviación creía que hubiese sido un acto terrorista. Y parecía que el hecho de que Christophe estuviese a bordo del avión cuando se produjo la explosión se debía a azares del destino.

Camille seguía con el camisón puesto y un estado de conmoción cuando Sam Marshall llegó a las nueve. El hombre se sentó y lloró con ella un largo rato. No había nada que pudiesen hacer, ni siquiera un cadáver que reclamar. Había personas a las que tendrían que informar de la muerte de Christophe, como los empleados de la bodega o su propio abogado. Sam se ofreció a ayudarla con los trámites. Maxine se quedó pasmada cuando bajó y lo vio en la mesa con Camille y su madre, y enseguida le ofreció el desayuno y un café con una sonrisa, para pasar después a hablar sin parar de lo terrible que había sido el accidente y lo afectados que estaban todos, mientras Sam la miraba asqueado.

—No, gracias. Acabo de perder a mi mejor amigo. Y Camille se ha quedado sin padre. No necesito café ni desayuno. Y no quiero charlar sobre el tema.

Maxine se quedó como si le hubiese dado un guantazo y él deseó haberlo hecho de veras.

Sam dejó a Camille en torno al mediodía y prometió volver más tarde si ella quería. A continuación se detuvo en la bodega de Château Joy y habló con los jefes de departamento y con Cesare. Todos se habían enterado de la noticia y la mayoría sabía que Christophe iba en el avión del accidente. El edificio entero estaba de luto; Sam les dio a todos su número de móvil por si podía hacer algo para ayudar. Habría que planificar los preparativos del funeral, pero todavía era pronto.

A media tarde, después de escuchar las grabaciones de la caja negra que habían rescatado, los portavoces de la compañía aérea volvieron a declarar que era poco probable que el accidente fuese producto de un acto delictivo; cada vez parecía menos probable que la explosión se debiese a un fallo mecánico, sino que la causa era probablemente una fuga del motor de la que el piloto se había dado cuenta en los últimos momentos del vuelo. Fuera cual fuese el motivo del accidente, Christophe había muerto.

Camille se había paseado todo el día por casa como una zombi, mientras Simone la seguía como un espectro. Maxine había permanecido en su cuarto la mayor parte del tiempo, pues no tenía nada que decirles. Los chicos llegaron del lago Tahoe a las ocho. Habían tardado ocho horas en llegar a casa en coche en lugar de las cuatro necesarias por culpa de las nevadas que habían caído en la carretera. Los dos chicos saludaron brevemente a Camille y le dieron el pésame por la muerte de su padre. Ella asintió con la cabeza y subió al piso de arriba con Simone. No tenía nada que decirles. Ellos solo habían conocido a su padre unas pocas semanas y él no les importaba. Los chicos cenaron en la cocina con su madre y hablaron con ella durante horas entre susurros de lo que harían ahora. Maxine estaba segura de que Camille le pediría que se fuera una vez que empezase a recuperarse del golpe y a pensar con más lógica. Era precisamente lo que había ocurrido con los hijos de Charles, aunque estos eran mayores, entre ellos había dos abogados y, además, sabían lo que hacían. Camille todavía no lo había pensado, pero Maxine sabía que lo haría. Era una chica lista y querría que su madrastra se fuese.

Los chicos preguntaron a su madre si quería que volviesen a París de inmediato, pero, al contrario, Maxine deseaba que se quedasen con ella para apoyarla si las cosas se ponían feas. Los cuatro podían irse juntos cuando llegase el momento, incluida su madre. Ellos formaban un pequeño ejército de ocupación y Camille tenía ahora las de ganar. Maxine suponía que la guerra había terminado, pero no estaba dispuesta a rendirse aún y quería tener a sus hijos a su lado para hacer una demostración de fuerza.

Maxine se quedaría a la lectura del testamento, por si acaso él le había dejado algo de lo que pudiesen vivir un tiempo. No tenía sentido irse antes. De momento estaban mejor en el château que en cualquier otra parte, al menos hasta que Camille los echase. Maxine ya la odiaba por ello y eso que aquel pensamiento todavía no se le había pasado por la cabeza a la joven. Estaba demasiado destrozada por la pérdida de su padre para pensar en Maxine y sus hijos y en lo que pasaría después.

Phillip fue a verla esa noche y se sentaron en el estudio del piso de arriba con la puerta cerrada. Él la abrazó como lo hacía cuando era pequeña y se hacía daño. Ahora ella le parecía más madura. Ya no era ninguna niña y, a pesar de la desolación por la pérdida de su padre, Camille estaba empezando a pensar con claridad y le preocupaba la bodega. Phillip se comprometió a ayudarla en todo lo que pudiese. Seguía siendo el mismo hermano mayor de siempre para ella y le prometió que eso nunca cambiaría. Se marchó después de pasar una hora con ella y lanzó una mirada sombría a Maxine y sus hijos cuando pasaron por delante de ellos. Una vez que estuvieron en el exterior, le dijo a Maxine:

—Tienes que librarte de esta gente lo antes posible.

Él lo decía en serio, y Camille asintió con la cabeza; al menos eso sería un relativo consuelo, aunque no le devolviese a su padre.

Para gran asombro de todos, Camille se vistió y fue a la bodega al día siguiente. Sintió la obligación de hacerlo: se lo debía a su padre. Se ponía a sollozar cada vez que alguien venía a darle el pésame. Y Cesare estaba llorando cada vez que ella lo veía. Llamó a Sam para darle las gracias por la visita del día anterior y le dijo que quería empezar a hacer las gestiones necesarias. Luego llamó al abogado de su padre. Este le anunció que pensaba llamarla, pero que quería darle tiempo para que se recuperase. Concertó una cita con ella a la mañana siguiente en la bodega y dijo que llevaría el testamento. Le pidió que su madrastra estuviese presente y Camille dedujo entonces que le había dejado algo a Maxine, un detalle típico en alguien tan generoso, responsable y bueno como su padre. Después de todo, había querido a Maxine, aunque solo hubieran estado casados un breve período de tiempo.

Cuando volvió a casa a las cinco se sentía como si la hubiesen estado apaleando todo el día. Maxine y los chicos se hallaban en la sala de estar cuando llegó, y avisó a su madrastra de que tenían una cita con el abogado a las diez de la mañana del día siguiente en su despacho de la bodega.

—No has perdido el tiempo, ¿eh? —comentó en tono mordaz.

Habían estado bebiendo desde el mediodía: a Camille le pareció que estaba borracha y al principio no se molestó en contestarle.

—Él me ha pedido que estés presente —replicó al final.

Maxine asintió con la cabeza y apuró su copa de vino; y Camille subió la escalera. No había probado bocado en todo el día y tampoco le importaba. No podía comer. Solo quería tumbarse en la cama y morirse, como sus padres. Cayó en la cuenta de que era una huérfana de veintitrés años y que a sus padres les había pasado lo mismo: habían perdido a sus progenitores de jóvenes, algo que ahora le había pasado a ella. No podía imaginar nada peor.

A la mañana siguiente Camille fue a la bodega a pie y estaba esperando en su despacho al abogado cuando este llegó con el semblante serio y respetuoso. Se había puesto un traje oscuro para la reunión, que era la prenda adecuada para la ocasión. Camille todavía no había hecho ninguna gestión para el funeral, ni siquiera el obituario, pero sabía que tendría que hacerlo. Había muchas cosas en las que pensar.

Camille y el abogado estuvieron hablando en voz baja mientras esperaban a Maxine, que llegó con diez minutos de retraso, ataviada como era costumbre en ella con un corto vestido negro que dejaba gran parte de sus piernas a la vista. Camille se había puesto unos vaqueros y un viejo jersey negro, despreocupada por su aspecto. Lo único que quería era a su padre; sin él, nada tenía sentido. La luz más brillante de su vida se había apagado.

El abogado de su padre les entregó una copia del testamento a cada una y les informó de que ellas eran las únicas herederas. Empezó a leer otra copia que había sacado para él y les dijo que se lo iría explicando y que parte del documento era el texto estándar que se incluía en todos los testamentos a efectos fiscales. Recordó a Camille que dentro de nueve meses había que pagar el impuesto del patrimonio, pero que Cristophe lo había previsto todo y que el dinero estaría disponible sin problemas en el momento oportuno. Le dijo que su padre había sido un hombre muy responsable. Y, por la fecha, vieron que había hecho redactar el testamento pocos días antes de casarse con Maxine. Primero había abordado la parte de la herencia que le dejaba a ella.

Christophe había estipulado en el testamento que, dado que se disponía a casarse con Maxine de Pantin, quería asegurar el futuro de su esposa, y que si su matrimonio duraba y resultaba estable, redactaría un nuevo testamento más adelante. Pero, ya que todavía no estaba casado con ella en el momento de la redacción, le dejaba la cantidad de cien mil dólares como obsequio en caso de su muerte. Maxine no pareció satisfecha cuando oyó la cifra, pero procuró que no se le notase. Considerando el hecho de que entonces todavía no estaban casados, a Christophe y a su abogado les había parecido una cifra razonable. También estipulaba que, si por algún motivo el matrimonio no se había celebrado en el momento de su muerte, la herencia que había fijado para Maxine quedase anulada. Pero ya que sí se habían casado, acababa de heredar cien mil dólares.

El resto de su patrimonio y todas sus propiedades y pertenencias, el château y su contenido, las obras de arte, la bodega, sus inversiones y el dinero que tenía en el momento de su muerte, se lo dejaba a su hija, Camille. En efecto, ella heredó todas sus posesiones, un considerable patrimonio. Christophe había dispuesto de él de forma inteligente para reducir al mínimo el impuesto de sucesiones, y de la noche a la mañana Camille se convirtió en una mujer muy rica y en la dueña de una importante bodega y de todas las inversiones de su padre. Todavía no había empezado a asimilarlo. Maxine la miraba con manifiesta envidia.

Christophe y Maxine habían firmado un acuerdo prenupcial antes de casarse, de modo que ella solo heredaba lo estipulado en el testamento. No tenían bienes gananciales.

Entonces el abogado explicó que Christophe había añadido una cláusula fruto de arduas reflexiones con la intención de ser justo con su entonces futura esposa y su hija, tomando en consideración el hecho de que Camille no tenía ningún progenitor que la orientase si él fallecía. Considerando la juventud de Camille, en caso de la muerte repentina de Christophe antes de que ella cumpliese veinticinco años, su esposa Maxine podría seguir residiendo en el château con su hija hasta su vigésimo quinto cumpleaños, para que así no se quedase sola hasta entonces. A los veinticinco años, dependería de Camille si su madrastra seguía viviendo con ella o no. Si Maxine volvía a casarse antes de que Camille cumpliese los veinticinco o deseaba vivir con un hombre, tendría que irse del château. Del mismo modo, si Camille se casaba antes de cumplir veinticinco años, su madrastra debía marcharse del château y su presencia ya no sería necesaria. En esencia, había concedido a Maxine un período de gracia antes de tener que abandonar el château y había protegido a Camille de quedarse totalmente sola, una circunstancia que le preocupaba. Sin embargo, un nuevo hombre en la vida de Maxine o un matrimonio de Camille pondría fin al acuerdo. Él no quería que su viuda impusiera la presencia de un extraño a Camille en su propia casa y, por otra parte, Maxine estaría de más si Camille se casaba.

Christophe había manifestado claramente que Camille era la única propietaria de la bodega y de todo su patrimonio y que seguiría siéndolo, pero, debido a su edad, consideraba que al principio necesitaría apoyo y orientación, así como tiempo para acostumbrarse a todas sus responsabilidades tras la muerte de su padre. De modo que nombraba a Maxine codirectora de la bodega hasta el vigésimo quinto cumpleaños de Camille, para que compartiese con ella los retos y las cargas de la empresa. A partir de los veinticinco años, Camille la dirigiría sola y Maxine dejaría de estar implicada en Château Joy, la bodega y todo su patrimonio. Hasta entonces, instaba a Maxine a prestar apoyo a Camille con el negocio y a ayudarla a tomar buenas decisiones. Estaba seguro de que Maxine le sería de gran ayuda.

También estipuló que si Camille tenía un hijo o varios, o estaba embarazada en el momento de su muerte, su descendencia heredaría solo una tercera parte de la bodega, y Camille conservaría los dos tercios restantes y todo su patrimonio financiero, según lo declarado en el momento de su muerte. Si ella no tenía ningún hijo vivo ni en el útero cuando él muriese, heredaría todo su patrimonio. Y si Camille fallecía antes que él y había tenido un hijo, este lo heredaría todo. Ninguna de esas condiciones eran aplicables en ese momento, puesto que Camille no tenía hijos ni estaba embarazada, de modo que lo heredaba todo. Christophe también manifestaba que en el supuesto de que Camille falleciese antes que él, o muriese antes de su vigésimo quinto cumpleaños y no tuviese descendencia, le dejaba la mitad de su patrimonio a su esposa Maxine, siempre y cuando su matrimonio se hubiese celebrado, y la otra mitad a sus parientes de Burdeos para que la repartiesen a partes iguales. Y si Camille moría después de cumplir los veinticinco, su propio testamento tendría prioridad y Maxine no heredaría nada. Especificaba, en efecto, que su viuda Maxine Lammenais solo podía heredar si Camille moría antes de su vigésimo quinto cumpleaños sin hijos. Después, suponía que Maxine habría empezado una nueva vida y que su matrimonio habría sido breve. Para entonces Camille tendría su propio testamento, cosa que la animaba a hacer considerando la abundante suma que había heredado de él.

Era una forma extraña de repartir su patrimonio, pero la edad de Camille había influido en él, explicó el abogado. A continuación añadió que su padre la consideraba capaz de dirigir sola la bodega, pero que sería una gran responsabilidad para ella hacerlo inmediatamente después de su muerte, mientras se liquidaba su patrimonio, y que si Maxine la ayudaba a administrar el dinero por un breve período de tiempo, la carga le resultaría más ligera hasta que cumpliese los veinticinco y pudiese hacerse cargo ella sola del negocio. Le había dejado a Camille todo lo que tenía, pero permitía a Maxine vivir con ella los siguientes diecisiete meses y ayudarla a llevar la bodega. Después, ya con veintinco años, la decisión era de Camille. Se imaginaba que Maxine no necesitaba los cien mil dólares que le dejaba, pero era un gesto en señal de su amor. En el acuerdo prematrimonial habían prescindido de sus datos financieros a petición de Maxine y él había dado por sentado que su situación económica era estable.

El abogado explicó también que Christophe había tratado de contemplar todas las posibilidades y que consideró poner el acuerdo en un fideicomiso irrevocable, que le habría proporcionado ventajas fiscales. Sin embargo, quería disponer de flexibilidad para cambiarlo dada la edad de Camille, su nuevo matrimonio y el hecho de que no esperaba morir en un futuro próximo, de modo que no se dejó en fideicomiso, sino directamente en el testamento.

El impuesto de sucesiones por la herencia sería elevado,

pero había fondos de sobra para pagarlo. Además, el hecho de que Camille lo heredase todo no era ninguna sorpresa, ya que era su única hija. Lo único que extrañó a las dos mujeres fue su generosidad al permitir a Maxine seguir viviendo el château y tener voz en la bodega durante el próximo año y medio. Gracias a ello, Maxine tendría tiempo para pensar qué hacía con su vida y decidir adónde quería ir, y las dos mujeres podrían crear un vínculo entre ellas. En caso contrario, Maxine se iría dentro de diecisiete meses, cuando Camille cumpliese veinticinco años y tomase las riendas de la bodega ella sola. Mientras tanto, tenía alguien en quien apoyarse.

Camille dio las gracias al abogado y el hombre se fue poco después, tras expresarle de nuevo sus condolencias. Se guardó la copia del testamento en el bolso para poder leerla detenidamente más tarde, y Maxine se quedó observándola con su corto vestido negro y su copia del testamento en la mano.

—Bueno, has ganado tú. No me sorprende —dijo, en un tono amargo.

Ella esperaba algo más que cien mil dólares, un millón quizá, o la mitad del patrimonio, aunque no habría sido lógico después de tan solo tres meses de matrimonio, y había que tener en cuenta que él había redactado el testamento antes de que se casasen. A Maxine le parecía que había vuelto a salir perdiendo en la lotería de la vida. Siempre iba con un día de retraso y un dólar de menos: en Francia, por la ley sucesoria; y ahora, porque Christophe y ella llevaban poco tiempo casados cuando él murió y no le había dado tiempo a redactar otro testamento en el que le dejase más dinero, aunque eso habría llevado años, no semanas ni meses. Christophe no era un insensato, aunque la amase. Ella había entrado en su vida hacía muy poco.

Hasta ella era consciente de que tres meses no eran nada y, si él hubiese vivido un año más o dos, habría modificado su testamento y habría recibido más.

—Quieres que me largue, ¿verdad? —dijo Maxine, mostrándose abiertamente desagradable ahora que ya no quedaba nadie más en la habitación que la observase aparte de su hijastra.

—No sé lo que quiero —contestó Camille. Se sentía agotada y esperaba no entrar en guerra con ella tan pronto. Las emociones de los dos últimos días la habían invadido como una ola gigante—. Pero sí, será más fácil si te vas ahora. Puedo ocuparme de la bodega yo sola y Sam Marshall puede ayudarme si tengo problemas —dijo sinceramente.

—Pues vas a tener que aguantarme los próximos diecisiete meses, te guste o no —le espetó Maxine con expresión maliciosa—. Y voy a poder dirigir la bodega contigo. Me sorprende que hiciera eso. —Era consciente de la confianza que Christophe tenía en su hija.

—A mí también —concedió Camille, mirándola desde el otro lado de la estancia—. Él confiaba en ti, Maxine, y creía que te interesaba su negocio. Yo no pienso así, pero él sí.

Camille era consciente de que su falso interés por la bodega era puro teatro, pero Christophe no lo veía. Había muerto creyendo que Maxine era sincera.

—En realidad no tengo ningún interés, pero tu negocio es muy próspero. Eres una chica con suerte. Déjame explicarte una cosita. Tú quieres que me largue y yo tampoco deseo quedarme. Podemos llegar a un acuerdo de negocios ahora, si estás dispuesta, y acabar con esto rápido. Y no me refiero a un acuerdo por cien mil dólares, que no me sirven de nada, sino por millones. Quiero una tasación de todo el patrimonio y una buena tajada del total si te interesa que desaparezca antes de que cumplas veinticinco años. Si no aceptas, querida Camille, puedo convertir tu vida en un infierno los próximos diecisiete meses. Y créeme, lo haré. Si me das una cantidad de dinero considerable, equivalente a la mitad de la bodega, me iré educadamente. Si no, me quedaré aquí y te desangraré.

Ya no tienes a tu padre para protegerte, así que piénsalo. La madrastra malvada se irá con mucho gusto. Lo único que tienes que hacer es pagarle. Y entonces las dos seremos felices. —Lanzó una mirada larga y dura a Camille, esperando que asimilase sus palabras, y la chica no tardó en hacerlo.

—Eso es chantaje, incluso podría ser extorsión —replicó Camille con frialdad.

Maxine había mostrado su verdadera naturaleza, la misma sobre la que Simone le había advertido y que Camille siempre había intuido. Solo su padre no creía esto. Se habría quedado destrozado si la hubiera oído en ese momento. Ella solo pensaba en el dinero y ya no tenía que ocultarlo.

—Pero no puedes demostrarlo. No hay constancia de lo que acabo de decirte. Bueno, ya me has oído. Piénsalo, hablo en serio. Ya sabes dónde encontrarme. Estaré en el dormitorio de tu padre. Y delante de tus narices cada hora del día hasta que me pagues para que me marche. Espero haber hablado con claridad —dijo triunfalmente.

A continuación se dio media vuelta, se dirigió a la puerta del despacho de Camille dando grandes zancadas y salió dando un portazo. La joven no sabía qué hacer, pero estaba segura de que no pensaba pagarle millones y ceder a su chantaje para librarse de ella. Podía aguantar a Maxine diecisiete meses si no le quedaba más remedio. Y parecía que ese iba a ser el caso, de acuerdo con el testamento de su padre. Maxine se había mostrado de repente llena de rabia y enseñando toda la artillería. Ella era un enemigo temible, y las únicas armas de las que disponía Camille eran la honradez y la verdad, que estaban de su parte. Ya no contaba con su padre ni con nadie más que pudiese protegerla. Ahora solo contaba consigo misma. Tendría que plantar cara a Maxine, costara lo que costase. Diecisiete meses no eran una eternidad. Y entonces Maxine se iría por fin.

12

Después de que Maxine saliese de su despacho, Camille trató de calmarse y ordenar sus pensamientos para el funeral que tenía que organizar. Llamó a Sam y le pidió consejo. No quería convertir la ceremonia en un circo al que asistiese la mitad del valle solo porque él era un hombre importante. Su padre había vivido discretamente y a puerta cerrada, y ella quería que los ritos fúnebres en su honor fuesen serios y respetuosos, que solo asistiesen las personas que lo querían y a las que él tenía cariño.

Ya había intercambiado correos electrónicos con su familia de Burdeos, y por motivos de enfermedad, vejez y problemas personales, ninguno de ellos iba a poder venir. También había heredado la parte de su padre en la bodega de su familia, que era sumamente rentable. Christophe no había participado de manera activa en el negocio durante muchos años. Él solo era uno de los numerosos herederos y siempre que le pedían su voto les daba poderes, pero todavía era dueño de una parte importante de la bodega familiar de Burdeos. Él confiaba en que la llevasen como considerasen más oportuno, y Camille pensaba hacer lo mismo. Sus problemas más inmediatos los tenía ahora cerca de casa. Tenía que dirigir el negocio como su padre habría querido y como él y su madre le habían enseñado, además de lidiar directamente con Maxine

cina bebiendo vino y hablando, pero se detuvieron en el acto cuando ella entró. Camille no les hizo caso y recordó palabra por palabra la conversación que había mantenido con su madrastra esa mañana y todas sus amenazas. Se limitó a comunicarle la fecha del funeral y salió por la puerta trasera para visitar a Simone.

Ellos retomaron la conversación en el preciso instante en que Camille salió y oyeron que la puerta se cerraba detrás de ella. Maxine y sus hijos habían estado hablando de las condiciones del testamento y de cómo sacar partido de ellas durante varias horas.

—Es muy simple —dijo Maxine, explicándoselo otra vez en detalle—. Tenemos diecisiete meses para ganar un pastizal, y esta vez no pienso perder. Tenemos hasta que la brujita cumpla veinticinco años. Antes de ese día, puedes casarte con ella o dejarla embarazada, en cuyo caso la tendrás controlada para siempre y vuestro hijo o hijos heredarán todo el patrimonio de Camille algún día. Y si te casas con ella, puedes divorciarte si quieres y conseguir un acuerdo estupendo. Así que tienes trabajo por delante si deseas una buena tajada de lo que ha heredado —le dijo a su primogénito lanzándole una clara indirecta—. Ella no es tan ingenua como su padre, pero tú eres guapo y ella está sola. Ya no tiene a nadie: prácticamente ningún amigo, ni tampoco novio ni padres. El campo está abierto. Haz que te desee, ya sabes cómo. Cásate con ella, déjala embarazada, convéncela de que la quieres; no te será difícil. Si lo consigues puedes ganar un dineral. No tendrás que volver a trabajar. Y espero que me pagues una parte. La dividiré contigo —añadió fríamente mientras Alexandre se quedaba pensativo—. Seducir a una chica de su edad no es un trabajo muy difícil. Bien sabe Dios que lo haces a menudo para conseguir unas vacaciones gratis. Si juegas bien tus cartas, te espera una vida de lujo para siempre. Y si la dejas embarazada, se casará contigo enseguida para no deshonrar el nombre de su padre.

Maxine lo tenía todo pensado. Alexandre sonrió diabólicamente mientras ella hablaba. La perspectiva de seducir a Camille no le desagradaba; le había atraído desde la primera vez que la vio y, ahora, encima había mucho dinero en juego y un futuro próspero.

—¿Y qué saco yo de todo esto? —se quejó Gabriel, petulante—. ¿Por qué él se lo lleva todo? Siempre lo tratas con favoritismo. ¿Por qué no me puedo casar yo con ella? —preguntó, desplazando la mirada de su madre a su hermano mayor.

—Tú tienes la misma edad que ella —respondió Maxine con total naturalidad—. Es más probable que se interese por un hombre dos o tres años mayor.

Sin embargo, no le dijo que él acabaría fastidiándolo todo, como siempre. Su hermano era más listo y más ávido. Gabriel era torpe y le interesaban más la droga y la bebida que las mujeres. Alexandre quería dinero, que les sería de utilidad, y tenía menos probabilidades de fracasar que su hermano pequeño.

—Te daremos una tajada de lo que saquemos —le aseguró su madre.

—No fue así cuando Charles murió —le recordó Gabriel.

—Con lo que me dieron aquellos tacaños de mierda no tenía ni para mí, como para daros a vosotros dos. Pero os he traído aquí, ¿no?

Gabriel asintió con la cabeza y se sirvió otra copa de vino mientras escuchaban el plan de su madre.

—Así que nuestro objetivo es que Alexandre se case con ella y la deje embarazada, no nos importa en qué orden. El plan alternativo consiste en que ella nos pague el valor de la mitad de la bodega para librarse rápido de nosotros. No estoy segura de que lo haga. Es posible que piense que puede aguantar más que nosotros. Tendremos que hacerle la vida imposible para convencerla y digo «imposible» en todos los sentidos: física, psicológica y económicamente. Yo voy a empezar enseguida. Alex, tú ya sabes lo que tienes que hacer. Tu papel en este asunto es sencillo: a ti te toca la parte divertida. Luego puedes divorciarte de ella y vivir de su dinero para siempre.

—¿Y si quiere seguir casado con ella? —preguntó Gabriel, pero madre e hijo hicieron caso omiso de su pregunta al considerarla ridícula.

¿Por qué iba a seguir casado cuando no tenía ninguna razón y podía sacarle una fortuna igualmente? Los tres tenían ideas afines, estaban cortados por el mismo patrón y los motivaba la codicia.

—No estás enfocando esto de la forma correcta, ¿sabes? —dijo Alexandre a su madre, entornando los ojos mientras lo pensaba—. ¿Por qué has de conseguir que ella te pague para que te vayas? Su padre te dio carta blanca para que te quedases los próximos diecisiete meses. Esa bodega es una mina de oro. Quédate y sácale todo lo que puedas. Tendrás acceso a las cuentas, supongo. Creo que podemos ganar mucho dinero. Aprovéchalo al máximo y luego mira si está dispuesta a pagarte para que te vayas. Pero primero saca todo lo que puedas, no te limites a trincar la pasta y huir.

Maxine lo pensó un momento y se preguntó si él estaba en lo cierto. Christophe la había nombrado codirectora durante el próximo año y medio. Eso era mucho tiempo para ganar dinero a espuertas si se lo montaba bien. Alexandre podía ayudarle; era lo bastante listo para que no los pillasen.

—Lo pensaré —concedió Maxine. A continuación rio mientras se servía otra copa del vino de Christophe—. Es una lástima que no podamos cargárnosla, pero es demasiado hasta para nosotros. Si muere sin hijos antes de cumplir los veinticinco, recibiré la mitad de todo lo que le dejó su padre. Y eso es un poco excesivo incluso para mí. Bueno, mi querido Alexandre, de ti depende seducirla y casarte con ella. Mientras tanto, les sacaremos a ella y a la bodega todo el dinero que podamos. Tenemos tiempo. Centrémonos en el romance, no en el asesinato, aunque reconozco que me encantaría estrangularla por lo que acaba de heredar. No se lo merece. Es muy afortunada de haber tenido un padre así. Ahora solo tenemos que conseguir que lo comparta con nosotros. —Maxine volvió a reír y los dos chicos sonrieron—. Y si accede a pagarme la mitad del valor de la bodega, tendremos la gentileza de irnos. Si no, nos quedaremos y Alexandre podrá usar sus encantos con ella.

—Debería volver a Francia para los exámenes —se quejó Gabriel.

—Vas a suspenderlos de todas formas y aquí tenemos cosas más importantes que hacer —le dijo su hermano.

Maxine parecía satisfecha. Camille era lista y valiente, pero no estaba a su altura y era una presa fácil. Alexandre sonreía. Para él la diversión estaba a punto de empezar.

Cuando Camille entró en la casita, Simone estaba leyendo tranquilamente con un cigarrillo en la mano.

—¿Cómo te ha ido hoy? —le preguntó la anciana, preocupada. Estaba al tanto de que ella y Maxine habían tenido una reunión con el abogado—. ¿Alguna sorpresa desagradable?

Sabía por su provecta edad que siempre era un misterio lo que podía aparecer en un testamento: amantes ocultas, hijos ilegítimos, parientes desaparecidos hacía mucho que el fallecido se había olvidado de eliminar del testamento años atrás. Sin embargo, Christophe no le parecía un hombre con secretos; demasiado confiado y sentimental quizá, pero dudaba que tuviera una vida oculta.

—Algunas —contestó Camille dejándose caer en el sillón de cuero gastado al lado de ella. Choupette saltó sobre su regazo meneando la cola. Se habían hecho buenas amigas desde la llegada de Simone—. Mi padre dijo que Maxine puede quedarse en el château diecisiete meses, hasta que yo cumpla veinticinco años, y quiere que lleve la bodega conmigo para «prestarme apoyo y ayudarme a tomar buenas decisiones». Ella me ha propuesto que le pague para que se vaya. Quiere mucho dinero. Millones. Me ha dicho que quiere la mitad del valor de la bodega, pero no pienso dárselo. No veo por qué debería hacerlo para librarme de ella un año y medio antes.

Simone se quedó pensativa cuando Camille dijo esto último. Ya había oído una historia parecida tras la muerte del último marido de Maxine.

—Eso es lo que hizo con sus hijastros en Francia. Amenazó con demandarlos y con intentar anular el testamento, pero al menos en ese caso había estado casada con Charles diez años. No creo que aquí tenga mucho poder después de tres meses. Tú eres la heredera de tu padre, pero puede que te dé bastante la lata para hacer que le pagues. —Conocía bien a su hija—. ¿Le ha dejado él algo?

No veía por qué Christophe debía legarle algo después de solo unos meses de matrimonio, pero era un hombre generoso.

—Cien mil dólares —le confesó Camille—. No es mucho comparado con lo que vale la bodega y ella lo sabe. Mi padre la incluyó en el testamento justo antes de que se casasen y, como no creía que ella necesitase dinero, lo hizo solo como un regalo de carácter simbólico.

—Pues estaba equivocado —dijo Simone, y apagó el cigarrillo.

Tenía ceniza en la parte delantera del vestido. No se había peinado desde que se había levantado por la mañana ni tampoco se había molestado en quitarse las botas de goma. A Camille había llegado a gustarle mucho su particular aspecto y el familiar olor a humo que había a su alrededor.

—Maxine siempre creó la impresión para mi padre de que tenía mucho dinero y de que había sacado un buen pellizco en el acuerdo con sus hijastros, aunque ella creía que se merecía más.

—No creas todo lo que oyes. Te lo dije. Apenas podía pagar el alquiler. Yo debía tres meses cuando me fui de Francia. Y la situación de los chicos no es mejor. El otro día me enteré por Gabriel de que Alexandre está muy endeudado, lo que no me sorprende. No lo dudes, querrá sacarte todo lo que pueda si puede agarrarse a algo legalmente y, si no, intentará amenazarte para que se lo des. Es su estilo. Tendrás que ser fuerte —dijo Simone con firmeza y fue a ver cómo iba una olla que tenía en la cocina. Cuando levantó la tapa, la habitación se llenó de un aroma maravilloso. Era *coq au vin* preparado con vino de Christophe—. Es un crimen cocinar con un vino así, pero le da un sabor muy bueno a la comida —añadió, y sonrió a Camille, que estaba tan cansada que ni siquiera tenía ganas de comer. Pero Simone sirvió dos raciones con un cucharón en sendos platos hondos y le dijo a la joven que se sentase a la mesa—. Necesitarás fuerzas para enfrentarte a mi hija —le recordó.

Camille sabía que era cierto. Maxine no se detendría ante nada para conseguir lo que quería. Nadie lo sabía mejor que su madre y ahora Camille también era consciente de ello.

—El otro detalle que mi padre incluyó en el testamento —siguió explicándole a Simone mientras comían— es que si muero antes de cumplir los veinticinco sin hijos, la mitad de todo lo que mi padre me ha dejado será para ella. Si tengo un hijo o varios, todo será para ellos. Pero si muero sin descendencia durante los próximos diecisiete meses, la mitad del patrimonio es de ella y el resto irá a parar a la familia francesa de mi padre. Si me muero después de cumplir los veinticinco, Maxine no recibirá nada y saldrá del mapa. Hasta entonces puede vivir aquí, llevar la bodega conmigo, sacarme de quicio, puedo pagarle el chantaje para que se vaya o puede heredar la mitad de todo si me muero antes.

Camille enumeró las distintas opciones de forma realista, después de haber pensado en ellas todo el día, y Simone frunció el ceño mientras escuchaba. No le gustaba ninguna de las posibilidades que tenía delante su joven amiga y, en el peor de los casos, Christophe podía haber firmado la sentencia de muerte de su hija sin ser consciente de ello. Pero Simone creía que ni siquiera Maxine era lo bastante atrevida o malvada para llegar a matar a su hijastra. Era una chantajista y una ladrona, pero no una asesina. Era codiciosa, pero no estaba loca. A Simone le tranquilizaba saberlo. Mientras la anciana pensaba esto, Camille le dio un trocito de pan a Choupette a escondidas.

—Y si se casa, ¿puede quedarse? —inquirió Simone con curiosidad.

—No —respondió Camille—. Si contrae matrimonio o quiere vivir con un hombre, tiene que marcharse de inmediato.

—Tu padre hizo bien en incluir ese detalle —afirmó Simone en señal de aprobación—. Empezará a buscar marido pronto.

Conocía bien a su hija. Aun así, no le gustaba la idea de que si Camille moría sin hijos en los próximos diecisiete meses, Maxine heredaría la mitad de todo. Era una tentación poderosa para personas como ella y sus hijos. La idea tuvo preocupada a Simone durante toda la cena y hasta bien entrada la noche, mucho después de que Camille hubiese vuelto al château para acostarse y dormir. No creía que Maxine fuese capaz de matarla, pero nunca se sabía lo lejos que podía llevar la avaricia a alguien desesperado por conseguir dinero. El futuro a largo plazo de Maxine se había esfumado con el avión. Tenía diecisiete meses de confort por delante; después nada, a menos que acosase o chantajease a Camille para que le diese suficiente dinero con el que asegurar su futuro.

Simone se quedó levantada casi toda la noche acariciando

a Choupette y pensando en su hija, preguntándose de qué era capaz y lo lejos que se atrevería a llegar para lograr alcanzar sus fines.

A la mañana siguiente, Camille se sorprendió cuando uno de los asistentes de su padre le dijo que Maxine estaba en un despacho al final del pasillo y reparó en que uno de los grandes libros de contabilidad no se encontraba en la mesa de detrás de su escritorio donde los guardaban.

Recorrió el pasillo para ver qué tramaba Maxine y qué hacía allí. La encontró sentada a una mesa con Cesare y Alexandre a un lado y a otro, mientras el primero les explicaba el sistema de contabilidad.

—¿Qué haces aquí? —preguntó Camille a Maxine en tono firme, y miró a Cesare con desdén.

Aquel hombre no había tardado nada en traicionarla. Su padre no llevaba muerto ni una semana.

—He venido a trabajar, a dirigir la bodega contigo, tal como quería tu padre —respondió Maxine, inocente. Llevaba una falda azul marino, una blusa de seda blanca y tacones altos, y tenía un aspecto formal tras la mesa—. Cesare me está explicando cómo funcionan los libros de contabilidad.

—Está todo informatizado. Los libros solo eran una concesión a mi padre, en homenaje a cómo se hacía en Francia. No es necesario que les dediques tiempo —dijo Camille con serenidad, acercándose a ellos—. ¿Y qué hace Alex aquí?

—Lo he contratado para que colabore conmigo. Trabajó en un banco y tiene muy buena cabeza para los números.

—Seguro que sí —comentó Camille fríamente. Sabía que no podía mostrar debilidad ni por un solo momento. Maxine estaba empezando a hacer lo que había prometido: convertir su vida en un infierno—. No puedes contratar a nadie, salvo a título personal y de tu bolsillo. Estás aquí para «apoyarme» y para ayudarme a tomar buenas decisiones, no para dirigir la bodega. Eso puedo hacerlo yo sola. —Era una tarea impresionante, pero la habían formado para llevarla a cabo desde que nació—. Y no puedes contratarlo. Es un inmigrante ilegal. No tiene visado para trabajar en Estados Unidos. Te lo dije, aquí no contratamos a ilegales.

—Voy a conseguirle un visado de estudiante —replicó Maxine con suficiencia—. Va a apuntarse a clases de enología en la Universidad Estatal de Sonoma.

Camille se quedó sorprendida al oírlo. Cesare se lo había propuesto unos minutos antes como la mejor forma de introducir a Alexandre en el negocio. De ese modo podrían contratarlo como becario durante el siguiente año y medio, y es posible que incluso les dieran créditos para sus clases. A Maxine le había encantado la idea. Ahora que Christophe ya no estaba se había declarado la guerra abierta entre Cesare y Camille. Aquel hombre había profesado lealtad a su padre, pero nunca a Camille ni a Joy, que le echaban la bronca por las cuentas de gastos que inflaba y las pequeñas cantidades de dinero que robaba. Su nueva defensora era Maxine, que tenía planes a una escala mucho mayor.

Camille no hizo más comentarios y le pidió a Cesare que acudiese de inmediato a su despacho. Sin embargo, ellos habían ganado el primer asalto. Conseguirle a Alexandre un visado de estudiante y apuntarlo a clases en la universidad había sido una idea brillante. Cesare entró con total calma en el despacho de Camille media hora más tarde y se sentó frente a su mesa, cara a cara. No se había dado ninguna prisa por llegar allí y su actitud era desafiante mientras la miraba con desprecio.

—No has tardado mucho en traicionar a mi padre —dijo ella sin ambages, con los ojos llenos de furia—. ¿Qué haces con esa gente? Si les ayudas a estafarme o a engañarme, la bodega que tanto quieres saldrá perjudicada. Piénsalo.

—Yo quería a tu padre. Ella es su mujer y él se ha marchado —replicó Cesare obstinado.

—Y ellos también se irán pronto. Si me traicionas de alguna forma, lo nuestro no acabará bien. Yo soy la dueña de la bodega, no ella.

—Eso no es cierto —gritó él a Camille—. Él le dejó la mitad —dijo con firmeza.

Era evidente que se había aliado con el bando equivocado, pero se negaba a reconocerlo, y al parecer Maxine le había mentido diciéndole que ahora era la dueña de la mitad de la bodega.

—¿Es eso lo que te ha contado? —preguntó Camille, con una expresión de asombro—. Ella ocupa un puesto temporal en la empresa hasta que yo cumpla veinticinco años y entonces se irá. ¿Quieres que destruya todo lo que mi padre construyó? Además, su hijo no pinta nada aquí. Estás cometiendo un gran error, Cesare.

Pero Maxine le había prometido una gran cantidad de dinero si la ayudaba a hacerse con las riendas. Esa misma mañana le había dado un cheque por valor de veinticinco mil dólares de su cuenta personal, procedente del dinero que había heredado de Christophe. Le salía a cuenta pagarlo si Cesare se convertía en su agente secreto y su espía, y él se había creído todo lo que le había dicho. Ella era muy persuasiva cuando quería y había convencido a Christophe, que era mucho más listo que Cesare.

—No te creo —espetó el hombre a Camille mientras se dirigía hacia la puerta—. Tú y tu madre me habéis acusado falsamente durante años. Tu padre nunca os creyó. Su nueva esposa es una mujer inteligente que sabe lo que hace.

—No tiene ni idea del negocio.

A Camille le horrorizaron sus palabras, así como el hecho de que Maxine y Alex hubiesen conseguido seducirlo. Ya se había confabulado con ellos.

Camille se movía entre la gente con expresión de aturdimiento. Se detuvo un momento a hablar con Phillip y Francesca, aunque luego no recordaría con quién había conversado. Simone había permanecido discretamente en una esquina, observándola, por si Camille la necesitaba, y subió por la colina a su lado hasta el château cuando el acto terminó. Ninguna de ellas quiso volver en coche. Además, en lugar de ir a casa, Camille rodeó el château por el estrecho sendero que pasaba entre los árboles y se fue con Simone hasta su casita. Sentía que ella era ahora la única pariente que le quedaba. Camille se dejó caer en uno de los dos grandes sillones de cuero y se quedó sentada acariciando a Choupette cuando la perra saltó sobre su regazo.

—Has preparado una bonita ceremonia para tu padre —dijo Simone con dulzura, y le dio una taza de manzanilla para calmarla.

Camille bebió un sorbo y cerró los ojos. Todo lo que había pasado era inconcebible. Hacía solo unos días él estaba vivo y ella se había despedido de él con un beso la mañana de su partida. Daba gracias por haberlo hecho ahora que él ya no estaba. Y a partir de entonces iba a tener que aguantar a Maxine y sus hijos. La perspectiva de vivir los siguientes diecisiete meses con ellos se le antojaba una pesadilla de proporciones épicas.

Al día siguiente Camille vio a Cesare saliendo del château en una de las furgonetas de la bodega mientras volvía a casa andando desde el trabajo. Lo saludó con la mano, pero no le sonrió. No estaba contenta con él y su repentino cambio de lealtad hacia Maxine y Alexandre. Se preguntó qué había estado haciendo en la casa, pero se olvidó del asunto cuando fue a visitar a Simone y se quedó a cenar con ella. Cada noche era una sorpresa compartir mesa con ella, pues le preparaba todos sus platos favoritos de la gastronomía francesa. Camille siempre le decía que era como cenar cada día en el mejor restaurante francés de estilo campestre.

Al día siguiente, mientras volvía andando a casa, Camille vio que Cesare bajaba otra vez en furgoneta. Se preguntó si había estado visitando a Maxine en el château por otro motivo. A veces él supervisaba las reparaciones de la finca, pero no le constaba que hubiesen hecho ninguna en la propiedad ni tampoco en el château.

Pasaron dos semanas enteras hasta que descubrió el nuevo proyecto de Maxine al ver un camión lleno de muebles viejos que pasaba por delante del château. En el almacén principal de la bodega guardaban gran cantidad de mobiliario de segunda mano. Tenían dependencias de verano para los temporeros y a veces los usaban para amueblar un barracón o unas cabañas, pues les resultaban útiles. Pero no los necesitaban para nada en el château. Al día siguiente preguntó por ellos a Cesare, que le contestó con vaguedades, pero parecía sentirse culpable y acabó confesándolo todo cuando Camille lo acribilló a preguntas sobre el tema. Después de todo, ella era su jefa.

—Maxine está arreglando el establo que hay detrás del château. Creo que lo quiere usar de estudio o algo por el estilo para uno de los chicos —dijo, y acto seguido salió de su despacho.

Sus palabras no tenían sentido. Sus hijos compartían el mejor cuarto de huéspedes del château y parecían contentos allí. El establo hacía las veces de almacén y no lo usaban para albergar caballos desde hacía años.

Esa noche le preguntó a Maxine al respecto.

—¿Qué estás haciendo con el establo? No lo estarás usando de almacén, ¿verdad? Deberías haberme preguntado.

No quería que lo llenase de trastos.

—Me pareció que podría llegar a ser una bonita casa de

huéspedes —respondió Maxine sirviéndose una copa de vino.

Camille se había fijado en que últimamente bebía mucho y en que mandaba a Cesare que le llevase cajas de las mejores añadas. Ella y los chicos las consumían muy rápido y, cuando Camille se encontraba con ella por las noches, siempre tenía una copa en la mano. Pero en ese momento hablaba con coherencia.

—No puedes usarlo como casa de huéspedes con los pesebres —le explicó Camille—. Y no quiero tener a los temporeros inmigrantes aquí arriba. Tenemos viviendas para ellos al pie del valle.

Camille sospechaba que se aburría en la oficina y que probablemente no tenía nada que hacer, de modo que ahora le había dado por la decoración. Pero era un sitio extraño para dedicarse a ello. Camille no se imaginaba pasando allí una sola noche, y la ducha, el váter y el lavabo eran muy rudimentarios.

—Hay demasiadas corrientes, menos en verano, y tampoco se puede refrigerar, porque hay un montón de huecos de las paredes. Lo utilizamos como cobertizo, pero está bastante destartalado. Creo que simplemente deberíamos derribarlo —dijo Camille con sensatez.

—Pues a mí me parece una casita muy mona —insistió Maxine.

Camille no tenía ganas de discutir con ella. Si quería decorar un cobertizo, por lo menos estaría entretenida y no haría algo peor.

Pero, por si acaso, Camille salió al día siguiente a echarle un vistazo antes de visitar a Simone. Estaba un poco más lejos en el claro, detrás del huerto de verduras y el gallinero, y le sorprendió ver que estaba recién pintado y que habían sustituido las ventanas rotas que siempre se le olvidaba reparar. Hacía años que no lo utilizaban, de modo que era una de esas cosas pendientes de las que todos se olvidaban. Hacía mucho tiempo que no guardaban caballos en el establo, desde que Camille era niña y tuvieron un poni allí porque estaba cerca de la casa.

Se dirigió a la puerta principal y la encontró abierta; entró con cautela, sin saber lo que hallaría en el interior, si el lugar era sólido o si un murciélago se lanzaría sobre ella después de tanto tiempo de abandono. Pero se topó con las paredes recién pintadas de blanco y los muebles viejos y gastados que destinaban a los trabajadores desperdigados sin orden ni concierto por la estancia. El suelo no estaba alfombrado y no había cortinas en las ventanas. El pequeño cuarto de baño estaba limpio, pero era viejo y rudimentario; había un fregadero con una pequeña encimera y un microondas en lugar de cocina. A Camille le dio la impresión de que alguien iba a acampar allí, pero no se le ocurría quién. Parecía la clase de refugio, fuerte o casa en el árbol que unos adolescentes montarían para escapar de sus padres. Una especie de club para chicos desesperados. Y en el suelo todavía había heno que le hizo estornudar. Aquel espacio habría servido para los temporeros, pero estaba demasiado lejos de las viñas, y a su padre no le gustaba que vivieran tan cerca del château. Se encontraba muy próxima a la casita de Simone y una de sus gallinas pasó por delante de ella en el preciso momento en que Camille cerraba la puerta. Cuando llegó a la casita le preguntó a la anciana por el asunto.

—¿Has visto a gente trabajando en el establo? —inquirió, y Simone asintió con la cabeza.

—Han estado yendo y viniendo un par de semanas con muebles y cosas. Lo pintaron la semana pasada. Pensaba que lo sabías.

Camille negó con la cabeza.

—Debe de ser cosa de Maxine —aventuró la joven, y Simone coincidió con ella.

—Estuvo indicándoles dónde poner los muebles. ¿Es bonito? He intentado echar un vistazo a través de las ventanas, pero soy demasiado baja. —Simone sonrió.

—La puerta está abierta si quieres entrar. Solo hay un montón de muebles viejos que guardamos en el almacén para los temporeros. Haría falta mucho trabajo para reparar el establo, pero ya no lo usamos. Sería un bonito estudio de arte, es muy luminoso. Podrías pintar allí —propuso, pues Simone pintaba sus pequeños lienzos en la cocina, pero ella no necesitaba un establo entero, ni siquiera uno pequeño.

—Le echaré un vistazo cuando salga al gallinero —dijo, y se olvidaron del asunto.

Resultó ser un misterio que no necesitaron resolver hasta el fin de semana siguiente, cuando Maxine le dijo a Camille que tenía una sorpresa para ella. Se mostró inusitadamente simpática y se ofreció a llevarla en coche, Camille aceptó con cautela. Subió al coche de su madrastra y en menos de un minuto se detuvieron delante del pequeño establo, al que también se podía acceder desde la carretera.

—Lo vi el otro día —reconoció la joven al bajar del vehículo—. Has mandado que lo pinten. ¿Qué vas a hacer con él? —preguntó mientras Maxine cruzaba la puerta y Camille la seguía.

En los últimos dos días habían incorporado un sofá raído y un escritorio, además de unas maltrechas mesillas de noche con lámparas disparejas junto a la cama.

—Pensé que te apetecería tener un poco de espacio para ti sola —dijo Maxine en tono pomposo con una falsa sonrisa—. Debes de estar harta de compartir el château con nosotros —añadió con fingida y burlona comprensión mientras Camille la miraba con expresión de desconcierto.

—¿Qué quieres decir con eso? —Camille no entendía nada.

—Los pobres chicos están muy apretados en su cuarto. Se están poniendo de los nervios y se pelean a todas horas. Son demasiado mayores para compartir habitación y Gabriel se muere de ganas de instalarse en tu habitación, solo hasta que se vaya. Necesitan urgentemente la planta para ellos solos y a ti no te conviene compartirla con dos hombres. —Maxine había convertido el otro cuarto de huéspedes en su despacho cuando se mudó y no tenía intención de renunciar a él—. Pensé que te parecería divertido estar aquí fuera una temporada. Te pondremos calefactores, cómo no. Estarás bien calentita. —Sonreía y parecía estar encantada con sus palabras, mientras Camille la miraba fijamente.

—No estarás hablando en serio, ¿verdad? ¿Por qué no duerme Gabriel aquí?

Por las noches llegaba a casa tan borracho que podrían haberlo metido en cualquier parte.

—Es alérgico a todo lo que crece. Al cabo de una hora estaría en el hospital. Aquí hay demasiados arbustos; enfermaría enseguida.

—Yo también. Maxine, mi padre dijo que podías quedarte en el château conmigo y fue un detalle generoso por su parte. Podría haberte obligado a marcharte tras su muerte. Pero no dijo nada de que pudieras echarme, darle a tus hijos mi habitación y trasladarme a un establo detrás del château.

—Será solo durante una temporada —repuso Maxine en tono tranquilizador—. No se quedarán aquí para siempre. —Ni ella tampoco, afortunadamente, pensó Camille. Pero diecisiete meses en aquel frío establo era mucho tiempo, con calefactores o no—. Mi madre duerme en una casita justo al lado. ¿Por qué no puedes conformarte con esto?

Sus palabras hacían que todo aquello pareciese muy sensato cuando en realidad era indignante.

—Porque vosotros tres vivís en mi casa. Yo soy la dueña. Y esto no es lo que mi padre quería —le espetó Camille con determinación mientras Maxine adoptaba una mirada de acero.

—Tu padre ya no está aquí, ¿verdad? Pero yo sí. Mis hijos son hombres adultos. Tú no necesitas una habitación del tamaño de la tuya; ellos sí. Lo mínimo que podrías hacer es ser hospitalaria con tus hermanastros. Son tus invitados.

—Ya no son mis hermanastros. Ni tú eres mi madrastra. Mi padre se ha ido.

—Sí, exacto. Eso es justo lo que quiero decir. Él se ha ido y yo estoy aquí. Y de momento dormirás aquí fuera. Como parece que le tienes tanto cariño a mi madre, podrás pasar más tiempo con ella. Y ahora ve a recoger tus cosas y a vaciar la habitación. Mañana te quiero durmiendo aquí.

Camille comprendió que hablaba en serio. Estaba echándola literalmente de su propia casa. Y cuando se dio cuenta de ello, sus ojos se llenaron de lágrimas y se sintió otra vez pequeña y vulnerable y totalmente a merced de aquella mujer malvada y manipuladora, dispuesta a hacer todo lo que estuviese en su mano para doblegarla. Una vez más, Cesare estaba al tanto de todo y se lo había puesto en bandeja. Se había confabulado con ella para expulsar a Camille de su casa.

—Maxine, sé razonable —dijo, tratando de que abandonase la ridícula idea de instalarla en un establo.

No podía estar hablando en serio y, sin embargo, Camille advertía a las claras que así era. Maxine tenía la fuerza y la edad de su parte, y la disposición a tomar medidas extremas para lograr sus objetivos.

—Soy razonable —contestó ella con expresión maliciosa—. Y si tú fueses sensata e hicieses un trato conmigo, estaría encantada de largarme con mis hijos. Hasta que llegue ese día, puedes dormir aquí. Espero que te guste. El aire fresco te sentará bien.

Y, a continuación, antes de que Camille pudiese decir una palabra más, se montó en su coche y se fue. La joven se la quedó mirando y luego fue a la casita de Simone dando traspiés, cegada por las lágrimas. Se sentía como si volviese a ser una niña. Encontró a la anciana con un cigarrillo en la comisura de los labios, guiñando un ojo para evitar el humo, mientras pintaba un jarrón con flores silvestres. Simone vio que estaba llorando y dejó lo que estaba haciendo para consolarla.

—¡Me va a echar de casa! —dijo Camille con una mezcla de desesperación e indignación. Se sentía impotente y desolada—. Hasta que le pague lo que quiere para irse, me va a hacer dormir en el establo de los caballos.

Simone se escandalizó. Daba la impresión de que su hija estaba dispuesta a todo. Parecía que a Camille le diese vergüenza confesárselo. No sabía a quién recurrir ni tenía aliados contra Maxine.

—¡Eso es absurdo! Por el amor de Dios, tú eres la dueña de todo —exclamó Simone, frustrada.

Pero la legalidad y la propiedad no significaban nada para Maxine, como había demostrado anteriormente.

—Eso mismo le he dicho yo, pero al parecer no quiere dejarme dormir allí. Dice que los chicos están demasiado «apretados» en el cuarto de huéspedes, cosa que no es cierta, y que Gabriel quiere mi habitación. Ella está utilizando el otro cuarto de huéspedes como despacho y tampoco piensa dejarlo. Así que le va a dar a Gabriel mi habitación para que esté «cómodo». Dice que necesita más espacio.

—Lo dudo. Cuando se acuesta está tan borracho que dormiría en una cabina de teléfonos con un alce.

Camille rio al oír su comentario, pero la situación no tenía gracia. El monstruo con el que su padre se había casado imprudentemente la estaba echando de su propia casa y no tenía ni idea de cómo pararle los pies. Tenía la sensación de que si se negaba a irse del château, Maxine haría que la sacasen por la fuerza, y en cierto sentido se preguntaba si estaría más segura fuera de casa y lejos de aquellos jóvenes borrachos. También debía tener eso en cuenta.

—Solo quiere echarte de casa para castigarte —dijo Simone con una expresión de furia—. Es otra forma de torturarte. ¡Y se le da muy bien! —añadió, deseando defender a Camille y protegerla de Maxine, pero sin saber cómo.

—Me siento como si estuviese viviendo una pesadilla o algún horrible cuento de hadas. Me siento como Cenicienta siendo expulsada de mi propia casa por la madrastra malvada para que mis feos hermanastros se queden con mi habitación. Solo faltan la calabaza y los ratones —comentó Camille con tristeza, mientras Simone le sonreía.

—No te olvides del apuesto príncipe azul y del hada madrina —apuntó, bromeando para restar importancia a la situación, aprovechando que Camille había sacado el tema—. Y necesitamos unos zapatitos de cristal.

—Lo que necesitamos es librarnos de la madrastra malvada —replicó Camille—. ¿Qué le pasaba al final del cuento?

—No estoy segura. Creo que desaparecía. Alguien la tiraba al río o algo por el estilo y se derretía.

—Creo que esa es la bruja de *El mago de Oz*, la de los chapines de rubíes y la cara verde.

—Puede que tenga que lanzarle un hechizo para la cara verde —dijo Simone, y la abrazó—. Supongo que siempre puedes negarte a mudarte al establo —añadió suspirando.

—¿Y qué hará ella entonces? ¿Dejarme en la calle de noche? No quiero comprarla, Simone. No se lo merece. Mi padre trabajó muy duro para conseguir lo que tenía. No quiero malgastarlo pagando una fortuna para librarme de ella. Y quiere la mitad del valor del negocio. No puedo hacer eso. —Camille se mostró firme en su resolución.

—No, no se lo merece —coincidió Simone—. Es exactamente lo que pasó con la familia de Charles en Francia. Los sacó de sus casillas hasta que le pagaron. No consiguió lo que ella quería, aunque algo se llevó. Pero diecisiete meses es mucho tiempo para vivir atormentada por ella.

—Soy más fuerte —dijo con determinación—. No pienso rendirme ante ella, se lo debo a mi padre. Él no querría que lo hiciese. Acabaremos ganando. Pero no soporto darle mi habitación a ese desgraciado. Aunque creo que ella me sacará por la fuerza si me niego.

—El único motivo que veo para que te vayas es que puede que estés más segura lejos de mis horribles nietos. Yo te ayudaré a mudarte mañana, si finalmente decides hacerlo —propuso Simone con tristeza, disgustada.

Pero tampoco veía cómo podía presionarlos Camille para quedarse en casa. Los chicos eran más corpulentos y más fuertes que ella, en caso de que Maxine les mandase echarla por la fuerza. Y no había nadie que pudiese intervenir; desde luego, Simone no.

—Me marcharé de momento. Pero tenemos que pensar una forma de que se vuelvan las tornas —dijo Camille acariciando a Choupette.

Simone la observó y odió a su hija por lo cruel que era.

Esa noche Camille recogió sus cosas de su habitación sintiéndose furiosa e impotente, cerró con llave los armarios que no quería que registrasen, tomó sus libros y fotografías favoritos, sobre todo de sus padres, y a la mañana siguiente se trasladó al pequeño establo con la ayuda de Simone. Camille estaba decidida a sacarle el máximo partido. Fueron en coche a St. Helena a comprar flores, encontró una alfombra en una tienda de antigüedades y, por la tarde, Camille se había establecido en su nueva morada, un establo de su propia finca, mientras su madrastra y sus hermanastros se hallaban cómodamente instalados en su château. Nadie habría podido creerse esa situación. Simone abrió la puerta mientras la seguía una gallina y Choupette entró en la habitación dando saltos. El lugar parecía ahora realmente bonito con las cosas que Camille había llevado, pero seguía resultando absurdo que se mudara allí. Y Maxine había vuelto a ganar. Por ahora. A los buenos no les iba bien de momento, pero los días de Maxine en el trono estaban contados. Aquel suponía el único consuelo de Camille cuando echaba un vistazo al establo que era ahora su hogar. No alcanzaba a imaginar lo que habría dicho su padre. No se lo habría creído.

13

Después haber sido expulsada de su hogar y de pasar a vivir en un establo, Camille se volvió más dura con todos en la oficina, donde sabía que mandaba. Con independencia del título de Maxine o de las condiciones estipuladas en el testamento de su padre, esta no sabía nada sobre la gestión de una bodega y Camille sí. Lo vigilaba todo estrictamente y estudió con atención las cuentas de Cesare. Detectó una irregularidad y una cantidad de dinero considerable no justificada y fue a su despacho para tratar el asunto con él. Cuando llegó la puertà estaba cerrada. Llamó y la abrió enseguida, y lo que vio la dejó anonadada. Cesare tenía unos fajos de billetes sobre la mesa y estaba repartiéndolos entre Maxine, Alexandre y él. Los tres alzaron la vista como niños cogidos en una travesura y rápidamente él guardó el dinero en el cajón, mientras Alex se metía un grueso rollo de billetes en el bolsillo y Maxine cerraba su bolso con expresión altiva.

—Esto no se va a quedar así —les dijo Camille en tono furibundo.

Le pidió a Cesare que fuese a su despacho, mientras Maxine y Alex salían de la estancia sin decir palabra. Era evidente lo que estaba pasando. Cesare estaba robando dinero de la bodega y compartiéndolo con ellos. Y aunque las cantidades no eran muy grandes, la simple idea de que le estuviese robando sin ocultarse la ponía enferma, no solo por ella, sino por su padre, que se había pasado años defendiéndolo. Y el hecho de que Maxine y Alex compartiesen con él el dinero era la guinda de un pastel muy amargo. Vivía y trabajaba entre ladrones. Los tres no eran más que unos delincuentes comunes.

Cesare la siguió a su oficina con cara de enfado y explotó de inmediato.

—¿Qué derecho tienes a entrar en mi despacho y a comportarte como si fueses la policía? Crees que el mundo es tuyo porque tu padre te dejó esta bodega. No sabes lo que haces y vas a llevarla a la ruina —vociferó, y ella le lanzó una mirada gélida.

—Estás despedido.

Le lanzó las dos palabras como si se tratase de piedras.

—No puedes hacer eso. Ahora necesitas el permiso de Maxine para hacer cualquier cosa —dijo él con seguridad.

—No, no me hace falta. Puedo aceptar su consejo si quiero. Y en este caso, lo rechazo. Estás despedido. Eres un ladrón y un mentiroso. Mi padre estaría indignado si pudiese verte ahora.

Por mucho talento que tuviese Cesare para los vinos, Christophe tampoco habría tolerado el robo flagrante a ese nivel.

—Trabajaré para ella —amenazó Cesare—. Algún día será la dueña de este sitio.

—Estará fuera de aquí dentro de dieciséis meses. Y más vale que tú no estés aquí en dieciséis minutos o llamaré a la policía. Voy a encargar a una empresa de contabilidad una auditoría de nuestros libros para que busquen fondos malversados y, como encuentren algo, Cesare, pienso presentar cargos contra ti. Yo de ti huiría bien lejos.

Él vaciló un largo instante y ella vio que se le bajaban los humos. Cesare sabía que lo había pillado y Camille se estre-

meció al pensar todo lo que habría robado en pequeñas cantidades a lo largo de los años. Después de la muerte de su padre se había envalentonado con la protección de Maxine. Los
tres se habían vuelto uña y carne y habían estado robándole.
Cesare se había convertido en una fuente perfecta de dinero
en efectivo para ella y su hijo, sin necesidad de ensuciarse las
manos. Camille consultó su reloj.

—Si no te has marchado dentro de cinco minutos, llamaré
a seguridad. Dentro de diez telefonearé a la policía. Te has
pasado de la raya, Cesare. Estás acabado. Recoge tus cosas y
vete.

A él se le llenaron los ojos de lágrimas cuando ella dijo estas palabras y entonces decidió jugar la baza de la lástima, pero
no le dio resultado.

—¿Serías capaz de hacerme eso? ¿Después de lo que he
querido a tu padre durante tantos años? A él se le partiría el
corazón si supiera lo que estás haciendo.

—¡No! —lo cortó ella—. Se le habría partido el corazón
si hubiera sabido lo sinvergüenza que eres. Aquí estás acabado. Y no vayas a buscar a Maxine para que te salve. Esta bodega no es suya, sino mía. Te permitiré renunciar oficialmente a tu puesto, que es más de lo que mereces.

Él empezó a decir algo pero, al ver la expresión del rostro
de Camille, se dio la vuelta y salió. Cinco minutos más tarde
ella vio cómo su jeep abollado se alejaba. Se dirigió al despacho de Cesare y vio que lo había vaciado extraordinariamente
rápido y había dejado todas las fotos de él con su padre sobre
la mesa. Menudo apego. Abrió los cajones del escritorio y en
el último encontró el dinero que estaba repartiendo con madre e hijo. Se sentó y lo contó: había siete mil dólares en efectivo. Lo recogió para llevarlo a contabilidad, cerró la puerta
de golpe con el pie y volvió a su despacho preguntándose
cuánto dinero había sacado de la empresa aquel hombre.

Llamó a la oficina de personal e informó de que Cesare acababa de renunciar a su puesto y ya no era bienvenido en el edificio. Poco después, un murmullo empezó a recorrer los despachos cuando se supo que el responsable de viticultura había dimitido o había sido despedido. Media hora más tarde, Maxine estaba en el despacho de Camille hecha una furia.

—¡Cómo te atreves! —gritó.

—¡Cómo te atreves tú a robarme! —le replicó Camille, pero sin levantar la voz. No le hacía falta. Las tornas se habían vuelto contra su madrastra.

—Solo estábamos saldando unos gastos que había hecho para nosotros.

—¿Dónde están los recibos? —preguntó Camille con frialdad.

—No puedes despedir a un empleado sin mi permiso —le espetó Maxine airadamente.

Esta reacción le confirmó que Cesare había sido una fuente económica para ellos. Por lo menos había puesto fin a eso. Había tenido suerte de sorprenderlos con el dinero en las manos.

—En el testamento no pone nada de eso, sino que estás aquí para ayudarme a tomar buenas decisiones. Y eso es justo lo que acabo de hacer. Sin tu ayuda. Si tú o Alex volvéis a robarme, llamaré a la policía. ¿Está claro?

Maxine casi temblaba de ira y frustración. Salió del despacho de Camille como un huracán y se cruzó con su hijo en el pasillo.

—Ha despedido a Cesare —le susurró.

Él no parecía sorprendido.

—Me imaginé qué pasaría eso cuando vio el dinero.

No estaba ni de lejos tan disgustado como su madre. El responsable de viticultura le parecía un viejo idiota. Y su madre todavía más por haberle dado veinticinco mil dólares para que le ayudase a amañar los libros. Desde entonces solo le habían sacado unos diez mil dólares.

—No te preocupes, madre. Hay mucho más de donde vino ese dinero. Y tienes tiempo.

—Cesare dijo que ella lo vigila todo.

—Seguro que sí, es lista, pero tú tienes el tiempo de tu lado. No hay prisa. Y, tarde o temprano, puede que te pague lo que quieres. El resto de nuestras ideas darán resultado. —Alexandre sonrió con aire cómplice, aunque el hecho de que su madre la hubiese echado del château la hacía un poco menos accesible que antes. Pero el problema no era insalvable; la chica no estaba lejos.

—No pienso quedarme casi dos años en estos puebluchos —bramó Maxine.

Necesitaba encontrar otro marido, pensó mientras volvía en coche al château. Christophe le había salido rana. Y aunque hubiese seguido con vida, puede que no hubiera sido tan generoso como ella esperaba. Estaba pensando en ello y en los solteros del valle que había conocido cuando Alexandre llegó a casa, entró en la cocina y se sirvió una copa de vino. Se la bebió de un trago, se sirvió otra y sonrió a su madre.

—¿Por qué estás tan contento? —Maxine supo que tramaba algo.

—Tú preocúpate por sacar todo lo que puedas de la bodega y búscame un nuevo padrastro. Del resto me ocupo yo. —A continuación, subió la escalera para echarse. El vino le había dado sueño.

Esa noche Camille cenó con Simone y le contó lo ocurrido con Cesare. A ella no le sorprendió lo más mínimo. Le dijo que Alexandre también había robado dinero de niño. Ella solía guardar su monedero bajo llave para que no le hurtase el dinero de la compra cuando vivía con ella. El chico siempre estaba robando dinero a sus amigos y lo habían pillado haciéndolo en el banco en el que trabajaba. Le habían dado la oportunidad de dimitir en lugar de presentar cargos contra él, pero corría la voz de que no había encontrado tra-

bajo desde entonces. Era público y notorio que era un ladrón.

Camille había llamado a su empresa de contabilidad y había solicitado una auditoría. No creía que Cesare hubiese sus-
traído grandes cantidades de golpe, o ella lo habría notado,
sino que debía haber habido un movimiento constante de cantidades relativamente pequeñas, sobre todo si le daba dinero
a Alexandre y Maxine.

Estaba indignada con todos ellos y no sabía si debía hablar con Sam y pedirle consejo, pero no quería que él pensase
que no era capaz de llevar la bodega o de controlar a sus empleados. Iba pensando en ello mientras volvía a pie al pequeño establo después de cenar con Simone. Era una noche
fría, pero gracias a los calefactores se mantenía una temperatura agradable. Tenía cuidado de apagarlos antes de dormirse
para no provocar un incendio en aquella vieja construcción
de madera que era poco más que una choza.

La casa estaba a oscuras cuando entró y, al encender la
luz, le sorprendió ver a Alexandre sentado en el sofá. Había
estado esperándola en la oscuridad.

—¿Qué haces aquí? —le preguntó, asustada, aunque no
quería que se le notase.

Él parecía borracho e inestable cuando se puso de pie. Era
alto y apuesto, pero ella sabía lo despreciable que era. Su atractivo no compensaba su carácter, como también le pasaba a su
madre. El único que se había dejado engañar por ella había
sido Christophe.

—Estaba esperándote —dijo Alex mientras se dirigía a
ella, haciendo eses ligeramente, e intentó sobarle los pechos
cuando estuvo lo bastante cerca para tocarla.

Ella dio un paso atrás, temiendo que fuese a violarla o
algo peor. De repente comprendió que si la mataba, Maxine
recibiría la mitad de todo. Al principio no había sido consciente de que esa cláusula del testamento de su padre era una

posible sentencia de muerte para ella e ignoraba lo lejos que aquella familia estaba dispuesta a llegar.

—Vuelve a casa —le espetó bruscamente, esperando asustarlo.

Pero él se mantuvo impertérrito y se mostró divertido mientras trataba de besarla. A Alexandre le encantaban las escenas de seducción, sobre todo en las que intervenía el uso de la fuerza sobre su víctima. Había estado planeándolo toda la noche, bebiendo sin parar y ni siquiera se había molestado en cenar; había sido un error. El vino le había afectado más de lo que pretendía, pero todavía era consciente de sus actos y de lo que tenía pensado hacerle. Él era fuerte y nada iba a detenerlo. Había demasiado dinero en juego. Las puertas del establo no tenían cerradura, de modo que había entrado fácilmente. Camille trató de apartarlo, pero él la arrastró hacia la cama. Era más fuerte que ella y la inmovilizó con facilidad cuando la tuvo en el lecho, y entonces Camille comprendió que lo peor estaba por llegar. Forcejeó con él, lo empujó con todas sus fuerzas y saltó por el otro lado de la cama mientras él la miraba lascivamente. La tenía arrinconada y en sus ojos se reflejaba la victoria.

—Vamos, Camille, sabes que me deseas. Divirtámonos un poco. Aquí me aburro mucho; no lo soporto. Tú y yo haríamos buena pareja.

Se aproximaba lentamente a ella mientras decía esto, tratando de convencerla. Camille saltó encima de una silla y consiguió abrir una ventana que estaba floja a sus espaldas, la deslizó hacia arriba con facilidad. Sin decirle una palabra, saltó por la ventana, cayó en la hierba húmeda y corrió lo más rápido que pudo hasta la casita de Simone. No estaba lejos, y oyó sin parar de correr a Alex gritándole que volviese y luego llamándola «guarra». Cuando cruzó la puerta de Simone sin llamar, la anciana la miró sorprendida y Choupette ladró contenta de verla. Camille estaba sin aliento, se le habían roto los vaqueros en el alféizar de la ventana, y le sangraba la rodilla.

—Santo cielo, ¿qué te ha pasado? ¿Estás bien?

Camille asintió con la cabeza, temblando.

—Alex —dijo y se sentó—. Estaba esperándome en el establo, a oscuras. Estaba borracho, pero me agarró y me tumbó en la cama por la fuerza. Iba a violarme. Me subí a una silla y salté por la ventana, porque las que hay en el establo están a más altura de lo normal.

—Esa gente son unos salvajes —dijo Simone con una expresión de profunda desaprobación—. Me avergüenza ser pariente suya. Puedes quedarte aquí esta noche o todo lo que quieras. Mañana pondremos cerraduras en las puertas y las ventanas del establo. Tal vez deberías llevar encima una pistola.

Simone hablaba en serio y Camille sonrió al oír la propuesta. No quería disparar a nadie, aunque en ese caso resultaba tentador.

—No necesito una pistola. Me compraré un silbato y así tú podrás pedir ayuda si me oyes.

Había pensado llamar a la policía, pero no quería armar un escándalo, ya que en el fondo, fueran cuales fuesen las intenciones de Alexandre, no le había hecho daño; solo le había dado un gran susto.

—Cuando llegue la policía después de que silbes puede que sea demasiado tarde —dijo Simone, con cara de preocupación—. ¿Qué le pasa a ese chico? —Parecía verdaderamente consternada por lo que su nieto le había hecho a su joven amiga, o lo que le habría hecho si ella no hubiese sido tan ingeniosa y más rápida que él.

—Dijo que haríamos buena pareja —le contó Camille, tranquilizándose, mientras Simone iba a por agua oxigenada y una venda para su rodilla.

—¿Y quería demostrarlo violándote?

—Estaba borracho —afirmó ella pensativamente.

Sin embargo, la habría violado si hubiese podido. Estaba segura.

—Eso no es ninguna disculpa.

Ella notaba que Maxine y sus hijos estaban desesperados por hacerse con el dinero que Christophe no les había dejado, fuese por el método que fuese. Había sido un día intenso. Camille había despedido a Cesare y su hermanastro casi la había violado.

—A lo mejor es una buena idea que no vivas en el château con ellos.

La anciana sacó un camisón de flores y se lo alcanzó a Camille. Ella se lo puso en el cuarto de baño y Simone le preparó una taza de manzanilla, que era su remedio para todo. Luego la arropó bien en la cama, cosa que nadie había hecho por ella desde la muerte de su madre. Simone le besó dulcemente la frente y apagó la luz.

—Y ahora a descansar —susurró, y Camille sonrió mientras se quedaba dormida, calentita y a salvo en la cama de Simone.

—Eres mi hada madrina —dijo soñolienta.

Simone sonrió y fue a sentarse a la sala de estar con una copa de oporto y un cigarrillo, sus placeres favoritos, mientras acariciaba la cabeza de Choupette y pensaba en lo malvado que era su nieto. Era clavado a su madre, puede que incluso peor. Y era imposible saber lo que harían a continuación.

14

Al día siguiente Maxine entró en el despacho de Camille y se sentó como si no hubiese pasado nada. Esta se preguntó si sabría que Alexandre había tratado de violarla la noche anterior, pero su rostro no la delató.

—Tengo una idea —dijo alegremente, como si su hijastra y ella fuesen amigas íntimas, algo que estaba bastante alejado de la realidad después de las experiencias de las últimas semanas—. Necesitas un nuevo responsable de viticultura, y Alex está entusiasmado con la industria vinícola y quiere aprender más. Ya sé lo que opinas de contratar a inmigrantes ilegales pero, con su visado de estudiante, ¿qué te parece contratarlo como becario para el puesto? Cuando le consigamos el permiso de residencia, podrá ocupar oficialmente el cargo. He oído que a los trabajadores agrícolas les resulta más fácil conseguirlo —dijo.

Era evidente que escondía algo. Camille empezaba a conocerla y sabía que todo lo que hacía encerraba siempre intenciones ocultas. Nunca era un simple proyecto, sino una trama que al final la beneficiaba de alguna forma. No estaba segura de cuál era esta vez.

—No puedo contratarlo como responsable de viticultura, ni siquiera como becario —repuso Camille, y sonó tan harta y agotada como en realidad se sentía.

Tenía muchas cosas que aprender de la gestión del negocio y de cómo lidiar con toda la responsabilidad, al mismo tiempo que intentaba defenderse de Maxine y sus hijos. Gabriel era inofensivo: o estaba borracho o conduciendo demasiado rápido o en la cama con alguien. Alex era más peligroso y obedecía las órdenes de su madre.

—No tiene ninguna experiencia —explicó— y no puedo poner a un becario en uno de nuestros puestos más importantes. Se requieren años de experiencia en el sector para ser el responsable de un viñedo. Cesare no era honrado, pero conocía su trabajo y ese es el motivo por el que mi padre lo mantuvo en su puesto todo el tiempo que pudo. ¿Y ahora propones conseguirle a Alex el permiso de residencia? —inquirió Camille, que tenía curiosidad por saber cómo pensaba que podía lograrlo su madrastra.

Se tardaba años en conseguir el permiso de residencia y la única vía rápida para obtenerlo era casarse con un estadounidense. Que ella supiese, Alex no estaba saliendo con nadie. Se estremeció al pensar en sus ebrios atrevimientos de la noche anterior. ¿Y si hubiese tenido éxito con su treta? Era una idea aterradora.

—Los dos podríais intimar algún día —propuso Maxine—. Tú tienes casi su misma edad y él es un chico muy guapo. Necesitas un marido que te ayude a llevar el negocio y él, una esposa estadounidense para quedarse en el país y poder progresar.

O sea que lo tenía todo pensado menos el hecho de que él era un sinvergüenza y un canalla y de que había estado a punto de violarla. Todavía le dolía la rodilla que Simone había vuelto a vendarle esa mañana antes de irse a trabajar.

—No creo que fuese buena idea —dijo Camille en voz baja, pues no deseaba despertar su furia ni convertirse en su víctima—. ¿Y qué sacas tú de todo esto? —le preguntó directamente, pues era evidente que formaba parte del trato.

—Seguro que se nos ocurría algo: por ejemplo, un regalito para tu suegra.

De modo que Maxine conseguiría dinero, Alex el permiso de residencia, una esposa rica y todo lo que ella estuviese dispuesta a darle, y Camille se llevaba a un canalla por marido que solo se casaba con ella por el dinero de su padre, además de una suegra infernal. ¡Menudo trato!

—No creo que sea buena idea mezclar familia y negocios. Eso no va a pasar, Maxine. ¿Cuándo vuelven los chicos a Francia? —Y acto seguido añadió—: Puedo contarle a la policía lo que sucedió anoche.

—No tienen prisa —replicó Maxine sin hacer caso a su última frase—. Alex tiene ahora el visado de estudiante, y yo estaré aquí para ayudarte hasta junio del año que viene. Tenemos mucho tiempo para pensarlo todo —dijo despreocupadamente. A continuación informó a Camille de que iba a empezar a organizar fiestas otra vez, como cuando Christophe estaba vivo y ella había querido celebrar más—. Solo unas cenas sin importancia en el château con personas del valle que he conocido.

Si hubiese querido de verdad a su padre, no daría fiestas tan pronto, pensó Camille. Pero, en su mundo, Maxine estaba sin ninguna ocupación y tenía que empezar a buscar a su siguiente marido. Era exactamente lo que Sam había dicho de ella. Y buscaba un pez gordo. Había pescado uno con Christophe, pero la suerte se había girado en su contra, aunque él tenía la mitad de años que su anterior marido.

Había que tener en cuenta que no le estaba anunciando a Camille que iba a invitarla a sus cenas; sino que simplemente la estaba avisando de que iban a tener lugar.

—Y, claro está, organizaré la fiesta del Cuatro de Julio en la bodega.

Camille se imaginaba lo que les costaría, como la lujosa fiesta de Navidad que su padre le había dejado preparar. Pero si servía para mantener la paz entre ellas, estaba dispuesta a volver a sacrificar dinero, aunque le fastidiaba gastar tanto en una celebración solo para que Maxine pudiese presumir y alardear.

—Ya he empezado a organizarlo —dijo al levantarse—. Creo que debería haber fuegos artificiales como en el baile de máscaras de los Marshall. Él viene a todas vuestras fiestas, dado que él y tu padre estaban tan unidos.

Cuando dijo aquellas palabras, Camille comprendió cuáles eran sus intenciones esta vez. Era Sam Marshall quien le interesaba y, de hecho, quien siempre había sido su objetivo: el viticultor más importante, más rico y de mayor éxito del valle, más incluso que Christophe. Sam Marshall era el gran premio. Camille sabía que la cosa no llegaría tan lejos, pero podía intentarlo. Así se libraría de Maxine mientras intentaba cazar a otro marido rico; para ella era una simple decisión profesional. Camille siguió pensando en ello después de que Maxine se fuera de su despacho. Su amenaza de llamar a la policía había surtido efecto sobre su madrastra, aunque hubiese aparentado indiferencia. Cuando esta última volvió al château buscó a Alexandre y lo encontró en el garaje trasteando con el Aston Martin de Christophe.

—¿Qué pasó anoche? —le preguntó echando chispas por los ojos—. ¿Qué le hiciste? —le gritó, pues no había nadie alrededor que los oyese.

—Nada. —Él se encogió de hombros—. Le hice una visita, pero había bebido demasiado vino. —Parecía despreocupado—. Se escapó.

—¿La violaste? —le demandó sin rodeos.

—Lo habría hecho. —El joven sonrió a su madre—. No llegué tan lejos. Es más rápida que yo.

—Por el amor de Dios, ¿no puedes seducirla sin violencia?

Él se encogió de hombros y volvió a subir al coche; Maxine entró en casa echando pestes.

Tres semanas más tarde, Maxine ofreció su primera cena en el château para dieciséis personas y el catering corrió otra vez a cargo de Gary Danko. Camille vio los aparcacoches y los Bentley, Rolls Royce y Ferrari que llegaban cuando iba de la casita de Simone a su establo. Su padre había muerto hacía menos de tres meses y todo había cambiado en su vida. La habían desterrado de su propia casa y, aunque a su padre le habría horrorizado que estuviese viviendo en el viejo establo, ya casi se había acostumbrado. No importaba; sabía que recuperaría el château en menos de un año. Y no quería vivir bajo el mismo techo que ellos. Había mandado poner cerrojos en todas las puertas y ventanas del establo, y tenía un silbato agudo debajo de la almohada y un bate de béisbol al lado de la cama desde que Alex había intentado violarla.

Las fiestas continuaron a un ritmo de una cada dos semanas. Maxine invitaba a sus hijos a cenar, pero nunca a Camille, quien de todas formas no habría asistido. Las personas a las que invitaba no sabían quién era ella, de modo que no preguntaban por su presencia. De hecho, apenas conocían a Maxine, pero ella tenía un talento natural para reunir a gente rica en fiestas. La mayoría de los invitados siempre asistía, como mínimo, por curiosidad.

Para mayo la auditoría de los libros de contabilidad estaba terminada. Cesare había estado estafándoles unos veinte mil dólares al año, no era tan grave como Camille había temido. No había vuelto a tener noticias de él desde que se había ido. Circulaba el rumor de que había regresado a Italia a pasar unos meses y ella esperaba que se quedase allí. No quería volver a verlo. Ese capítulo estaba zanjado. Las puertas de Château Joy estaban cerradas para él por los siglos de los siglos, tanto profesional como personalmente.

Camille empezó a trabajar otra vez en nuevas promociones y decidió apostar por el mercado nupcial más agresivamente que antes, anunciando la bodega como el sitio perfecto para celebrar bodas, con paquetes, tarifas especiales y precios que incluían fotógrafos, cámaras de vídeo, floristas, servicios de catering y transporte. Era un sector muy importante y ella sabía que podía suponer una gran fuente de ingresos. Ya estaba recibiendo reservas para el año siguiente. Habían aumentado su presencia en las redes sociales de forma espectacular para atraer a clientes más jóvenes y los visitantes del valle que provenían de todos los rincones del mundo. Camille siempre estaba pensando en cómo hacer crecer su empresa. Su padre se había centrado más en la calidad de las uvas, pero ella sabía que ese elemento ya estaba consolidado, de modo que se concentraba en la parte empresarial, como su madre. En junio pudo contratar a un nuevo responsable de viticultura que reclutó en Burdeos. Había escrito a sus primos y ellos se lo recomendaron encarecidamente. Y milagrosamente estaba casado con una estadounidense, por lo que tenía permiso de residencia. Tomó un vuelo para asistir a la entrevista y ella lo contrató de inmediato. Era joven e inteligente y sabía exactamente lo que necesitaban. Fue un alivio sustituir por fin a Cesare después de haberse librado de él.

Ella hacía todo lo que podía para proteger el sueño de sus padres y el proyecto por el que tan duro habían trabajado, para expandir el negocio y adaptarse a los nuevos tiempos mientras mantenía la calidad de su vino. El nuevo responsable de viticultura, François Blanchet, iba a ayudarle a conseguirlo y trabajaban bien codo con codo.

En junio cumplió veinticuatro años y celebró tranquilamente su cumpleaños con Simone, quien le preparó un suflé y *hachis parmentier,* que se había convertido en la cena favorita de Camille. También había aprendido a disfrutar de la morcilla y la comía con gusto. Simone le había pintado un cuadro y le dijo que tenía que salir más, pero Camille contestó que no tenía tiempo.

Poco después de su cumpleaños, Phillip se acercó a visitarla en la oficina. Tenía una cita en una bodega cercana que su padre estaba pensando comprar y estaba haciendo la debida diligencia por él. Le dijo que iba a casarse en septiembre, pero que Francesca detestaba ir al valle y que era alérgica a todo lo que crecía allí, incluso a las uvas. Rio al decirlo y parecía convencido de que ella se acostumbraría. Tenía muchas ganas de saber cómo le iba a Camille y se alegraba de verla.

—¿Todo bien por aquí? —le preguntó cuando salieron al aire libre unos minutos y se sentaron en un banco.

Ella dijo que necesitaba descansar un rato, pues ni siquiera había parado para comer. Phillip sabía que trabajaba demasiado, pero que eso era lo que más le gustaba. Admiraba lo responsable que era.

—Más o menos —respondió finalmente ella a su pregunta, pues no quería contarle demasiado de sus problemas con Maxine ni dar lástima. Habían sido unos cinco meses y medio duros desde la muerte de su padre, era innegable—. Solo me queda otro año de malvadrastra. Y el negocio de las bodas se está acelerando.

Phillip asintió con la cabeza, impresionado por su dedicación y su atención al trabajo.

Le costaba creer que ella llevase ahora toda la empresa sin la ayuda de su padre, pues no pensaba que él hubiese podido hacer lo mismo a su edad. Con treinta y un años, no se sentía preparado para hacerse cargo del negocio si a su padre le pasase algo, menos aún a los veinticuatro. Ella había madurado, sobre todo desde la muerte de su padre.

—¿Tu madrastra no se entromete mucho? —le preguntó con cara de preocupación.

—Al principio sí —contestó Camille con cautela—, pero

le aburre la bodega. Ahora organiza muchas cenas y así está entretenida. Creo que está buscando marido.

—Eso dice mi padre de ella. —Y otras cosas peores. Sam no la soportaba a ella ni tampoco a lo que representaba.

Estaban hablando de Maxine cuando Camille oyó un estruendo familiar y alzó la vista con una expresión rara, como si hubiese visto un fantasma; segundos más tarde Gabriel apareció a toda velocidad por el camino de entrada en el Aston Martin de Christophe. Nadie había conducido el coche de su padre desde que él había muerto. Gabriel se acercó a ellos haciendo chirriar los frenos, aparcó el coche y salió de un salto con cara de satisfacción, mientras Camille lo miraba.

—¿Qué haces con ese coche? —Ya había causado desperfectos en el automóvil poco después de llegar en diciembre—. ¿Y de dónde has sacado esa chaqueta? —Llevaba la chaqueta de vaquero con flecos de ante beige que tanto le gustaba a Christophe y que siempre vestía.

—La encontré en el armario de tu padre —respondió él con expresión altanera. Después de todo, ella ya no vivía en el château y él sí, y tenía acceso a la ropa de Christophe. A Camille se le partió el corazón—. Mi madre dijo que podía ponérmela.

—Pues no puedes. Quítatela, por favor —dijo ella, alargando la mano para que se la diese. Estaba tan centrada en Gabriel que se olvidó de que Phillip estaba presente.

—No pienso dártela ahora —replicó él airadamente—. Es muy chula. Si te la quedas ahora, me fastidiarás el conjunto. Volveré a dejarla en el armario donde estaba. ¿Cuál es el problema? Él ya no va a ponérsela —soltó con expresión sarcástica.

Camille por poco se atragantó al escuchar aquella frase y Phillip vio que palidecía.

—Dámela, por favor —le pidió de nuevo Camille—, por respeto a mi padre —dijo en un murmullo tenue.

Mantuvo el brazo estirado, pero Gabriel no se movió. Se quedó quieto, vestido con aquella chaqueta que de todas formas le quedaba grande.

—Te la devolveré más tarde —dijo malhumorado, y volvió al Aston Martin.

—Tienes que llevar el coche a casa y dejarlo en el garaje —le recordó Camille en tono firme.

Maxine y sus hijos no sentían ningún respeto por las cosas de Christophe ni por nada que perteneciese a Camille. Se creían con todo el derecho a hacer lo que les diese la gana.

—Lo que tú digas —contestó él sin hacerle caso y, cuando se disponía a subir al coche, Phillip dio un paso adelante, estiró su largo y fuerte brazo, lo agarró por el cuello y lo paró en seco. Gabriel miró a Phillip aterrado—. Eh, me estás haciendo daño —se quejó, dirigiéndose a aquel hombre más corpulento y mayor que él, y que no pensaba permitir que le faltase el respeto a Camille.

—Ya la has oído. Quítate la chaqueta.

—¿A qué viene tanto alboroto por una prenda de vestir? Solo es una vieja chaqueta de ante. En Francia las hay mejores —dijo, fingiendo que Phillip no le impresionaba, aunque Camille notó que estaba asustado.

—Bien. Pues vuélvete allí y cómprate una. Mientras tanto, dale la chaqueta de su padre.

Gabriel se quitó la chaqueta como un niño furioso e irritable y se la tiró a Camille. Ella la atrapó antes de cayera al suelo y se ensuciase.

—Gracias —dijo cortésmente, muy afectada por el incidente.

—Y ahora vuelve a dejar el coche donde estaba —añadió Phillip con aire amenazante.

—Tengo que hacer unos recados para mi madre.

—Llévate uno de los coches de la bodega, no este —le ordenó Phillip severamente.

—¿Y a ti qué te importa? —se quejó Gabriel—. ¿Desde cuándo mandas tú?

—Bueno, está claro que tú no mandas nada. —Phillip estaba a un paso de pegarle. Camille lo veía en sus ojos y en la tensión de su mandíbula. Una palabra más por parte de Gabriel y Phillip perdería los estribos, pues ya estaba al límite. No soportaba ver que un mierdecilla maleducado como aquel intimidaba a Camille—. ¿Vas a dejar el coche donde estaba o tengo que hacerlo yo? —Phillip estaba harto de él y, en una última muestra de fanfarronería, Gabriel le lanzó las llaves y echó a andar.

—Hazlo tú —le espetó por encima del hombro, mientras iba a por uno de los vehículos de la bodega, que tomaba cuando le venía en gana sin pedir permiso tampoco para conducirlos. Aunque ya había causado desperfectos en dos coches, Camille no le había dado importancia.

Phillip miró a su amiga con los ojos llenos de furia.

—¿Cómo soportas a esa gente? Estaba deseando darle una paliza.

Ella sonrió al oír la forma en que lo dijo, pero era preferible que no lo hubiese hecho. No quería volver a pelearse con Maxine por su querido hijo el santo.

—Tengo que reconocer —dijo sonriéndole, aliviada de haber recuperado el coche y la chaqueta— que me habría gustado verlo, pero seguramente te habrían demandado.

—Que lo hagan. Habría valido la pena solo por darme el gusto y por vengarte. Menudo capullo. —Ella pensaba lo mismo—. Venga, vamos a guardar el coche.

Phillip tenía cosas que hacer, pero no quería que ella se ocupase sola de aquello. El coche era una especie de símbolo de su padre y él sabía la carga emocional que tenía para ella. Además, ella llevaba la chaqueta como si se tratase del Santo Grial.

Phillip metió el coche en el garaje de Christophe, que Gabriel había dejado abierto de par en par. Camille le ayudó a poner la cubierta protectora, que Alexandre o Gabriel habían dejado en el suelo. Todo lo que hacían y la forma en que lo hacían suponía una afrenta; su madre les había dado un buen ejemplo. Pero Maxine era sutil y más astuta y refinada que cualquiera de sus hijos, aparte de más diabólica. Camille era consciente de que ella llevaba la voz cantante.

—Voy a dejar la chaqueta en casa —dijo ella en tono de disculpa, después de que bajasen la puerta del garaje y ella la cerrase con una de sus llaves. Tras oír sus palabras, Phillip empezó a subir los escalones del château, pero ella lo detuvo poniéndole la mano en el hombro y él la miró sorprendido—. Ya no vivo aquí. Al menos de momento —añadió en voz baja, con cierto bochorno.

Él se quedó atónito. Ahora Phillip era la única persona que lo sabía aparte de Simone.

—¿A qué te refieres? ¿Dónde vives?

Él había dado por hecho que seguía residiendo en el château, donde lo había hecho toda su vida, y del que ahora era dueña.

—Maxine me arregló un sitio en la parte de atrás —contestó Camille, humillada al reconocerlo; sin embargo, ahora vivía así, a merced de Maxine.

—Entonces ¿quién vive en tu casa? —Phillip estaba perplejo.

—Maxine y los chicos —respondió ella en voz queda.

Camille se adelantó a él y rodeó el château hasta el sendero de la parte trasera que llevaba al viejo establo.

—¿Y tú no estás en casa? —preguntó Phillip mientras la seguía. Ella negó con la cabeza y él la detuvo posando suavemente la mano en su brazo—. Me estás vacilando, ¿no? ¿Qué está pasando? ¿Te echaron de tu casa o quisiste mudarte?

—No, no fue cosa mía. Ella quería mi habitación para Gabriel, el que acabas de ver. Es imposible tratar con ella. Está acostumbrada a conseguir lo que quiere.

Mientras tanto, habían llegado al pequeño establo pintado, y Phillip se quedó horrorizado cuando entró con Camille y ella colgó con cuidado la chaqueta de ante de su padre en una percha. Estaba viviendo con muebles viejos como uno de los trabajadores de su bodega, no como la hija de los dueños.

—Madre mía, Millie —le dijo llamándola como cuando ella era una niña y él, un adolescente—. ¿Cómo puedes vivir aquí?

Al verlo desde la perspectiva de él, se sintió avergonzada.

—En realidad no tuve otra opción. No valía la pena pelearme con ella y solo me queda otro año. Sinceramente, aquí me siento más segura, lejos de los dos chicos.

Él no sabía lo que su amiga estaba insinuando, pero aquella frase le pareció inquietante.

—Aquí te congelarás en invierno. —La miró furioso y como si fuese a ponerse a gritar—. Tienes que echarlos.

—Lo intento, pero mi padre dejó escrito en su testamento que ella podía vivir en el château hasta que yo cumpla veinticinco, es decir, dentro de un año. No puedo echarla hasta entonces a menos que ella quiera irse.

—Pero él no pretendía que tú vivieses en una choza y ella y sus hijos en tu casa. ¿Comes aquí? No hay cocina.

Phillip se mostraba consternado y preocupado por ella, más de lo que lo había estado en los últimos seis meses. Había dado por supuesto que su situación era buena y él había estado ocupado. Ahora se sentía culpable y quería ayudarla, aunque no sabía cómo. Se imaginaba que Maxine debía de ser un incordio, pero no que habían echado a su amiga de su propia casa. De repente comprendió que Camille no tenía a nadie que la defendiese de sus abusos y su insolencia.

—La madre de Maxine es maravillosa. Ella la instaló en una cabaña que está allí. Es más bonita que mi establo y tiene una cocina de verdad. Cocina para mí todas las noches. A Maxine tampoco le cae bien.

—Camille, esto es una locura. —Phillip iba a hablar con su padre del asunto, pero no quería decírselo a ella—. ¿Cuándo te echó de casa?

—Hace unos tres meses. Entonces hacía un poco de frío, pero ahora se está bien. Buscan dinero. O por lo menos es el caso de Maxine. Quiere que le pague para que se marche. Si no, no se irá hasta que acabe el período estipulado en el testamento de mi padre. Así que estoy aguantando. No pienso pagarle para que se vaya.

Él estaba pensando si debía hacerlo, pero no quería preguntarle cuánto dinero quería Maxine para que se largasen. Eran unos auténticos maleantes, su padre estaba en lo cierto, y estaban aprovechándose al máximo de Camille, a quien admiraba por haber lidiado en solitario con la situación todos esos meses. Comprendió lo fuerte que era y la respetó aún más por ello.

Cuando volvieron andando por el camino de acceso, Phillip iba callado. Estaba pensando en todo lo que había visto y oído, le obsesionaba la mirada de ella cuando le había enseñado el establo. Era su amiga y no soportaba que nadie la tratase así. Ahora que su padre ya no estaba, no tenía a nadie que la protegiese. Phillip estaba seguro de que su propio padre no tenía ni idea de lo que estaba padeciendo Camille. Como él, Sam pensaba que la chica estaba bien. Y técnicamente lo estaba, pero también estaba viviendo una pesadilla totalmente sola.

—¿Vendrás a nuestra fiesta del Cuatro de Julio? —preguntó ella para cambiar de tema.

Él negó con la cabeza con pesar.

—No puedo. Los padres de Francesca tienen una casa en Sun Valley y le prometí que estaría con ella. Para ella es muy importante y todavía no se siente a gusto aquí.

Camille se preguntaba cómo solucionarían ese problema cuando se casasen. Toda la vida de Phillip estaba allí.

Siguieron charlando unos minutos más, pero él tenía que acudir a aquella cita en nombre de su padre. De hecho, se había quedado mucho más de lo que tenía pensado, entre el enfrentamiento con Gabriel, llevar al garaje el coche de Cristophe y el paseo hasta el establo. La visita le había afectado, pero se alegraba de haber pasado.

Acudió a la reunión en la bodega y, cuando estuvo de vuelta en su casa dos horas más tarde, fue a buscar a su padre enseguida. Lo encontró trabajando en su despacho y entró con expresión seria.

—Esta tarde he visto algunas cosas muy preocupantes y quiero hablarte de ellas —dijo mientras se sentaba enfrente de su padre.

Sam se recostó en su silla y miró a su hijo. Era evidente que Phillip estaba disgustado.

—¿En la bodega que has ido a visitar?

Sam esperaba cerrar un acuerdo, de modo que el comentario de Phillip no era una buena noticia para él.

—No, de camino pasé a saludar a Camille. Hacía tiempo que no la veía.

—¿Qué tal está? —preguntó Sam con cierta inquietud.

—Estoy preocupado por ella, papá. Está viviendo en una especie de cobertizo detrás de su casa. No se aloja en el château, sino que allí residen ellos. La zorra con la que se casó su padre la echó de casa hace tres meses y ahora vive en un establo pequeño lleno de corrientes de aire. —Sam frunció el entrecejo mientras le escuchaba—. Utilizan las cosas de su padre. Maxine intenta extorsionarla a cambio de irse. La tratan como a Cenicienta. —Su padre sonrió al oír la comparación—. Se están aprovechando de ella. ¿Quién es esa gente y por qué se están saliendo con la suya? —No le parecía justa la situación y tampoco la entendía.

—Ni siquiera estoy seguro de que su padre supiese quiénes son. Una vez le dije que investigase los antecedentes de esa mujer y se indignó. Yo ya lo habría hecho hace mucho. Siempre me ha parecido una manipuladora.

—Y sus hijos también. ¿Puedes investigarlos? A lo mejor tienen antecedentes penales o algo por el estilo. Tengo miedo de que le hagan daño. Está pasando algo muy malo allí. Hoy he estado a punto de darle un puñetazo a uno por la forma en que la ha tratado. Conducía el coche de Christophe, el Aston Martin, y llevaba su chaqueta, y ella por poco se ha echado a llorar intentando que se los devolviera.

—Pues no vayas dando puñetazos por ahí. Eso no va a ayudar. Intentaré hacer algunas indagaciones. Chris era demasiado confiado y ella lo tenía camelado. Yo la conocí antes de que se la presentaran e intentó conquistarme. Se insinuaría a cualquiera con una cuenta corriente y una billetera: es una buena pieza. Veré lo que puedo averiguar. Tal vez podamos ayudar a Camille a librarse de ellos.

—Gracias, papá —dijo Phillip con sensibilidad.

El resto de la tarde estuvo pensando en ella y en aquel establo pequeño y deprimente. ¿Qué había hecho ella para merecer eso, solo porque su padre se había casado con la mujer equivocada? Le partía el corazón. Se sorprendía pensando en Camille, preocupado continuamente por ella.

Todavía estaba inquieto por todo este asunto cuando fue a ver a Francesca a Sun Valley una semana más tarde. Sam no había tenido noticias de la agencia de detectives internacional que había contratado para que investigase a Maxine y sus hijos. Le habían dicho que podía llevar un tiempo. Phillip llamó a Camille para ver cómo estaba; ella se sentía conmovida cada vez que la llamaba. Se alegraba de saber que el protector de su infancia seguía velando por ella. Y como cuando eran pequeños, él siempre la hacía sentir a salvo, aunque no fuese así realmente con Maxine todavía cerca.

15

A mediados de junio los preparativos de la fiesta del Cuatro de Julio en la bodega se habían convertido en una ocupación a tiempo completo para Maxine. Había alquilado unos complejos adornos a una empresa de Los Ángeles que se encargaba de suministrar decorados de cine. Insistió en tener mesas largas en lugar de redondas, que según ella estaban de moda pese a costar el doble. La factura de las flores iba a ser astronómica y Camille se preguntaba antes del gran día si valía realmente la pena darle el gusto.

Sin embargo, cuando todo estuvo montado quedaba increíble. Los fuegos artificiales del final durarían media hora, como los grandes espectáculos pirotécnicos de la ciudad. Y solo era una fiesta privada del valle de Napa. Maxine la convirtió en todo un acontecimiento y la bodega tuiteaba sobre el evento a diario. Bajo la supervisión de Camille, sus seguidores de Facebook y Twitter se habían multiplicado exponencialmente.

Simone había aceptado acudir a la fiesta y Camille le había prometido una mesa a la sombra antes de que se pusiese el sol. Haría calor al principio de la fiesta y fresco por la noche.

Maxine había encargado su atuendo a un diseñador de Nueva York. Se trataba de un mono blanco de una pieza que resaltaba cada centímetro de su cuerpo y su espectacular figura. Había contratado a un fotógrafo y un cámara de vídeo y quería subirlo todo a internet después de la fiesta. Camille coincidía en que era una buena publicidad, sobre todo para su servicio de bodas, que había crecido espectacularmente.

—Deberías convertirme en tu directora de marketing —dijo Maxine con suficiencia mientras ella y Camille supervisaban el lugar antes de que empezase la fiesta.

La joven estaba de acuerdo en que todo tenía un aspecto increíble, menos las facturas. El coste, que en un principio ya era excesivo, se había triplicado en las dos últimas semanas.

—No podría permitírmelo —contestó Camille con sinceridad.

Pero tenía que reconocer que había hecho un buen trabajo de relaciones públicas. Solo se podía asistir con invitación y esperaban una gran afluencia de gente. Había habido muchos interesados en asistir. Habría baile y clases de los bailarines después de la cena. Y bailarines tradicionales de grupo traídos de Texas, así como una banda de Las Vegas. Maxine había tirado la casa por la ventana a cuenta de Camille. Para su madrastra también era un buen escaparate.

Alexandre y Gabriel llevaban vaqueros blancos y camisas de manga larga azules con mocasines de piel de cocodrilo Hermès sin calcetines, parecían salidos de Palm Beach o de Saint-Tropez. Camille también se había puesto unos vaqueros blancos, con una camiseta de manga corta roja y unas sandalias planas. Para ella era una noche de trabajo. Se sintió aliviada al ver a Sam entre los asistentes a mitad de la fiesta. Le emocionó ver un rostro conocido.

—Estaba buscándote. —Él sonrió afectuosamente y le dio un abrazo, un gesto que le recordó a su padre, por lo que tuvo que contener las lágrimas—. ¿Cómo va todo?

—De momento la fiesta va sobre ruedas —respondió ella, observando detenidamente la escena.

—No me refería a eso. ¿Qué tal todo lo demás? —le preguntó él de forma que nadie más pudiese oírle.

—Bien —dijo ella, y se preguntó si Phillip le había hablado de su visita antes de partir a Sun Valley. Lamentaba que él no estuviese allí, pero le había enviado varios mensajes de texto para decirle que se acordaba de ella.

—Te invitaré a comer algún día —le prometió Sam—, así podremos hablar con tranquilidad.

La fiesta no era el sitio ideal para ello y quería saber más por boca de ella, no solo de su hijo, que podía haber exagerado su descripción. A Sam le parecía todo un poco inverosímil, aunque no le cayese bien Maxine. Y Phillip siempre había sido muy protector con respecto a Camille.

Maxine había visto a Sam en cuanto había llegado y se abrió paso entre la multitud para reunirse con ellos un minuto más tarde. Lo miró con coquetería; era imposible no fijarse en la extraordinaria figura de ella. Su ropa estaba pensada precisamente para eso. Sam no era inmune a su atuendo, pero saltaba a la vista que no le gustaba la mujer que lo llevaba. Ella lo saludó con actitud insinuante y le dio un abrazo un pelín más fuerte de lo debido. Elizabeth estaba en un mitin político en Los Ángeles y no había podido asistir, y su ausencia tal vez hizo pensar a Maxine que Sam era un blanco legítimo, aunque él no lo veía igual. No la soportaba y se le notaba al hablar con ella.

—Estoy deseando que llegue tu Baile de la Vendimia —le dijo—. Nos has servido de ejemplo a todos. Nadie puede superarlo.

—Es toda una tradición en el valle, la gente la espera ahora. A veces pienso que es un poco excesivo. Las pelucas y los disfraces dan mucho calor —comentó Sam despreocupadamente, deseando poder librarse de ella, pero la mujer no se movió un centímetro.

Se fijó en lo sensuales que eran sus labios y no podía apartar la vista de sus pechos, pese a que sentía aversión hacia ella. Era completamente consciente de lo que había atrapado a Christophe. Ella desprendía una excitante sexualidad que era imposible obviar y sospechaba que debía de ser muy buena en la cama. Pero le recordaba una mantis religiosa que mataba a su amante una vez lo había utilizado. Había algo peligroso en ella. Estaba claro que no había matado a Christophe, considerando cómo había muerto este, pero era fácil creer que tenía esqueletos en el armario, todos de hombres. Sam no la había estado escuchando y regresó a la conversación a tiempo para oírle decir algo sobre una cena con él y la miró sorprendido.

—¿Por qué ibas a querer cenar conmigo? —le preguntó, mirándola directamente a los ojos, oscuros y profundos y que te atraían como si fueran imanes.

—Eres un hombre muy interesante —contestó ella lo bastante alto para que él la oyese.

Para entonces Camille se había ido a ver a Simone, que parecía estar pasándoselo bien y charlaba con todos los invitados que tenía alrededor con un cigarrillo y una copa de vino tinto en la mano. No había llevado a Choupette porque sabía que haría mucho calor, pero se estaba divirtiendo.

—¿Qué me hace interesante? —preguntó Sam, jugando con ella. Maxine se alegró de haberle hecho reaccionar—. ¿El dinero? —dijo, y ella entornó los ojos mientras lo observaba.

Era uno de esos hombres a los que jamás cazaría, lo sospechó en ese momento, aunque aún no estaba dispuesta a aceptar la derrota. Él la había calado desde el principio. A ella le interesaba Sam, pero había sido más fácil hacer caer a Christophe en sus redes. Maxine no respondió a la pregunta de Sam y él siguió provocándola. No pudo resistirse.

—Es fascinante cómo reaccionan algunas mujeres al dinero, ¿verdad? Es como una droga.

Una de las cosas que más le gustaban de Elizabeth era que le daba igual lo que él tenía. Le gustaba por quién era, independientemente de sus ingresos o su éxito. Él no la impresionaba. Sin embargo, Maxine prácticamente estaba babeando ante su presencia.

—No me gustas, Maxine —le dijo sinceramente—. Y no creo que yo te gustara si me llegases a conocer. Soy más difícil de lo que crees y ni mucho menos tan refinado como Christophe. Tienes mucha suerte de haberlo cazado. Pero a veces hay que saber retirarse al principio de la partida. Este puede ser uno de esos momentos. —Miraba más allá de Maxine mientras le decía esto, como si ella no mereciese toda su atención—. No creo que esta vez te hayan tocado unas cartas ganadoras. Tienes las de perder. Y no le quito el ojo de encima a Camille. —Entonces la miró fijamente para hacerle saber que acabaría pagando lo que le hiciese a la joven.

—¿Qué te ha contado? —Los ojos de Maxine lo atravesaron como cuchillos.

—Nada. Pero sé lo que está pasando. Te estoy vigilando y mi hijo también. Ella es como una hija para mí y no pienso permitir que le pase nada. No lo olvides.

—Desde la muerte de su padre no he podido ser más amable con ella. Es una chica muy difícil. Y muy maleducada con mis hijos.

—Lo dudo. Tiene el mismo buen carácter que su padre. ¿Y tu «amabilidad» incluye hacerla dormir en un establo en lugar de en el château del que es dueña, donde vives tú con tus hijos? Puede que haya llegado el momento de pasar página —dijo él, clavándole una mirada implacable.

—Su padre quería que la cuidase hasta que cumpla veinticinco años.

—No creo que lo necesite. Ya veremos cómo va. No creo que vayas a encontrar lo que buscas aquí. Christophe fue un número de lotería premiado pero aquí no hay muchos de esos. Que pases una buena velada —dijo, y acto seguido añadió—: Bonita fiesta.

A continuación se alejó de ella y se mezcló con la gente. Ella había organizado toda la fiesta para impresionarle, pero para él no significaba nada. Solo había ido para dejar las cosas claras entre ambos. Maxine estaba segura de que Camille le había dicho algo o, al menos, que había hecho el numerito de pobre niña rica con su hijo. Lo pagaría caro. Se estaba hartando de su hijastra. Y Sam tenía razón: el valle de Napa no era para ella. Los ricos de verdad ya estaban casados o eran unos palurdos como Sam. Dudaba que aguantase otro año. Lo que tenía que hacer ahora era dar con la forma de que Camille le pagase para buscar mejores campos de juego. Estaba hasta las narices.

—¿Buscando petróleo, madre? —preguntó Alex cuando se le acercó furtivamente—. Te he visto hablando con Sam Marshall. ¿Otro padrastro en el punto de mira?

—La verdad es que no. No es mi tipo —contestó ella mientras se iba en busca de otras presas.

Pero no había muchas esa noche. Sam era su principal objetivo y la misión había fracasado. La fiesta fue un fiasco para Maxine. Él se marchó antes de los fuegos artificiales y ella observó llena de odio cómo se iba.

La fiesta del Cuatro de Julio que dieron los padres de Francesca en Sun Valley fue menos divertida de lo que Phillip esperaba. Tenían muchos amigos conservadores, y la mayoría de los invitados eran de su edad y no de la de su hija. Habían contratado a un intérprete de banjo y un acordeonista que daban bastante pena. Phillip solo pensaba en lo mucho que echaba de menos el valle de Napa. Sabía que esa noche su padre acudía a la fiesta de Château Joy y le habría gustado estar allí también.

—Divertido, ¿verdad? —dijo Francesca, sonriéndole, que se alegraba de no estar en Napa para variar. Sun Valley le gustaba mucho más.

—Es un poco más tranquilo de lo que esperaba —contestó él con sinceridad.

Se preguntaba si la boda también sería así. Iban a casarse en septiembre en un club de campo de Sun Valley del que sus padres eran miembros, e iban a asistir doscientos invitados, en su mayoría amigos de los padres de ella. Phillip no había tenido ni voz ni voto en la boda. La madre de Francesca lo estaba planificando todo e iba a ser una celebración muy tradicional. Le hacía añorar la parte de Napa un poco tumultuosa, más natural, incluso sus nuevos ricos, que le resultaba mucho más divertida.

Francesca tenía una hermana y un hermano mayores que estaban casados y vivían en Grosse Point, Michigan, como sus padres. Pasaban los veranos y las vacaciones de Navidad en Sun Valley, y Francesca esperaba que ellos hiciesen lo mismo. Phillip la había conocido en una boda en Miami en la que los dos eran invitados y en la que se lo habían pasado muy bien, con una orquesta de salsa y unos asistentes alegres y ruidosos.

Desde entonces se habían visto en fines de semana y ella había visitado el valle de Napa, pero no le gustaba nada. Comparado con sus padres, el de Phillip le parecía un poco bruto, y él no aparentaba lo contrario. Phillip era más refinado y más culto. Tenía un máster en administración de empresas por Harvard y ella no entendía por qué quería desperdiciarlo en el sector vinícola del valle de Napa, por mucho dinero que ganasen. Francesca pensaba que debía trabajar en un banco como su padre. Su madre nunca había trabajado y era la directora de la Junior League, una asociación benéfica femenina. Francesca había vivido en San Francisco los últimos seis meses para estar más cerca de él. Quería encontrar un empleo en un museo, pero había estado trabajando de recepcionista en una agencia de publicidad desde que había llegado y lo detestaba. Echaba de menos Michigan, donde vivían su familia y todos sus amigos. No hacía más que quejarse de lo distinta que era California y él no hacía más que pensar que se acabaría acostumbrando.

Estaba hablando con él de las flores de la boda mientras a Phillip le zumbaba el acordeón en los oídos y el banjo le ponía de los nervios. Sentía claustrofobia y tenía ganas de irse a otra parte con ella. Había propuesto que viajasen a Tahití, Bali o la República Dominicana en la luna de miel, pero Francesca prefería ir a Hawái o a Palm Beach.

—¿No quieres ir a un sitio más interesante? —preguntó él con delicadeza—. ¿Qué tal París?

Ella se lo quedó mirando con una expresión vaga durante un minuto y luego negó con la cabeza.

—Creo que no. Hace un tiempo horrible. Mi hermana fue de luna de miel y llovió todo el tiempo.

Francesca no tenía espíritu aventurero y al principio a él le había gustado eso. Le había parecido una persona adecuada para sentar la cabeza, en lugar de las chicas con las que había estado saliendo, que querían estar de fiesta todo el tiempo, pero había empezado a echarlas de menos y se sentía culpable. La única vez que la había visto soltarse había sido en la boda de Miami, donde había estado borracha de margaritas todo el fin de semana. Entonces se había mostrado mucho más divertida.

La fiesta se hizo eterna y finalmente los invitados se fueron. Esa noche cenaron en el club de campo y después Phillip llevó a Francesca a tomar unas copas. Quería ver algo más animado que las personas grises con las que había estado todo el día. Estaba sentado en la barra con ella cuando de repente sintió como si le hubiese alcanzado un rayo o hubiese recuperado la cordura. ¿Qué hacía con una mujer con la que ya se aburría antes de haberse casado? Y ella decía que quería tener cuatro hijos en los próximos cinco años. Se sintió atrapado pensando en ello y no supo qué decirle. Decidió consultarlo con la almohada y no precipitarse en su decisión. Pero al día siguiente, cuando volvieron al club de campo a comer, Phillip solo pensaba en echar a correr y escapar de allí.

Luego la llevó a dar un largo paseo y le comunicó la mala noticia.

—Creo que no puedo seguir con esto. O no estoy listo para el matrimonio o esto no es para mí. Me encanta el valle de Napa; tú lo odias. Adoro el negocio en el que trabajo; tú lo detestas. Me gusta viajar a lugares exóticos; para ti es una pesadilla. Yo no me siento preparado para tener hijos porque hace nada que dejé de ser un niño. Tú quieres cuatro enseguida y eso me aterra. Creo que tenemos que cancelarlo todo antes de que ambos cometamos un terrible error.

—Creo que tienes fobia al matrimonio —dijo ella, y se sonó la nariz con un pañuelo de papel que tenía en el bolsillo.

Se sentía fatal haciéndole eso, pero estaría peor si se lo hacía a sí mismo. Parecía que tuviese que renunciar a su vida para casarse con ella. Y no quería hacer eso, jamás. Ella estaba restringiendo su vida día a día. Y él nunca iba a convertirse en un banquero de Grosse Pointe como su padre. Quería ser como Sam y dirigir la empresa vinícola más importante del valle de Napa, aunque su padre fuese un poco bruto. Él lo quería tal como era, el hombre más inteligente que conocía.

Reservó una plaza en el avión que salía esa noche para Boise y les dieron a sus padres la noticia antes de que él partiese. Phillip no esperaba que las cosas acabasen así, pero sabía que era lo mejor para él. Ella le devolvió el anillo antes de que se fuese. Y cuando esa noche subió al avión y este despegó, se sintió liberado. En la vida había estado tan aliviado. Había hecho lo correcto. Tenía treinta y un años y volvía a ser un hombre libre. Nunca había sido tan feliz.

16

Phillip llamó a aquel período tras anular su compromiso con Francesca su «Verano de la Libertad» y le avergonzó darse cuenta de que en realidad nunca había estado enamorado de ella. Solo quería estarlo y se había convencido de que era el momento de casarse porque muchos de sus amigos lo estaban a su edad. Ella parecía la mujer adecuada con la que contraer matrimonio, pero no para él. El alivio que había sentido después de romper con Francesca fue mucho mayor que cualquier emoción que hubiese experimentado con ella mientras estuvieron juntos, salvo la noche en que se conocieron.

Cuando volvió de Sun Valley cenó con su padre y hablaron del asunto; durante la conversación Phillip trató de averiguar qué hacer con su vida. Desde la universidad y la escuela de posgrado, su trayectoria profesional había ido por el buen camino, pero parecía que no era capaz de encauzar su vida amorosa.

—¿Qué es lo que buscas? —le preguntó su padre, pero Phillip no supo qué contestar.

—No lo sé. Una mujer que me vuelva loco, que me haga caer rendido a sus pies, glamour, emoción.

Estaba claro que Francesca no le había dado eso, ni tampoco las mujeres con las que había salido. En lo más hondo de su corazón quería vivir una historia como la de sus padres, que habían estado locamente enamorados hasta el día que ella murió. Y, en cierto sentido, la relación de su padre con Elizabeth también tenía buenos fundamentos. Ninguno de los dos quería casarse, por motivos que solo ellos conocían, pero aportaban intensidad y perspectiva a la vida del otro y, aunque vivían en ciudades distintas y no se veían a menudo, hablaban mucho a diario. Se entendían y se querían. Los dos eran sinceros y no había artificio en sus sentimientos. A Phillip no le interesaba una mujer que fingiese ser lo que no era, que se interesase por él porque era hijo de su padre o que quisiese cazarlo por los motivos erróneos. Tenía que ser algo auténtico y ninguna de las relaciones que había mantenido se lo parecía. Sus sentimientos tampoco habían sido sinceros, pero por lo menos se había divertido. Sin embargo, no podía hablar de nada serio con ninguna de sus exparejas. Su padre suponía que acabaría encontrando lo que buscaba y tenía tiempo de sobra para descubrir lo que consideraba importante. Phillip todavía era joven.

A lo largo del verano le preguntó varias veces a su padre si había tenido noticias de la agencia de detectives de Francia a la que había encargado investigar a Maxine y sus hijos, pero Sam le dijo que no habían contactado con él. Era evidente que no habían descubierto información sobre ella o estaba seguro de que lo habrían llamado, pero estaba tardando mucho en tener noticias de ellos.

Phillip fue a ver a Camille varias veces y ella insistió en que estaba bien. La llamaba, le enviaba mensajes y se dejó caer por su oficina en una ocasión. Camille le contó que en el establo hacía calor y no había aire acondicionado, pero se había acostumbrado y no parecía importarle. En algunos aspectos, su vida era más sencilla que antes. Estaba centrada en el trabajo e intentaba ampliar el radio de acción de la bodega. Maxine se presentaba en la oficina de vez en cuando, pero en ese momento le interesaba más su vida social. La invitaban a todas partes y también organizaba bastantes fiestas. Alex y Gabriel hablaban de volver a Europa. El segundo quería reunirse con unos amigos en Italia y a Alex lo habían invitado a un viaje en barco por Grecia. Estaban hartos del valle de Napa y no habían conocido a gente que les cayese bien. Alex salía con una chica de una familia rica que tenía una importante colección de obras de arte, pero ella era joven y él le había comentado a su madre que no le importaba la relación. Y no había posibilidad de acercarse a Camille; Alex había hecho saltar por los aires ese proyecto y ella no estaba dispuesta a pagar un centavo a Maxine para que se marchase.

Faltaba una semana para el Baile de la Vendimia que Sam ofrecía cada año y Maxine dijo que quería que la acompañasen.

—¿Por qué? No nos necesitas.

Ella estaba saliendo con dos viudos de San Francisco y un divorciado de Dallas que estaba pasando el verano en Napa. Pero ninguno de los tres le parecía lo bastante rico para ella. Todavía le tenía echado el ojo a Sam, a quien consideraba el premio gordo. Desde que la había rechazado, representaba el desafío definitivo. Ningún hombre la había tratado así antes. Ella no se tomaba esas cosas a la ligera y quería conquistarlo. Tenía que lograr que él la desease. Ese verano solo lo había visto una vez en una cena, en la que él no le había dirigido la palabra, pero no se había rendido y estaba trabajando en su disfraz para el baile de máscaras. Sería más fabuloso aún que el que había llevado con Christophe el año anterior.

Camille le había hablado a Simone del baile y la anciana le preguntó si iba a asistir, pero ella le contestó que no le apetecía. La única vez que había ido acudió con su padre cuando su madre estaba enferma y decía que ahora le entristecería ir sin él.

—Tonterías —comentó Simone, expulsando unos anillos de humo en dirección a la joven mientras pensaba en ello. Estaban sentadas en su casita y habían comido una ensalada del huerto. Hacía demasiado calor para cocinar—. A tu edad no tienes tiempo para estar triste. Tienes que ir y conocer a tu apuesto príncipe azul.

Camille rio al oír sus palabras. Simone siempre afirmaba que creía en los cuentos de hadas. Y dos días más tarde estaba esperando a Camille con cara de emoción cuando la joven llegó a casa del trabajo.

—¿Qué has estado haciendo? —le preguntó Camille—. Hoy tienes un aire muy travieso.

Simone tenía el pelo revuelto y llevaba un vestido de verano verde intenso, del mismo color que sus ojos.

—He robado una cosa para ti —dijo la anciana, soltando una risita nerviosa como una niña.

—¿El qué?

Camille se quedó un tanto sorprendida, pero estaba segura de que no era nada importante porque Simone era una mujer honrada. ¿Y qué podía robar ella?

—Sé dónde guarda Maxine sus vestidos de fiesta. Me dijo que están metidos en cajas en el desván. Las conozco porque yo misma las embalé y las envié desde París cuando ella se fue. Cuando esta mañana salió a almorzar, me levanté, eché un vistazo y abrí algunas cajas. ¡He encontrado uno que es perfecto para ti! —Fue a buscarlo al dormitorio. Era de un rosa muy claro con capas de gasa sobre un miriñaque—. Hace años que no se lo pone. Lo llevaba cuando era modelo y era menor que tú ahora.

A Simone le brillaron los ojos de emoción cuando le mostró el exquisito vestido.

—Maxine me matará si se entera de que se lo has quitado. ¿Y dónde iba a llevar yo algo así?

Era el vestido más bonito que Camille había visto en su vida.

—Al Baile de la Vendimia, claro, a conocer a tu apuesto príncipe azul. He encontrado una máscara que debía de ser de tu madre y una peluca empolvada. Parecerás una joven María Antonieta.

—Pero no quiero ir al baile —insistió Camille, aunque le conmovían los esfuerzos de Simone en su favor.

—Maxine no se acordará del vestido —le aseguró Simone—. Lo único que tienes que hacer es llegar a casa antes que ella para que no te vea con él puesto. Camille, tienes que ir. Me dijiste que es el acontecimiento más importante del año en el valle. Tienes que divertirte. No puedes trabajar todo el tiempo. No está bien a tu edad.

—No tengo con quién ir y, de todas formas, no tengo zapatos.

Echó mano de todos los pretextos que se le ocurrieron para librarse, pero Simone fue a rebuscar en un baúl de su cuarto en el que guardaba objetos con valor sentimental y recuerdos del pasado. Tenía libros de poesía y cartas de amor de su marido, y unos guantes de cabritilla que había llevado de niña. Sacó un paquete envuelto en papel de seda mientras Camille la observaba y le mostró con cuidado unos zapatos brillantes.

—Llevé estos zapatos al único baile al que he ido en mi vida —explicó mientras sostenía el calzado con reverencia, recordando una noche mágica de hacía setenta años, la noche en que su marido le propuso matrimonio—. Estos zapatos se merecen ir a otro baile —añadió Simone con seriedad mientras Choupette los olfateaba y se alejaba.

—Parecen muy pequeños —comentó Camille con recelo—. No creo que me quepan.

—Pruébatelos —dijo Simone, tendiéndoselos.

Camille se quitó sus bailarinas y se puso los zapatos brillantes. Le quedaban perfectos, como si se los hubiesen hecho a medida.

—¿Lo ves? Estás destinada a llevarlos al baile.

Simone había traído el vestido del desván e insistió en que

Camille se lo pusiese; ella lo hizo para contentarla, aunque seguía sin querer ir al baile. ¿Cómo llegaría hasta allí? ¿Con quién iría? Se sentiría ridícula acudiendo sola.

—Tu amigo Phillip cuidará de ti. —Simone consideraba que debía de ser un chico encantador y, por lo que Camille contaba, parecía querer protegerla como un hermano mayor. Era un amigo de la infancia muy querido—. Dile que vas a ir y él te buscará.

Era una idea. Pero, luego, ¿qué? No tenía por qué ir. Sin embargo, Simone se había tomado tantas molestias, buscando incluso entre los viejos vestidos de fiesta de Maxine, que no soportaba decepcionarla. Parecía muy importante para la anciana que asistiese al baile.

—El momento de hacer cosas así es cuando eres joven. Te arrepentirás si no vas. Cuando tienes mi edad, necesitas algo con lo que soñar. Y no puedes hacerlo con ir al trabajo todos los días. Tiene que haber algo de magia en tu vida.

Sus palabras tenían sentido, pero Camille seguía sin estar convencida cuando guardaron el vestido y los zapatos en el armario de Simone, donde nadie pudiese verlos. También había escondido allí la peluca y la máscara.

—Me lo pensaré —dijo Camille con cautela.

—Llama a Phillip. A lo mejor manda un coche para que venga a buscarte.

—No quiero molestar.

Pero todo lo que Simone decía tenía lógica. O así hubiera sido si Camille hubiese querido ir. Volvió a su cabaña y se tumbó en la cama pensando en la vez que había ido al baile con su padre y en lo guapo que estaba. Ojalá pudiese volver con él. Cerró los ojos y se acordó de cuando bailaron. Él había sido su apuesto príncipe azul y era consciente de que no habría nadie como él. Por un momento sintió como si él quisiese que fuera al baile. Tal vez Simone estaba en lo cierto y necesitaba un poco de magia en su vida. Era una idea.

Al día siguiente Simone andaba por el huerto después de recoger los huevos de las gallinas, cuando oyó voces al otro lado de los arbustos que rodeaban las aves. Reconoció las voces de Maxine y Alex en el acto; ella se estaba quejando de lo pesada que era Camille.

—Estoy harta de ella y de la bodega. La lleva como si fuese un santuario dedicado a su padre.

Los dos coincidían en que ahora que Cesare ya no estaba les resultaba imposible conseguir las reducidas pero útiles cantidades que él les proporcionaba. Ella dijo que habían malgastado el dinero que habían recibido y que la herencia de Christophe se estaba acabando. Se había gastado la mayor parte en fiestas durante los seis últimos meses. Recibir invitados era caro y no había aparecido ningún soltero que valiese la pena, al menos de la categoría que ella buscaba.

—¿Y Sam Marshall? —le preguntó Alex.

—Lo veré en el baile dentro de tres días —contestó Maxine—. Pero tenemos que hacer algo de inmediato con Camille. Tenemos que amenazarla para que me pague. —Maxine hizo que sonase de lo más normal—. Es más dura de lo que pensaba.

—¿Y si nos deshacemos de ella para siempre? —propuso Alex en tono perverso—. No olvides que si muere antes de cumplir veinticinco años, heredarás la mitad de todo. ¿Es que no te acordabas? Nos caería como dinero llovido del cielo.

—Pues claro que no lo he olvidado. Pero no seas ridículo. No puedes pegarle en la cabeza con una silla ni dispararle, por el amor de Dios. Es demasiado evidente. ¿No se te ocurre algo más sutil para asustarla? Estoy hasta las narices de ella. Es una chica insoportable. Nos habría servido que se hubiese casado contigo, pero tú lo echaste a perder todo.

—Yo no lo «eché a perder». Ella no estaba interesada.

—La mayoría de las mujeres pierden el interés si te emborrachas e intentas violarlas.

Alex le había confesado a su madre lo sucedido y había echado la culpa al vino.

—Fue un error de juicio —dijo, mientras daban media vuelta hacia el château.

Simone se quedó paralizada después de escucharles. No podía creer que tuviesen la osadía de intentar matar a Camille, pero le parecían totalmente capaces. Maxine tenía mucho que ganar si Camille moría en los próximos nueve meses. Y la oportunidad para que sucediese esto era ahora, mientras ella vivía en el château. Después sería más difícil acceder a Camille. Simone no se fiaba de ninguno de ellos. ¿Y si la envenenaban o llevaban a cabo algo más sutil? Simone volvió a su casa y se fumó un cigarrillo mirando a Choupette. Lo apagó y, sin poder contenerse un momento más, se dirigió con paso resuelto al château, entró por la puerta principal y fue a buscar a su hija. La encontró sola en la cocina, leyendo periódicos franceses en su iPad, y se sorprendió cuando vio a su madre con sus Converse de caña alta y otro vestido floreado de andar por casa. Normalmente Maxine hacía todo lo posible por evitar a su madre, de quien se avergonzaba.

—¿Qué quieres? —preguntó Maxine en tono poco hospitalario.

—Tengo algo que decirte —dijo Simone—. Como le pase algo a la chica, por muy inocente que parezca, iré a la policía y les contaré lo que os he oído decir hace un momento en el huerto.

Maxine se mostró ligeramente incómoda y trató de restarle importancia.

—No tengo ni idea de a qué te refieres. —Luego miró a su madre entornando los ojos—. Pero como te atrevas a denunciarnos a mí o a mis hijos a la policía, haré que te declaren incapacitada y te encierren en una residencia de ancianos para siempre. Eres una vieja senil y nadie te creerá.

—No estés tan segura. Estoy más cuerda que tú. Ya la has torturado bastante. Ha perdido a sus padres, ha tenido que aguantarte a ti y la haces vivir en un establo. Te juro que como le hagas daño, me aseguraré de que vayas a la cárcel, Maxine.

—Y yo me aseguraré de que mueras —replicó Maxine cruelmente—. Y ahora largo de mi casa.

—No es tu casa, es la suya. Y no me das miedo. Tengo ochenta y siete años. Hace mucho que hice las paces con la muerte. Si me matas a mí, no pasa nada. Si ella es la víctima, irás a la cárcel, que es donde tenéis que estar los tres. Eres una persona horrible y me avergüenza haberte dado a luz.

Tras decir estas palabras, Simone salió del château y volvió a su casita. Estaba temblando y se tomó una taza de manzanilla para calmar los nervios. Se preguntaba qué haría Maxine ahora: ¿se atreverían a intentar deshacerse de Camille, la amenazarían para que les pagase el chantaje o se pensarían dos veces toda aquella situación? Pero cada palabra que Simone había dicho iba en serio. Y ahora deseaba más que nunca que Camille fuese al baile. Necesitaba algo mejor que vivir en un establo, desterrada de su hogar legítimo.

Cuando Camille fue a verla esa tarde, Simone todavía estaba alterada e inquieta. La joven le preguntó si le había pasado algo, pero ella le contestó que el calor le había dado dolor de cabeza.

—Pero quiero decirte una cosa, aunque te parezcan los delirios de una vieja tonta. Ten cuidado con Maxine y Alex, y también con Gabriel. No te fíes nunca de ellos.

—¿Acaso te han dicho algo?

Camille se quedó perpleja. Simone tenía una actitud muy vehemente, algo impropio de ella. Era una mujer muy dulce.

—No hace falta. Los tres son unas personas horribles. Solo quiero que tengas cuidado, nada más. Y hoy he tomado una decisión. Irás al baile, tanto si te gusta como si no. Llama a Phillip y dile que irás. Ahora soy tu abuela y tienes que hacerme caso. Vas a ir —dijo con firmeza, y Camille le sonrió.

—Ya había decidido que asistiría. Quiero llevar los zapatos y el vestido.

Ella y Simone intercambiaron una sonrisa. La decisión estaba tomada. Camille iría al baile.

17

La mañana del Baile de la Vendimia Sam acababa de ver cómo montaban el equipo de amplificación y de escuchar las pruebas de sonido. Todo parecía en orden y habían estado tres días trabajando en la iluminación. Como siempre, iba a ser un acontecimiento espectacular, y las invitaciones eran las más codiciadas de todo el año en el valle de Napa. Los que asistían no olvidaban nunca aquel baile y rogaban que volviesen a invitarlos. El hecho de que fuese un baile de máscaras formal lo distinguía del resto de eventos y le daba un aura de elegancia que no tenía comparación. Y a pesar de todo el trabajo, sus propias quejas necesaria para montarlo y llevarlo a cabo, sus propias quejas por adelantado y los gastos astronómicos, a Sam también le gustaba. Siempre era un momento de nostalgia y un homenaje a la esposa que había amado y perdido.

Todo su personal y los trabajadores eventuales extra que contrataba habían estado corriendo de un lado a otro resolviendo problemas y comunicándose por radio durante días. Él también tenía una en la mano mientras se alejaba de la zona donde quinientas personas se sentarían a cenar y se dirigía a la casa cuando una de sus ayudantes lo llamó. Empleó su nombre en clave por la radio y él contestó enseguida.

—Aquí Pájaro Grande. Adelante —dijo mientras pasaba

por delante de dos guardias de seguridad apostados delante de su casa.

—Tiene una llamada de París. Se mantienen en línea esperando a que conteste. No sé de qué se trata; su inglés no es muy bueno. —Al principio a Sam no se le ocurrió de quién podía tratarse y entonces se acordó—. ¿Le digo que usted les devolverá la llamada y anoto el mensaje?

—Negativo. Lo cogeré en mi despacho. Ya casi he llegado. Dile que no cuelgue, por favor.

Dos minutos más tarde atendió la llamada en su estudio y una secretaria francesa de voz sensual le dijo que esperase «un minuto, por favor». El director de la agencia de detectives se puso al teléfono y se presentó. A Sam le tranquilizó oír que hablaba su idioma; por un momento había temido lo peor. Su abogado lo había remitido a aquella agencia que realizaba investigaciones privadas de carácter delicado en París. Le había dicho a Sam que se les daba bien sacar a la luz viejos asuntos difíciles de desenterrar. Su silencio desde junio le había hecho creer que no había nada que revelar sobre Maxine; que no era más que una vulgar aunque avispada cazafortunas que había tenido suerte con Christophe. Sam sentía la responsabilidad de proteger a Camille después de que Phillip le hubiese contado lo mal que Maxine y sus hijos la estaban tratando. Quería asegurarse de que no se estaba llevando a cabo ninguna actividad delictiva, pero el silencio de la agencia le había tranquilizado. Si hubiese habido algo muy grave, lo habrían descubierto y le habrían llamado. De modo que ahora esperaba un informe banal y unas disculpas por no haber contactado antes con él.

—¿Monsieur Marshall? —dijo una voz grave y seria de hombre al otro lado de la línea.

En París eran las seis de la tarde; en Francia todavía era horario de oficina.

—Sí, soy Sam Marshall —confirmó él.

Como era de esperar, el director de la agencia se disculpó por el largo retraso y le dijo que había resultado muy difícil obtener la información que Sam deseaba.

—En Francia es posible borrar los antecedentes penales después de cinco años, así que hemos tenido que indagar y comprobar muchos datos. Queríamos ver si madame Lammenais posee antecedentes penales. —No se refería a Maxine como «condesa», que era la palabra que ella empleaba cuando se le antojaba—. En realidad solo tiene una reputación desagradable. —A Sam le pareció una forma curiosa de expresarlo y sonrió—. Su historia es más bien interesante. Tuvo tres maridos en Francia antes de casarse con el señor Lammenais. Uno de joven, un hombre que murió recientemente, hace solo dos meses, en un accidente de moto en el sur de Francia. Era el padre de sus dos hijos y tenía una segunda familia en Inglaterra.

»Logramos hablar con su hermana, que era pequeña cuando su hermano se casó con madame Lammenais y apenas se acuerda de ella. Dijo que a sus padres no les gustaba, que hablaban mal de ella y decían que solo buscaba dinero, y que su hermano no tenía ningún contacto con ella. Se había olvidado de que él había tenido dos hijos con ella, a quienes no ha visto nunca. Después tuvo cinco hijos con su actual viuda, con la que estuvo casado mucho tiempo. —Consultó unos papeles de su mesa y prosiguió un momento más tarde—. Parece que su siguiente matrimonio fue relativamente breve. Su segundo marido se suicidó hace mucho, dos años después de que se divorciasen. No hemos podido descubrir nada sobre él salvo que trabajaba en una editorial. No tenía familiares vivos y no tuvieron hijos. Parece que vivía humildemente y que no era rico.

»Luego se casó con el conde de Pantin, hace aproximadamente doce años. Antes fue su amante durante dos años. Él se casó con Maxine cuando murió su esposa y, según la hija del conde, su aventura precipitó el deterioro físico de su madre, que acabó muriendo de cáncer. Dijo que su padre estaba loco por ella. Era cuarenta y tres años mayor que Maxine y extraordinariamente generoso con ella. Sus hijos son mayores que ella y se opusieron al matrimonio. No tuvieron descendencia y sus hijos la culpan de distanciarlos de su padre, supuestamente para sacarle dinero sin que ellos se enterasen. Afirman que él le daba todo lo que quería. Y tras la boda llevaron un estilo de vida muy lujoso. Ropa de alta costura, joyas caras, yates fletados en vacaciones, viajes lujosos. Él tenía una importante colección de cuadros de maestros holandeses y los hijos están convencidos de que ella le obligó a darle varios, que vendió después de su muerte. Cuando el conde empezó a tener problemas de salud a los ochenta y tantos años, ella lo trasladó al château familiar en Périgord e impidió que sus hijos lo visitasen. Hace poco logramos contactar con dos de sus criados y confirmaron que todo esto era cierto. Ella no dejaba que nadie lo viese, lo mantenía aislado. Nos pusimos en contacto con el médico del conde De Pantin, que declinó hacer comentarios, pero no negó lo que el ama de llaves y el encargado de mantenimiento habían dicho. Por lo visto lo retenía lejos de todo el mundo y, según el ama de llaves, a veces era muy cruel con él. En una ocasión lo encontraron encerrado en un armario en su silla de ruedas, después de una discusión sobre un cuadro que ella quería que le regalase y que el conde finalmente le dio.

La descripción de Maxine la retrataba como una persona codiciosa, descortés y agresiva hasta la crueldad que había extorsionado objetos valiosos a un anciano enfermo.

—Uno de los detalles más perturbadores que nos contaron todos sus hijos es que creen que ella lo acabó matando, pero no hay ningún elemento objetivo que apoye sus acusaciones. Según el certificado de defunción, murió de un fallo cardíaco mientras dormía. Tenía casi noventa y un años; que muriese a esa edad después de bastante tiempo con mala salud no resulta sospechoso.

»Después de la muerte del conde, sus hijos intentaron reclamar el château de la familia, pero ella se negó a desalojarlo hasta que le pagaron para que se fuese. Por lo visto ellos le entregaron mucho dinero. Él le dejó una cuarta parte de su patrimonio de acuerdo con las leyes de Francia, pero ella quería mucho más, la mitad de la parte de los hijos, con lo que habría recibido más del cincuenta por ciento del patrimonio de su difunto esposo. Y también se enfrentó a ellos por la casa de París. La hija dijo que intentó chantajearlos y revelar a la prensa detalles sobre su padre. Al parecer, había tenido muchas amantes mientras estuvo casado con su madre, que había sido alcohólica. Amenazó con sacar a la luz todos los trapos sucios de la familia, incluido el hecho de que uno de los hijos casados del conde, presidente de un respetado banco francés, es gay. Decidieron pagarle lo que les pareció una cantidad importante en lugar de arriesgarse a que la familia cayese en desgracia y sus escándalos acabasen en la prensa. Le guardan mucho rencor.

»Creo que la acusación de que mató al conde es falsa, y no podemos conocer el estado mental del anciano en el momento de su muerte. Tal vez había llegado a un punto en el que su salud era tan frágil que ya no quería vivir y le pidió ayuda. Pero en el certificado de defunción no hay nada que haga pensar que fue un crimen. En el momento de su muerte hacía cuatro años que no veía a sus hijos ni a sus nietos. Y este detalle todavía parece entristecerles mucho. Consideran que ella les arrebató los últimos años con su padre para controlarlo. El encargado del mantenimiento de la casa corroboró que el conde solía decir lo mucho que echaba de menos a sus hijos cuando lo bañaba. A veces lloraba.

Sam se sintió asqueado escuchando este relato. La imagen de un anciano solo, recluido, a merced de una mujer más joven, avariciosa y controladora, separado de su familia, encerrado en un armario para castigarlo y extorsionarlo, era desgarradora. Aunque ella no lo hubiese matado, su comportamiento había sido de una crueldad inconcebible, pero a Sam no le costaba creerlo viniendo de ella. Todos sus instintos le advertían de peligro cada vez que la veía. No pudo evitar preguntarse si Christophe habría creído un relato como ese, debido a su disposición a pensar lo mejor de todo el mundo, incluso de una mujer a la que apenas conocía y de la que era esclavo.

—Parece ser que estaba muy endeudada antes de irse de Francia. Vivía en un piso de alquiler caro, viajaba y daba muchas fiestas. Sin duda buscaba nuevo marido. Tuvo que vender algunos cuadros y joyas para saldar sus deudas antes de partir a Estados Unidos. Creo que sus hijastros se aseguraron de que su reputación le precediese en París, y la gente que perseguía le cerraba las puertas a cal y canto. La alta sociedad de aquí es un círculo muy cerrado. Supongo que pensó que tendría más suerte en Estados Unidos, donde nadie sabía quién era.

»En su caso no hay constancia de ninguna actividad criminal demostrable, a diferencia de su hijos, Alexandre y Gabriel Duvalier, ambos fruto de su primer matrimonio. El mayor, Alexandre, fue expulsado de cinco colegios privados de París y de un internado de Suiza por copiar y robar en varios casos. También lo echaron de la universidad. Tuvo un empleo en un banco, que al parecer le consiguió su padrastro, donde lo acusaron de fraude y desfalco a los veintitrés años. Lo habrían llevado a juicio, pero su padrastro intervino en su favor. Lo despidieron y, desde entonces, no ha encontrado trabajo. Parece que su madre lo mantiene.

»El hijo pequeño todavía está matriculado en la universidad y tiene antecedentes con drogas en el colegio. Lo han detenido por posesión de marihuana y hachís. Parece el caso típico de chico malcriado de su edad que va por el mal camino. Su madre también lo mantiene.

»Tiene una madre bastante mayor que ronda los noventa años y vivía en la indigencia en un barrio pobre de París. El portero del edificio dijo que la condesa no la visitaba nunca y, antes de irse, debía varios meses de alquiler hasta que la condesa saldó la deuda. Nunca la había visto en el edificio, pero en cambio dijo que su madre era una mujer muy simpática. Tampoco vio nunca a sus nietos. La madre se llama Simone Braque. No sabemos qué ha sido de ella. Puede que haya muerto; no hemos conseguido localizarla para interrogarla y no queríamos alertar a su hija de la investigación.

—En realidad también está aquí, en el valle de Napa —dijo Sam en voz baja—, así como sus hijos.

Sin duda ellos eran un problema. Y también Maxine. No era una viuda negra que había matado a varios maridos, pero había utilizado, abusado, extorsionado y hecho todo lo que había podido para sacar dinero a los hombres de su vida, sin importarle la crueldad que había tenido que poner en práctica. Su intuición no le había engañado: era una mujer peligrosa y ningún hombre estaba a salvo con ella cuando clavaba sus garras sobre él. Dio gracias por que Christophe no hubiese vivido lo suficiente para experimentarlo. Habría ido como un borrego al matadero con Maxine. Él no estaba a su altura, ni tampoco Camille. Phillip tenía razón y ahora Sam estaba muy preocupado por la hija de su amigo. El hecho de que la hubiesen echado de su château para obligarla a vivir en un frío establo y hubiesen tratado de extorsionarla no era nada comparado con las cosas de las que Maxine era capaz cuando se lo proponía. Y de acuerdo con el testamento de Christophe, Camille tenía que aguantarla nueve meses más. La mera idea le hizo estremecerse y decidió que haría todo lo que estuviese en su mano para detenerla. El hecho de que ella lo heredase todo si a Camille le pasaba algo antes del próximo mes de junio era alarmante y suponía un auténtico peligro para la chica.

—Gracias por el exhaustivo informe —dijo Sam en voz queda, digiriendo aún todo lo que había oído.

—Se lo hemos puesto por escrito, tanto en papel como por vía electrónica, pero quería hablar con usted antes por si tenía alguna pregunta. Lamento que hayamos tardado tanto, pero el caso de madame Lammenais ha requerido un trabajo minucioso porque gran parte de la información eran rumores, y ella no tiene antecedentes penales.

—Pues me parece que debería, al menos por maltrato de ancianos —dijo Sam con dureza.

Estaba furioso por todo lo que había descubierto y por todo aquello a lo que Camille había estado expuesta sin quererlo.

—Lo mismo opinan sus hijastros. Pero esas cosas son difíciles de demostrar; tal vez él podría haber tenido miedo de esa mujer y negarlo, aunque hubiesen llegado a interrogarlo al respecto. Los dos empleados de la casa dijeron que él la había querido hasta el final. Parece que es una de esas mujeres que saben manipular a los hombres en su beneficio. En las cortes reales francesas había muchas como ella; la naturaleza humana no cambia mucho a lo largo de los siglos. Ha habido mujeres como ella desde el principio de los tiempos. Es una lástima cuando gente buena cae víctima de ellas. Por lo que todo el mundo ha dicho de él, el conde de Pantin parecía un buen hombre. De joven fue un financiero muy importante en París, pero ya era muy mayor cuando Maxine lo conoció. Probablemente entonces era vulnerable a ella y se sintió halagado por las atenciones, debido a la diferencia de edad que existía entre ambos.

Era fácil reconstruir lo que había ocurrido. Sin duda ella había obtenido menos de su patrimonio de lo que esperaba, debido a la resistencia de sus hijastros, pero había conseguido lo suficiente para satisfacer sus necesidades hasta que conoció a Christophe. Probablemente lo habría desangrado del todo o habría intentado que él desheredase a Camille, algo que en Francia era legalmente imposible, pero no en Estados Unidos. Los viejos tontos lo hacían continuamente cuando conocían a una cazafortunas veinteañera y desheredaban a sus hijos. Sin embargo, Sam no veía a Christophe haciendo esto a ninguna edad. Él quería demasiado a su hija para permitir que Maxine lo manipulase hasta ese punto. Pero desde luego ella era una experta en maltratar a los hombres. Sam pensaba hacer todo lo que estuviese en su mano para sacarlos a ella y a sus hijos de la vida de Camille para siempre.

Dio las gracias al hombre de París por el informe completo, recorrió el pasillo con el ceño fruncido y salía de casa cuando tropezó con Phillip. Había ido a por una lista de reproducción que había preparado para que el disc-jockey la pusiese en las pausas de la orquesta. Phillip había ejercido de disc-jockey en la universidad y de vez en cuando todavía lo hacía para sus amigos. Estaba contento y tranquilo y le sorprendió ver a su padre tan serio.

—¿Pasa algo?

Phillip tenía una cita esa noche con una chica con la que alguien lo había emparejado y estaba ansioso por que empezara el baile; se había esforzado mucho y también quería disfrutar. Pero también había prometido buscar a Camille cuando llegase y no separarse de ella. Su amiga le había dicho que sus malvados hermanastros no iban a ir a la fiesta y que le ponía nerviosa andar por ahí sola. Además, le había contado que su «hada madrina» la había convencido para que fuese, y Phillip se alegró. Se aseguraría de que ella lo pasase bien y la trataría como a la hermana pequeña que era para él.

—La verdad es que sí —contestó Sam a su pregunta—. Me acaban de llamar de la agencia de detectives de París con la que contacté en junio. Se lo han tomado con calma y ya pensaba que no averiguarían nada. Tus sospechas sobre la «condesa» eran ciertas y las mías también —dijo en tono desdeñoso—. Ahora no tengo tiempo para hablar del asunto, pero quedemos mañana para desayunar. Tenemos que echarle a Camille una mano y sacar a esa bruja de allí. Ella no puede ocuparse sola de todo este asunto.

Enseguida Phillip puso cara de preocupación, como si se le hubiese despertado el instinto protector, un rasgo que había heredado de su padre. Le gustaba mucho pasarlo bien, pero cuando la situación lo requería se ponía serio.

—¿Es que tiene antecedentes penales? —le preguntó Phillip, inquieto.

—No, aunque debería. Pero, sobre todo, ella y sus hijos son mala gente, los tres. Se trata de una especie de buitres. Con el tiempo ella habría intentado dejar a Chris sin blanca, cuando hubiese encontrado una víctima más suculenta. Me alegro de no haber sido yo —dijo, y Phillip sonrió, pues conocía muy bien a su padre.

—Tienes demasiado mal genio para una mujer como esa, papá. —Sonrió y Sam se echó a reír.

—Puede que tengas razón. Ayer Elizabeth me llamó «cascarrabias».

—Pero por lo menos eres uno bondadoso.

No había hombre más amable que Sam Marshall sobre la faz de la tierra, pero era alérgico a la falta de honestidad, a la gente deshonesta, y tenía un sistema de detección precoz muy desarrollado. Él también había tenido que protegerse durante años.

—Hablaremos mañana por la mañana mientras desayunamos y pensaremos qué hacer. ¿Vas a decirle algo a Camille hoy?

—No antes de la fiesta. Y prefiero hablar primero contigo; tú la conoces mejor. No deseo asustarla. Quiero saber de qué forma piensas que deberíamos proceder.

Sam respetaba profundamente el criterio de su hijo y, gracias a ello, les iba bien en los negocios. Se admiraban mutuamente.

—Procura no preocuparte por el tema esta noche. Nos pondremos manos a la obra mañana a primera hora. Esta noche no va a pasar nada. Estoy seguro de que la condesa está ocupada preparando su disfraz y pensando a quién tirarle los tejos. —Sam asintió con la cabeza; se estaba tomando muy en serio todo lo descubierto esa mañana—. ¿Está todo listo para esta noche? —le preguntó Phillip.

Sam le aseguró que sí. Cuando su hijo salió de la casa con la lista de reproducción para el disc-jockey, Sam se dio cuenta de que últimamente había madurado. El compromiso con Francesca no había prosperado, pero parecía que él había aprendido algo: el tipo de mujer que no deseaba.

Phillip era cada vez más independiente y se tomaba su vida amorosa menos en serio. Se divertía con las chicas con las que salía, pero ya no se engañaba creyendo que representarían para él algo más que una noche o un fin de semana de diversión. Si Christophe hubiese podido ser así, ahora no tendrían que preocuparse por Maxine. En cambio, ella se había enquistado profundamente en la vida de Camille. Sam sospechaba que les costaría librarse de ella, y que solo lo lograrían pagando un alto precio. Pero Phillip y él hablarían de ello al día siguiente. No tenía sentido preocuparse un día como aquel en el que estaban tan atareados.

Maxine se había pasado el día entero preparando su disfraz. El vestido estaba perfectamente planchado y colgado en su vestidor. Era de color azul celeste claro y tenía unos zapatos de satén con hebillas antiguas a juego. La peluca y la máscara estaban listas. Se tumbó a dormir una breve siesta para cargar energía antes de ponerse la ropa. Pensó en Sam Marshall allí tumbada. No podía imaginarse que se resistiese a ella. Tenía la cintura fina y los pechos turgentes. Hacía poco se había inyectado bótox y su rostro estaba perfecto. Había visto a la mujer con la que Sam salía cuando habían coincidido en alguna fiesta. Tenía la cintura gruesa, una cara normal y corriente, le sobraban siete kilos e iba mal vestida y poco elegante todas las veces que Maxine la había visto; la ropa que llevaba era poco sexy y más apta para una campaña política o para trabajar en una biblioteca. Él se merecía mucho más y Maxine estaba segura de que si se le presentaba la oportunidad, podría atraparlo. Él nunca había estado con una mujer como ella y, como todos los demás, cuando probase sus encantos, querría más. Le resultaba inconcebible que no fuese así.

—¿Te apetece comer algo antes de salir? —preguntó Simone a Camille esa tarde mientras paseaban por el huerto con Choupette, después de recoger los huevos del gallinero en una cestita.

—No, gracias —respondió ella, sonriéndole—. Allí habrá mucha comida.

Pensaba salir después de que Maxine se hubiese ido de casa para no tropezarse con ella y luego la evitaría en la fiesta. Se alegraba de que los chicos no fuesen; así no tendría que preocuparse por ellos.

Oyeron cómo Maxine se iba en una limusina que había alquilado. Era un Rolls-Royce blanco con chófer, que a Camille le pareció una vulgaridad. Ella tenía pensado ir en una de las furgonetas sin marcas distintivas de la bodega, que era una opción poco elegante pero le permitiría llegar allí, además de tener un aspecto lo bastante inofensivo para pasar desapercibida.

Simone permaneció de pie diciéndole adiós con la mano mientras ella estaba a punto de marcharse. Parecía una princesa de cuento y los brillantes zapatos que la anciana le había prestado eran el toque final perfecto. Tenían cristales y diamantes de imitación y algo que parecía un lazo de cristal, y emitían pequeños arcos iris cuando les daba la luz. Le hacía mucha ilusión llevarlos, así como el bonito vestido rosa de Maxine.

—Procura evitar a tu encantadora madrastra —volvió a advertirle Simone.

Los chicos habían salido a cenar. Simone siguió agitando la mano para despedirse de ella hasta que dejó de verla en el camino de entrada, se dio media vuelta y entró en su casita con Choupette detrás. Le alegraba el corazón ver que una joven tan guapa iba a pasárselo bien a un baile de máscaras. No se le ocurría nada mejor. Se arrellanó en un cómodo sillón con un libro, feliz de haberla convencido para que acudiese.

18

Había veinte aparcacoches esperando para llevarse los vehículos cuando Camille se acercó a la entrada de la fiesta con la furgoneta. Recogió el resguardo, lo metió en el bolso y atravesó la grava hasta el jardín, desde donde la gente estaba entrando. Era como retroceder en el tiempo a la época de la corte de Luis XV; el jardín que habían instalado para la velada imitaba el de Versalles. Las mujeres lidiaban con sus enormes faldas, los hombres se ajustaban las pelucas y todos los invitados se aguantaban las máscaras para taparse la cara. Camille sacó el móvil para llamar a Phillip y averiguar dónde se encontraba.

—¿Dónde estás? —le preguntó al contestar él.

—En la barra, dónde si no. Mi cita me ha dejado plantado. Tiene la rubeola; se la ha contagiado su prima pequeña.

—Eso te pasa por salir con niñas de doce años —le dijo ella en broma, y él rio.

—Es mayor que tú, pero no mucho. Date prisa, me aburro.

Todavía no había visto a ninguno de sus amigos; la mayoría de los invitados eran vecinos del valle de la generación de su padre.

—¿Dónde está la barra? —le preguntó Camille—. Llevo un vestido rosa claro, por cierto. El de Maxine es azul claro. Avísame si la ves.

—Te mandaré un mensaje. La barra está al fondo del todo.

Hay otras tres o cuatro, pero el caviar y el foie gras están en esta.

Sam tiraba la casa por la ventana cada año en el Baile de la Vendimia. Él y Elizabeth se hallaban en un punto céntrico recibiendo a los invitados.

Camille tardó quince minutos en encontrar a Phillip, que tenía una copa de champán en la mano para ella y se la dio. Ella bebió un sorbo. La fiesta era tan espléndida que parecía una boda con doscientas o trescientas novias.

—Estás preciosa —dijo Phillip, admirándola. Estaba realmente bellísima, y a él le sorprendió verla con un atuendo tan espectacular—. ¿De dónde has sacado el vestido?

—No preguntes —contestó ella, dando una vuelta sobre sí misma para él—. Me lo dio mi abuela hada madrina.

Cuando la falda se movió, Phillip vio los zapatos brillantes y sonrió.

—Pareces Cenicienta. ¿Me voy a convertir en una calabaza o en un ratón blanco a medianoche? —le dijo él con guasa.

—No, tú eres el apuesto príncipe azul, no te conviertes en nada. Tu destino es pasarte los próximos diez años corriendo por todas partes en busca del otro zapato, probándoselo a mujeres feas de pies grandes.

—Pinta bien. —Él rio—. ¿Y tú qué haces mientras tanto?

—Yo friego los suelos del castillo hasta que tú me encuentras. O, en la versión moderna, puede que me vaya y busque trabajo.

—Ya tienes uno —le recordó él—. Diriges una bodega.

—Ah, eso —dijo ella, riendo tras la máscara.

En ese preciso momento vio a Maxine a lo lejos y se escondió detrás de Phillip. Esta iba directa hacia Sam, que estaba hablando con Elizabeth. Ella llevaba puesto un vestido muy bonito y Sam parecía contento.

—¿Crees que Liz y tu padre se casarán algún día? —inquirió Camille, que siempre sentía curiosidad por ellos.

—Quién sabe. Puede que no. Parece que les gusta tal como están las cosas y mi padre no podría pasarse tanto tiempo en Washington. Tiene que estar aquí por la bodega.

—A lo mejor ella deja la política —aventuró Camille, e hizo reír a Phillip.

—Lo dudo. Mi padre cree que debería presentarse candidata a presidenta, pero no creo que lo haga. Tal vez a vicepresidenta.

Fueron andando despacio hacia las mesas de la cena y Phillip la hizo sentarse junto a él; al otro lado estaba la silla vacía donde se habría acomodado su acompañante. Phillip no la echaba de menos y se lo estaba pasando muy bien con Camille. Saludaron a todos los invitados que reconocieron y él la sacó a bailar antes de que empezase la cena. Vieron a Maxine en una mesa cerca del aparcamiento, lo más lejos posible de la mesa de Sam que este había podido colocarla. Estaba sentada con gente mayor, absorta en una conversación con uno de los comensales.

—Podría hablar con una piedra si no le quedase más remedio —comentó Camille.

—Solo si la piedra tuviese mucho dinero —dijo Phillip.

Los dos rieron.

Bailaron al son de la música de la orquesta y del disc-jockey y, al cabo de un rato, los dos se habían cansado de saludar a la gente y se escaparon al jardín donde solían jugar de niños. No lo estaban usando para la fiesta y solo los muy allegados sabían dónde se encontraba. Cuando llegaron estaba vacío, lleno de rosas y con un pequeño cenador. Había un banco de mármol que parecía sacado de un jardín inglés y unos columpios. Camille se acercó a ellos, atraída por los recuerdos. Recordaba estar allí, sus madres sentadas en el banco charlando mientras ellos jugaban a pillar y Phillip la perseguía entre los árboles.

—Me encantaba venir aquí cuando éramos niños —reconoció, y él sonrió y se situó detrás de ella para empujarla en el columpio.

—Eras muy valiente —comentó él, absorto en sus recuerdos—. Una vez te tiré al suelo y te hiciste un rasguño en la rodilla, pero le dijiste a tu madre que habías tropezado.

—Me acuerdo de aquello —dijo ella, sonriendo, mientras sacaba los pies para impulsarse con fuerza, admirando los zapatos brillantes que sobresalían por debajo de la enorme falda—. Tú siempre te portabas bien conmigo. Menos esa vez que metiste una rana en la cesta de picnic.

Los dos rieron. Todo eso quedaba ahora muy lejos. Formaba parte de la infancia feliz que habían compartido, con unos padres que los querían y unas vidas protegidas. Y a medida que crecían, inevitablemente, la vida real había sobrevenido.

—¿Crees que deberíamos volver a la mesa? —le preguntó ella, pero él negó con la cabeza.

—Prefiero estar aquí. Podemos ver los fuegos artificiales cuando empiecen. Además, a estas alturas todo el mundo está tan borracho y se lo está pasando tan bien, que les dará igual dónde estamos.

Camille se quitó los zapatos al bajar del columpio para no estropearlos con la hierba húmeda. Fueron a acomodarse en el banco donde se sentaban sus madres, y ella metió los zapatos debajo mientras contemplaban juntos las estrellas. Luego empezaron los fuegos artificiales, que ese año fueron mejores que nunca. Duraron más de media hora y Camille consultó nerviosa el reloj cuando terminaron.

—Simone me dijo que vigilase a Maxine para volver a casa antes que ella y que no me viese entrar con el vestido puesto. Tengo que pasar por el château para llegar a casa. —No tenían ni idea de dónde estaba Maxine. Habían estado en el jardín privado mucho más de una hora disfrutando de la intimidad, los recuerdos y el descanso de los demás invitados—. Deberíamos ir a ver dónde está —propuso Camille.

Él la siguió de una punta a otra del jardín como cuando eran niños y, hasta que volvieron a la mesa, ella no reparó en que se había olvidado los zapatos debajo del banco.

—Volveré a por ellos —se ofreció él galantemente, pero justo cuando lo dijo, Camille vio a Maxine esperando su coche en la larga cola de invitados que se marchaban.

—Tranquilo, vendré mañana a por ellos. Tengo que irme a casa.

Camille tenía una expresión de pánico y se preguntaba cómo podría conseguir evitar que Maxine la viese y se enterase de que había estado en la fiesta con su vestido. Le explicó su dilema a Phillip, él la tomó de la mano y cruzó una pequeña verja lateral con ella.

—Sé dónde están aparcados los coches. Hay que dejar las llaves en el asiento.

Ella lo siguió descalza por el largo sendero de hierba y fueron a dar a un enorme aparcamiento que se utiliza habitualmente para los vehículos de la bodega, los cuales habían sido desalojados esa noche. Encontraron la furgoneta en la que Camille había llegado y ella se quedó al lado del vehículo con los pies descalzos.

—Gracias por cuidar tan bien de mí —dijo—. Me lo he pasado muy bien contigo. Ha sido como volver a ser niños, sentados en el jardín.

También se había acordado de su madre.

—Yo también me he divertido —contestó él, y le dio un beso en la mejilla.

Entonces ella vio unas chanclas de goma que alguien se había dejado en el asiento trasero y se las puso; él volvió a reírse de ella. Por muy adulta que fuese o muy elegante que resultase el vestido que llevaba puesto, Phillip siempre se lo pasaba bien con ella.

—No recuerdo que Cenicienta volviese a casa en chanclas —dijo.

—Pero lo habría hecho si se hubiese olvidado los zapatos en el jardín.

Camille esperaba que Simone no se enfadase con ella por dejárselos, pero nadie los encontraría donde estaban.

—Te los llevaré mañana. Conduce con cuidado.

Phillip se despidió de Camille con la mano mientras ella se iba por una salida trasera de la propiedad que conocía muy bien para volver a casa por la carretera de St. Helena. Con suerte, Maxine iría detrás de ella, atrapada en el atasco de invitados, así que Camille conseguiría llegar a casa antes que su madrastra. La velada había sido todo un éxito y se alegraba de haber asistido.

Se encontraba a solo un kilómetro y medio de casa, esperando que Maxine todavía no hubiese llegado, cuando olió a quemado por la ventanilla abierta y vio humo en el cielo. Este tapaba las estrellas en algunas zonas, todo estaba muy negro, lo que significaba que había un incendio activo que todavía estaba fuera de control. Debido al calor y los veranos secos, el fuego era uno de los mayores peligros del valle y, a lo largo de los años, había habido algunos incendios devastadores.

El humo empeoró a medida que se acercaba a la finca y pisó el acelerador a fondo cuando llegó al camino de la entrada. Para entonces ya oía el fuego, que sonaba como el agua al correr con fuerza, y cuando torció en la última curva, vio un muro de llamas detrás del château, detuvo la furgoneta y bajó de un salto. El fuego parecía provenir de la casita de Simone y, cuando llegó allí, vio que las llamas la rodeaban y se extendían hasta la zona donde se encontraba el establo, en dirección a las viñas. Entonces vio una figura menuda entre las llamas. Era Simone, que intentaba decidir cómo abrirse paso, con Choupette en brazos; Camille tampoco veía la forma de llegar hasta ella. Las llamas eran más altas que la casita y las chispas salían volando por todas partes. Camille echó mano del móvil instintivamente, llamó a urgencias y, en cuanto les hubo dado la dirección y su nombre, se desató el vestido y se lo quitó. Sabía que si intentaba atravesar las llamas con el vestido de gasa, se incendiaría, de modo que se quedó en chanclas y ropa interior, pensando en cómo podría llegar hasta donde estaban Simone y la perra. Entonces vio a Alexandre a un lado mirándola con lascivia, ella señaló a Simone y le gritó por encima del rugido de las llamas:

—¡Tu abuela! ¡Ve a buscar a tu abuela!

Él se quedó quieto y se rio de ella, Camille se preguntó si estaba borracho otra vez. No había rastro de su hermano ni de Maxine, y Camille siguió haciendo señas a Simone para que retrocediese y no se acercase tanto a las llamas; luego se acercó corriendo a Alex y le gritó:

—¡Por el amor de Dios, sácala de ahí!

—¿Estás loca? —le chilló él—. Nadie puede atravesar las llamas.

Pero Camille pensaba hacerlo. No podía dejar que se quemase viva. Las viñas de la parte trasera ya habían empezado a arder y las llamas avanzaban hacia el château, pero ella solo veía a Simone, que aguantaba allí con valentía mientras esperaba que la rescataran con Choupette en brazos. El humo era agobiante y, mientras Camille buscaba una manguera para abrir un claro por el que pudiera llegar hasta ella, oyó unas sirenas a lo lejos. En menos de un minuto, una hilera de camiones de bomberos había recorrido el camino de acceso y se había detenido frente al château, y los bomberos corrían hacia las llamas armados con mangueras. Camille agarró a uno por el brazo y señaló a Simone. El bombero se puso una máscara de oxígeno y asintió con la cabeza. En ese momento dos hombres con trajes ignífugos se unieron a él y los tres atravesaron las llamas, taparon a Simone con una manta ignífuga y la sacaron del incendio. La depositaron lo más lejos de las llamas que pudieron y Camille corrió hacia ella mientras la anciana salía de debajo de la manta sosteniendo a Choupette, que se encontraba aturdida. Camille seguía en ropa interior, y uno de los bomberos le alcanzó una chaqueta y volvió hacia el incendio para apagar las llamas.

—¿Qué ha pasado? —le preguntó Camille a gritos por encima del estrépito.

Simone parecía afectada pero seguía resuelta y alerta.

—No lo sé. Noté un olor a gasolina, entonces Choupette empezó a gemir y a ladrar y vi llamas al otro lado de las ventanas, que venían por el camino de tu casa. Mis pobres gallinas —dijo, con cara de consternación.

Camille la rodeó con el brazo y observaron cómo los bomberos combatían el fuego mientras otros corrían a las viñas. Les dijeron que se alejasen por el camino de acceso mientras el fuego avanzaba hacia el château. Y en ese momento Camille se acordó de Alex y de la horrible expresión de su rostro mientras observaba cómo su abuela iba de un lado a otro, atrapada detrás de las llamas. Pero ahora había desaparecido y no lo veía por ninguna parte.

Se encontraban entre dos camiones de bomberos cuando Maxine regresó a casa en su Rolls-Royce alquilado. Le dijo al chófer que aparcase a un lado de la carretera; Camille vio otro coche detrás de ella que no reconoció y volvió a mirar cómo el fuego se acercaba al château. Se preguntaba si esa noche iban a perderlo todo mientras una fina serpiente de llamas corría colina abajo a través de las viñas y más bomberos se apresuraban a apagarla.

—Dios mío, ¿qué está pasando? —exclamó Maxine mientras subía corriendo por la colina, vestida aún con el disfraz de la fiesta. Al ver a Camille en ropa interior con la chaqueta de bombero, no se percató de que ella también había asistido al baile. Había dejado la peluca y la máscara en la furgoneta—. ¿Dónde están los chicos? —gritó a Camille.

Ella le contestó que no tenía ni idea, pero sí sabía que jamás olvidaría la cara de Alexandre mientras se disponía a ver a su abuela quemarse viva riéndose de ella. Aquello se le quedaría grabado en la mente para siempre. Maxine corrió hacia el château y dos bomberos la detuvieron.

—No puede entrar ahí —le indicaron.

Estaban rociando con mangueras el tejado y el château corría el riesgo de estallar en llamas en cualquier momento.

—¡Mis hijos están ahí dentro! —chilló ella.

—No hay nadie en la casa. Lo hemos comprobado.

Y, justo entonces, Alexandre y Gabriel doblaron la esquina del château y caminaron en dirección a su madre. A medida que se acercaban, ella reparó en el olor y las manchas de gasolina de su ropa.

—¿Qué habéis hecho? —les gritó.

Alexandre la miró furioso. Los bomberos estaban demasiado ocupados para fijarse en ellos, pero Camille los observaba atentamente.

—Lo que nos mandaste —dijo Alexandre a Maxine.

—Os dije que os deshicieseis de ella, pero me refería a que le dieseis un susto. No que la mataseis y que incendiaseis la casa.

No cabía duda de cómo se había producido el incendio. Solo el hedor que desprendían aquellos dos ya lo decía todo. Camille los miraba horrorizada cuando Phillip se acercó corriendo al grupo con una expresión de pánico que enseguida dio paso al alivio cuando vio que Camille se encontraba bien. Había tomado el primer coche que había encontrado para llegar allí, que era el vehículo que iba detrás de Maxine.

—El jefe Walsh se estaba yendo de la fiesta cuando le avisaron de la alarma de incendio. Nos dijo a mi padre y a mí dónde era. He venido lo más rápido que he podido —explicó a Camille, y miró a Maxine hecho una furia.

Había oído lo que acababa de decir y había entendido perfectamente cómo se había iniciado el fuego por la gasolina que manchaba la ropa de los chicos.

—Habéis estado a punto de matar a vuestra abuela —les gritó Camille.

Maxine miró a sus hijos furiosa.

—Sois un par de idiotas. ¿Sabéis el lío que habéis armado?

—Tú lo heredas todo si ella muere, madre —le recordó Alexandre, hablando como si Camille no estuviese delante.

Pero ella oyó todo lo que dijo, al igual que Phillip y Simone. Cuando Alexandre pronunció esas palabras, Phillip le asestó un puñetazo con todas sus fuerzas y los dos hombres se enzarzaron en una pelea. Gabriel se quedó a un lado como si quisiese huir, mientras que Alexandre no paraba de gritar a su madre:

—Tú nos dijiste que nos deshiciésemos de ella.

Dos bomberos tuvieron que interrumpir lo que estaban haciendo para separarlos; la policía y el sheriff llegaron poco después, seguidos de Sam y Elizabeth. Gabriel trató de escapar entonces, subió al coche que había estado utilizando e intentó atravesar las viñas, pero uno de los coches del sheriff lo interceptó. El jefe de bomberos confirmó que había sido provocado; había gasolina por todo el château y la casita.

Mientras Phillip, Simone y Camille los miraban, Maxine y sus hijos fueron esposados y detenidos por incendio provocado e intento de homicidio. Ella no se hallaba presente cuando ocurrió, como explicaba sin parar a la policía, y aseguraba que no sabía nada del asunto. Pero sus hijos habían declarado ante testigos que ella les había mandado hacerlo. Había sido idea suya. Maxine insistió una y otra vez en que no quería decir eso, como si intimidar a Camille para que le pagase fuese más aceptable que intentar asesinarla. Los metieron a los tres en dos coches patrulla y los llevaron a la cárcel. Los Marshall, Elizabeth, Simone y Camille se quedaron en la entrada observando cómo los bomberos rociaban con mangueras el château y las viñas más próximas. La casita había sufrido graves desperfectos y el establo en el que Camille vivía había desaparecido. El lado del château más cercano a las llamas estaba ennegrecido. Todos rezaban para que la casa, los viñedos y la bodega no quedasen reducidos a cenizas esa noche. Todo dependía de si el viento cambiaba de dirección.

19

Fue una larga noche la que pasaron viendo cómo ardían las viñas de Château Joy, pero los bomberos lograron que el incendio solo afectase a una zona. Algunos pequeños edificios anexos y cobertizos quedaron destrozados, además de la casita y el establo. El viento cambió de dirección y las llamas no descendieron por la colina hasta la bodega. Y, milagrosamente, el château se salvó. El humo había ennegrecido un lado, pero se podría limpiar, no se había quemado ni deteriorado nada. Había sido una noche espantosa para todos, especialmente para Camille, que sabía cómo había ocurrido, quién era el responsable y por qué. Eso era lo más terrible de todo. Maxine y sus dos hijos estaban detenidos acusados de incendio provocado y dos cargos por intento de homicidio en primer grado y homicidio con premeditación. Todo podía haber acabado muy mal, y Camille y Simone podían haber muerto.

Elizabeth y Sam se fueron a las dos horas de haber llegado; para entonces la situación parecía bajo control. Phillip se quedó hasta las cinco de la madrugada, cuando permitieron a Camille y Simone guarecerse en el château. La joven acostó a la anciana en la habitación de Maxine. Esa noche había padecido mucho. Choupette gemía y tosía a causa del humo tumbada en la cama al lado de su dueña.

Camille estuvo sentada en la cocina pensando en lo que

había ocurrido. Los bomberos se habían quedado para regar con mangueras las viñas por si el viento volvía a cambiar de dirección y asegurarse de que los últimos rescoldos estaban apagados.

Phillip se quedó unos minutos y se fue después de recomendar a Camille que descansase y prometerle que volvería al cabo de unas horas. No había mucho de que hablar, los dos estaban demasiado cansados y conmocionados. Alexandre y Gabriel habían intentado matarla, Camille por poco había perdido el château y la bodega, y Simone también había estado a punto de morir.

A pesar del incendio de la noche anterior y de dormir solo dos horas, Phillip sacó tiempo por la mañana para hablar con su padre del resultado de la investigación llevada a cabo en Francia. A la luz de lo ocurrido, no le sorprendió nada de lo que le contó su padre. Maxine era una mujer peligrosa y malvada, y Phillip estaba seguro de que deseaba que Camille muriese misteriosamente para poder heredarlo todo. Sus hijos habían interpretado su deseo al pie de la letra y habían tratado de llevarlo a cabo chapuceramente, pero casi lo habían logrado. Había sido una tentativa torpe y burda, y fuera quien fuese el responsable de la idea, les había salido el tiro por la culata. Todos iban a pasar mucho tiempo en la cárcel. La estancia de Maxine en Château Joy había tocado a su fin, y sus hijos y ella se habían ido. Por fin. Y ya no podrían volver a hacer daño a Camille ni tampoco atormentarla.

Phillip y Sam hablaron largo rato de lo que había pasado, de lo tonto e ingenuo que había sido Christophe y del buen corazón que había tenido. Todo podría haber acabado mucho peor. Pero lo que había ocurrido ya era bastante grave y terrible. Si el viento hubiese soplado en otra dirección, Camille podría haber muerto o haberlo perdido todo.

Después de desayunar, Phillip se disponía a volver al château para ver en qué podía ayudar a Camille. Tendrían que limpiar mucho y, con el tiempo, replantar la zona quemada del viñedo.

Se detuvo primero en el jardín a recoger los zapatos de debajo del banco. Se paró a mirarlos un largo minuto, se acordó de cuando los dos jugaban en el jardín de niños y, a continuación, los metió en el bolsillo de la chaqueta y volvió a Château Joy.

Encontró a Camille preparando huevos revueltos en la cocina y a Simone sentada a la mesa con aspecto ligeramente aturdido, mientras Choupette corría por la cocina ladrando. Su amigo le sonrió cuando entró.

—¿Ya has desayunado? —le preguntó, mientras dejaba los huevos delante de Simone, que parecía tener un apetito saludable a pesar de las aventuras de la noche anterior.

Antes de que Phillip llegase había estado lamentando la pérdida de sus gallinas y Camille le había prometido comprar más.

—Acabo de desayunar con mi padre —contestó Phillip serio. Quería contarle lo que su padre le había dicho sobre Maxine y sus hijos, pero todavía no; ella ya tenía suficiente que digerir. Entonces se acordó de que tenía los zapatos en el bolsillo y se los dio—. Creo que esto es tuyo, Cenicienta —dijo, haciendo una reverencia.

Ella sonrió recordando la noche anterior, cuando había estado sentada con él en el jardín.

—En realidad, son de Simone —aclaró Camille, que los recogió y se los dio a su legítima dueña, quien sonrió al verlos.

—En ese caso —le dijo Phillip a Simone—, usted debe de ser mi bella princesa y yo su apuesto príncipe azul.

Los tres rieron.

—Puede que seas un pelín joven para mí. ¿Tienes abuelo? —preguntó ella inocente.

—La verdad es que no —respondió él en tono de disculpa.

La anciana puso los ojos en blanco, con un aire muy francés, encendió un cigarrillo nada más terminar los huevos y se volvió hacia Camille.

—Menos mal que anoche llevabas los zapatos, porque si no los habría perdido en el incendio. Los he guardado durante setenta años —dijo con nostalgia.

Todo lo que ella tenía en la casita se había deteriorado por el efecto del humo, el agua o el fuego, pero por lo menos Choupette y ella estaban vivas. Y todo lo que Camille tenía en el establo había quedado reducido a cenizas, aunque no había llevado allí nada de valor, salvo algunas fotos de sus padres y la chaqueta favorita de Christophe. Pero, dadas las circunstancias, habían perdido muy poco. Simone había pasado la noche pensando en sus nietos y en el acto inconcebible que habían cometido, y también en su hija, que había sido la artífice. Camille había llamado a la compañía aseguradora esa mañana e iban a venir esa semana. Tenían un buen seguro, pero de todas formas era una situación triste, sobre todo porque el incendio había sido provocado por personas que conocía, que la querían mal, la deseaban muerta y estaban incluso dispuestas a sacrificar a Simone, su propia abuela.

Esa mañana Camille había inspeccionado sus habitaciones del château. Lo único que deseaba era librarse de todo rastro de Maxine y sus hijos. Quería tirarlo todo y borrarlos de su vida para siempre.

Simone bebía el café y fumaba el cigarrillo con una expresión triste y Camille se compadeció de ella. Su única hija y sus dos nietos habían resultado ser unos criminales que habían intentado matarla. Debía de sentirse fatal, aunque para ella no fuese ninguna sorpresa que fueran malvados, sí lo eran mucho más de lo que ella temía.

Sin embargo, su tristeza se debía a otro motivo, le explicó a Camille cuando Phillip salió a inspeccionar los desperfectos.

—Voy a tener que separarme de ti —dijo Simone con lágrimas en los ojos—. Me siento muy mal por lo que han hecho Maxine y los chicos. Nunca podré compensártelo, Camille. Tu padre era una buena persona y tú no te merecías nada de esto. Ya no tengo motivos para quedarme. Mi horrible familia ya no vive aquí y me alegro por ti. Cada vez que me vieses, te recordaría a Maxine y no puedo hacerte eso. Volveré a Francia en cuanto me organice. Cobro una pequeña pensión y buscaré una habitación en casa de alguien en el campo. No quiero volver a París.

—No quiero que te vayas —repuso Camille, con los ojos llenos de lágrimas—. Eres mi hada madrina. Y la única familia que me queda. —Camille se sintió triste al decir aquellas palabras, que conmovieron profundamente a Simone.

—Tú eres la única familia que quiero —dijo Simone—, aparte de Choupette, claro. Ella también es mi familia.

La perrita meneó la cola como si estuviese de acuerdo. Estaba sucia debido al humo y la ceniza que había caído la noche anterior, y Simone dijo que quería bañarla en el fregadero.

Las dos sabían que tendrían que prestar declaración a la policía en relación con Simone y los chicos. Y si se celebraba un juicio, tendrían que testificar, aunque Phillip creía que se declararían culpables y llegarían a algún tipo de acuerdo. Entrar en la cárcel en Estados Unidos supondría un gran paso atrás para Maxine. Eso no era lo que ella había planeado ni cómo esperaba que saliesen las cosas.

—Pero ¿dónde viviría si me quedase? —dijo Simone, pensando en ello—. No quiero molestarte en el château.

—No eres ninguna molestia. Quiero que estés aquí, Simone. Además, ¿quién me preparará *cassoulet*, morcillas y *rognons*?

—Tienes razón. —Sonrió.

Las dos se habían tomado mucho cariño mientras se refugiaban de Maxine.

—Podemos reformar algunas de las habitaciones de arriba. —Había desvanes, almacenes y cuartos de sobra que nadie utilizaba que se podían transformar en dormitorios y en una suite para Simone—. Podemos remodelar la planta de arriba y hacerte un bonito dormitorio y una sala de estar —le propuso Camille.

—¿Y una cocina? —A Simone se le iluminaron los ojos.

—Si es lo que quieres —concedió Camille en voz baja.

Quería que Simone se quedara, costase lo que costase. Habían llegado a quererse y habían sobrevivido a las adversidades y a su encontronazo con la muerte.

—No quiero estorbarte.

—Estaría muy sola aquí sin ti.

Habían cenado juntas cada noche durante casi un año.

Todavía estaban hablando del tema cuando Phillip volvió de recorrer los campos y viñedos. François, el responsable de viticultura, y varios empleados habían venido para ayudarles a limpiar. Camille estaba deseando deshacerse de las cosas de Maxine. Iba a mandar todos los objetos de valor a un guardamuebles y a tirar el resto. Sentía como si ella hubiese envenenado su hogar y le hubiese echado una maldición, y ahora quería eliminar hasta el más mínimo rastro de ella. La araña se había ido y su telaraña se había retirado. Iba a trasladarse a la habitación de sus padres y a cederle a Simone el cuarto de huéspedes hasta que hubiese construido una suite para ella en el piso de arriba.

—¿Te apetece dar un paseo conmigo? —le preguntó Phillip al volver.

Había dejado sus botas fuera, llenas de barro y ceniza, y Camille se puso las gruesas botas de goma que guardaba en un cobertizo del château. Había encontrado unos vaqueros viejos en un armario de su habitación y una camisa de trabajo de su padre y se los había puesto. Había perdido casi toda su ropa en el incendio del establo y a Simone le había pasado otro tanto en la casita, pero era una pérdida sin importancia comparada con sus vidas.

En el exterior, el aire todavía estaba cargado del olor acre del humo. Los bomberos seguían regando con mangueras algunas zonas y había inspectores de policía registrando la casa y guardando muestras de tierra con restos de gasolina en bolsas de plástico como prueba. También estaban tomando fotografías de la escena. Había áreas acordonadas con cinta policial amarilla que ahora eran la escena del crimen. Maxine había enviado un desesperado mensaje de texto a Camille cuando había llegado a la cárcel, en el que le pedía que les buscase abogados de inmediato. Por lo que a Camille respectaba, podía utilizar su propio dinero y sus contactos para conseguir lo que necesitara. La condesa estaba fuera de su vida. Y si se habían quedado sin blanca, tendrían que recurrir a un abogado de oficio.

—Siento lo que ha pasado —dijo Phillip con compasión mientras paseaban.

Se detuvieron y contemplaron los restos del pequeño establo. No quedaba nada. Camille saldría más tarde con un rastrillo y una pala a ver si encontraba algún objeto con valor sentimental del que no se acordaba. Simone quería hacer lo mismo en la casita y Camille había prometido ayudarla. Le tranquilizaba que ella se quedase. No quería perderla ahora.

—Lo de anoche estuvo bien —comentó Camille en voz baja—, hasta el incendio. Me lo pasé muy bien en la fiesta.

—Me encantó estar contigo en el jardín. Hacía años que no lo pisaba. Recuerdo que te gustaba mucho columpiarte. Esta mañana estuve sentado un rato pensando cuando volví a por tus zapatos..., perdón..., los zapatos de Simone. —Sonrió a Camille y ella rio. La idea de que Simone fuese Cenicienta resultaba encantadora—. Hoy me he dado cuenta de una cosa. Puede que no sea tan diferente de tu padre. Él se dejó engañar por el brillo y la sofisticación, el artificio con el que Maxine lo atrajo. Yo llevo haciendo lo mismo con todas las mujeres con las que he salido desde que acabé la universidad. Tuve una buena idea con Francesca, pero ella no era la mujer adecuada. Me habría vuelto loco.

»Creo que nuestros padres lo entendieron a la primera. Ellos no querían oropeles ni lujos, sino construir algo juntos. Tú y yo no nos criamos con toda esa basura ostentosa que atrae a la gente. Ellos eran trabajadores, como nosotros. Tuvieron matrimonios de verdad y fueron gente de verdad. Puede que tu padre fuese un poco soñador, pero era una persona franca, como lo es el mío. Tu padre hizo sus sueños realidad. Fíjate en todo esto, lo que construyó para ti, el legado que te dejó. Mi padre ha hecho lo mismo, solo que el negocio creció más de lo que él esperaba. Pero a ninguno de nosotros nos va la falsedad ni las apariencias.

—¿Eso quiere decir que vas a cambiar tu Ferrari por un todoterreno? —le dijo ella en broma.

—No tardaré mucho. Lo que quiere decir es que por fin he descubierto cuáles son mis deseos. No quiero un florero ni un trofeo, sino una persona de verdad, con la que mostrarme como soy de verdad. Eso es para mí un cuento de hadas.

Estaba listo para vivir una vida de verdad, y lo sabía. Hasta entonces no lo había estado. La noche anterior y todo lo que Camille había pasado le habían hecho despertar. Su padre se habría enorgullecido de él si le hubiese oído. Sam siempre había estado seguro de que acabaría viendo la luz; simplemente no sabía cuándo.

—Tiene gracia —contestó Camille—. Siempre pensé que mis padres tenían una vida de cuento, y que era lo que yo quería cuando me hiciese mayor. Solo lo mismo que ellos tenían. Entonces todo se torció. Mamá enfermó y murió. Mi padre falleció en el accidente de avión. Son cosas extrañas, pero que le ocurren a la gente. Creo que desde que mamá murió no he tenido fe en que me pasen cosas buenas. Y Maxine fue como si inyectasen veneno en nuestra vida. Al principio era encantadora, pero yo sabía que era una farsante y que me odiaba. Papá nunca me creyó: él no quería verlo, aunque yo lo intuía. ¿Y de quién te fías después de algo así? ¿Cómo crees en los finales felices si el apuesto príncipe azul y la bella princesa mueren al final? —reflexionó, pensando en sus padres.

—No sabes cómo termina el cuento —dijo él con dulzura mientras se sentaban en un banco con vistas al valle.

Las viñas de ella se extendían a lo largo de kilómetros hasta más allá del valle, como las de él. Eran un príncipe y una princesa en el pequeño reino en el que vivían y se habían criado—. Pero tienes que creer en algo. En ti, para empezar. En los demás. Y, con suerte, el príncipe y la princesa viven muchos años hasta que envejecen. Nuestras madres murieron jóvenes y tu padre también. Pero eso no quiere decir que pase siempre. Fíjate en Simone. Vive al máximo, incluso con esos asquerosos cigarrillos que le cuelgan de la boca. Probablemente llegue a los cien años.

Camille sonrió pensando en ello. Le gustaba la idea. Quería que su hada madrina viviese para siempre. La necesitaba. Era mágica en cierto sentido; al menos para ella lo había sido. Y Simone la necesitaba en compensación por su familia.

—Quiero que eso nos pase a nosotros, que vivamos muchos años juntos, hasta que seamos viejecitos —le dijo Phillip, mirándola a los ojos.

Ella le infundía valor. Y él quería protegerla. Era una mujer con un gran coraje. Había sufrido mucho y no había dejado que eso la destruyese ni le perjudicase. Era tan pura, dulce, sincera y abierta como cuando eran niños. Ni la mala suerte ni la pena habían acabado con ella. Estar con Camille le hacía sentirse mejor persona. Ella hacía su vida más grande y mejor, no más pequeña y peor; era lo que su padre siempre le había animado a buscar. Phillip estaba seguro de que lo había hallado en Camille. Siempre había estado allí. Solo que no lo había sabido, hasta ahora.

—Te quiero, Camille —dijo con la seriedad que ella recordaba de su infancia. Ella confiaba en él entonces y seguía haciéndolo. Eso no había cambiado—. Siento haber tardado tanto en descubrirlo. No sé a qué he estado esperando. Debería haber sabido hace años lo mucho que te quiero.

—De todas formas yo todavía no estaba lista. —Ella tampoco había descubierto las cosas importantes de la vida hasta hacía poco: lo que quería, a quién necesitaba, a quién respetaba y a quién no—. Al final has resultado ser el apuesto príncipe azul.

Ella sonrió y él la besó, y se quedaron sentados en el banco un largo rato, contemplando el valle en el que los dos habían nacido y que tanto amaban.

—Realmente es como un cuento de hadas, ¿verdad? —dijo ella en voz queda, sonriendo, rodeada por el brazo de él—. La bruja malvada se ha ido y tú has resultado ser el apuesto príncipe azul.

—Y yo acabo con la bella princesa... aunque los zapatitos de cristal sean de Simone.

Los dos rieron y pasearon despacio colina abajo cogidos de la mano. No tenían prisa. Replantarían juntos los viñedos y repararían todo lo que había sufrido daño. El cuento de hadas acababa de empezar. Y sin necesidad de decirlo en voz alta, los dos sabían que serían felices para siempre. Lo único que tenían que hacer era construir juntos su futuro. En el valle mágico donde se habían criado y que tanto amaban, había llegado su momento. Y lo mejor de todo, era de verdad.